CODE 10

DU MÊME AUTEUR
AU CHERCHE MIDI

*Onze jours*, traduit de l'anglais (États-Unis) par Serge Halff.

DONALD HARSTAD

# CODE 10

*Traduit de l'anglais (États-Unis) par*
*Gilles Morris-Dumoulin*

COLLECTION
AILLEURS

le
cherche
midi

Titre original : *Known Dead*
Éditeur original : Doubleday, USA.

23, rue du Cherche-Midi, 75006 Paris.

Vous pouvez consulter notre catalogue général et l'annonce
de nos prochaines parutions sur notre site Internet : cherche-midi.com

# 1

Je m'appelle Carl Houseman. Je suis shérif en second du comté de Nation, dans l'Iowa, et doyen des enquêteurs de la brigade. Doyen du fait de mes années de carrière, mais aussi doyen par l'âge, un sujet qui commence à m'agacer doucement, quand on me classe, d'emblée, parmi les « seniors ». Je viens tout juste de franchir le cap de la cinquantaine, et je prends assez mal les allusions que certains s'autorisent à formuler sur ma qualité de « vieux flic ». En revanche, je vous parlerai volontiers des meurtres qui, vers la fin de l'été 1996, ont empêché de dormir la population locale.

Tout a commencé le 19 juin, vers 15 heures. J'avais décidé d'aller ramasser les deux gars préposés à la surveillance d'un champ de cannabis au cœur du parc Basil, une étendue boisée d'environ sept cent cinquante hectares, tout en collines abruptes largement couvertes de broussailles.

À 4 h 58, une de nos voitures avait déposé l'agent spécial Bill Kellerman, de la brigade des Stups d'Iowa, ainsi que notre adjoint Ken Johansen, dans l'immense parc d'État, pas trop loin de la route et du champ illégal, au creux d'une vallée particulièrement profonde.

Je n'y avais jamais mis les pieds, mais je connaissais l'endroit. Il m'était arrivé, naguère, de participer à ce genre de mission, et je n'étais que trop heureux d'y couper, cette nuit-là. On y crève de chaud, on s'y emmerde comme des rats morts, et pour un résultat plus que problématique.

Bill et Ken étaient de bons éléments, avec une large expérience des Stups, et brûlaient de coincer les propriétaires du champ repéré par l'hélicoptère Huey de la garde nationale, dans le cadre du dernier programme antidrogue. Présent à bord de l'hélico, Ken avait signalé le fait à Bill. Tous deux s'étaient alors rendus sur place, où les attendaient une bonne centaine de plants en parfaite santé. Ils comptaient bien, cette nuit, interpeller les cultivateurs.

Le but de l'expédition ? Veiller au grain jusqu'à les prendre en flag, lorsqu'ils viendraient arroser et bichonner leur pactole végétal.

Nous n'avions aucune idée de leur identité... même s'il circulait pas mal d'hypothèses.

J'avais choisi de me garer à un endroit haut perché, à plus de deux kilomètres de nos agents en planque. Je ne pouvais pas les voir, mais ma position élevée me permettait de garder un œil sur le champ et surtout de capter d'éventuels appels radio. Parqué à l'ombre d'une vieille grange abandonnée, j'étais sur place depuis une bonne heure, il faisait tiède et salement humide, mais dans un souci de discrétion, j'avais stoppé la clim de ma voiture, et tentais d'oublier la chaleur en travaillant à la maquette du voilier qui meublait mes loisirs, à l'époque.

J'avais cessé de fumer, et je le regrettais amèrement. Je ne cessais de transpirer, et je le regrettais encore davantage. J'avais emporté quatre boîtes de soda dans une petite glacière. Trois pour trinquer avec les copains, quand j'irais les récupérer. Et la quatrième pour patienter. Ma portière était grande ouverte, mais il n'y avait même pas un souffle de brise.

Je commençais à enrouler le filin qui rattachait la vergue de la bonnette au bout-dehors quand j'entendis un drôle de petit bruit. Comme une détonation étouffée, puis une autre. Puis toute une série comparable au démarrage d'une tondeuse à gazon. Je reposai mon fil et me retournai vers le champ. Dans le silence retrouvé, une légère bruine brouillait les contours du paysage.

Suivant des yeux le mince ruban de route empierrée qui menait au futur point de ramassage, je tendis l'oreille, mais je n'aurais su dire si ces drôles de bruits étaient venus de là-bas. Il y avait de nombreuses fermes aux abords et des tas de tracteurs capables de produire ce genre de pétarade. J'allais reprendre ma maquette quand le bruit recommença de plus belle. Debout près de ma voiture, j'explorai les environs du regard, sans rien découvrir d'extraordinaire. De nouveau, le silence total.

« Maitland. Quatre ! » hurla tout à coup ma radio. Si fort que je faillis bondir hors de ma peau.

Et pas de réponse. Apparemment, le central n'avait pas entendu l'appel qui émanait du fond de la vallée. Quatre, c'était Johansen. Selon les instructions reçues, il émettait sur le canal assistance. Il m'avait paru hors d'haleine et passablement excité. Tenaient-ils le ou les suspects ?

Micro en main, j'émis sur un autre canal :

– Maitland. Trois. Quatre appelle sur la chaîne assistance.

– Aucune réception jusque-là, Trois, riposta la douce voix féminine.

Je lançai mon moteur et bouclai ma portière. Prêt à aller ramasser Bill et Ken avant l'heure.

– MAITLAND. QUATRE. BESOIN D'ASSISTANCE.

La voix était plus excitée, plus chargée d'angoisse que jamais. Je dévalai l'allée ravinée à toute vitesse. Le ou les suspects étaient-ils en fuite ?

– Maitland. Quatre réclame assistance.

Enfin, au troisième essai :

– Parlez, Quatre ! Standard à l'écoute.

– MAITLAND. ICI, QUATRE. DIX-TRENTE-TROIS. JE RÉPÈTE DIX-TRENTE-TROIS. AVONS ÉTÉ ATTAQUÉS. À L'ARME AUTOMATIQUE. 688 HORS DE COMBAT. BESOIN D'ASSISTANCE. TRÈS VITE.

Courte pause. Puis, toujours aussi calme, la réponse du standard :

– Reçu, Quatre. Noté dix-trente-trois. Un officier au tapis ?

– Dix-quatre.

– Maitland. À toutes les voitures. Dix-trente-trois. Un officier au tapis. Possibilité d'armes automatiques.

En atteignant la route empierrée, je changeai de canal.

688 hors de combat ?

– QUATRE ? TROIS EN ROUTE. À MOINS DE DEUX KILOMÈTRES.

Je branchai la sirène et plantai le gyrophare sur le toit de ma voiture banalisée. Accélérai à mort en essayant de boucler ma ceinture. Pour l'assurance. En cas d'accident.

Transmission brouillée. Gros problèmes de communication, sur ce terrain vallonné. Un gars au tapis. Kellerman ? Ken lui-même ?

La terre était sèche. Il n'avait pas plu depuis un bout de temps, et le nuage de poussière, au cul de ma voiture, battait tous les records. Si quelqu'un avait descendu un flic, il n'allait pas traîner dans le secteur. Je stoppai sur la route. Pas de poussière, nulle part. Excepté la mienne qui se rabattait à ma suite et m'empêchait de découvrir la vallée. Pas de nuage de poussière, donc pas d'autre véhicule.

– Ici, Trois. Dix-trente-trois.

Mon indicatif, suivi du code informant à la fois Maitland et Johansen que j'étais au point de rendez-vous. J'empoignai mon talkie-walkie et bouclai la voiture.

La voix de Johansen était calme. Trop calme.

– Remonte la vallée, Trois. Ouvre l'œil. Ils ont des mitrailleuses. Et je pense qu'ils sont toujours là.

Merci du renseignement. J'ouvris mon coffre, en tirai mon AR-15 avec trois chargeurs de trente coups. Des dealers armés de mitrailleuses ? Dans ce parc ? Où l'équipe avait-elle mis les pieds ?

J'étais en blue-jean, T-shirt bleu et tennis blanches, avec mon arme de service sur la hanche droite. Pas exactement une tenue de camouflage. Je chaussai ma casquette de base-ball bleu foncé marquée du logo « USS Carl Vinson. CIN 70 » en lettres jaunes. Un peu juste pour rechercher dans le sous-bois des suspects armés jusqu'aux dents.

Le vieil imper caoutchouté, de couleur verte, en rade dans mon coffre depuis toujours ? C'était un peu mieux. La trousse de premier secours réglementaire, au cas où. Et le gilet pare-balles ? Blanc, avec des bretelles blanches. Et pour comble, histoire de rigoler, j'avais dessiné dessus une série de cercles concentriques au marqueur rouge. Il faisait de toute manière beaucoup trop chaud pour porter ce truc-là.

Je recollai le pare-balles dans son sac-poubelle et repris contact avec Johansen, par talkie-walkie.

– Tu peux me dire où tu es, Quatre ?

Après une pause, dans un souffle :

– Tout droit. Sur cent cinquante mètres à peu près. Ensuite, tourne à droite. Par le petit sentier.

Puis, avec un léger décalage :

– Fais gaffe.

Aucune des blagues habituelles en pareil cas. Je me sentais à peu près aussi invulnérable qu'une pipe en terre dans un tir forain.

Après cinquante mètres de grimpette, l'herbe s'épaissit rapidement et la broussaille se referma de part et d'autre, marquant la naissance d'un étroit sentier. J'en escaladai vingt-cinq mètres avant de me demander si c'était vraiment la meilleure chose à faire. D'instinct, je m'écartai légèrement sur la droite avec l'intention de me frayer un chemin dans le sous-bois.

Sous-bois, mon cul ! Cette saleté dépassait le mètre quatre-vingts et la plupart des tiges, rameaux et ramifications avaient l'épaisseur d'un de mes doigts, en plus raide. Impossible de progresser là-dedans sans perdre un temps fou et faire plus de boucan qu'un troupeau de buffles. Johansen avait raison. C'était par le sentier ou rien.

Je m'y résignai, en calculant mes chances de repérer le premier tout tireur à l'affût. Résultat proche de zéro. Je regrettais, du coup, d'avoir laissé mon pare-balles au vestiaire.

Vingt-cinq mètres de plus et je balançai mon imper en marge du sentier. Je suais abondamment, mon cœur battait à tout rompre, ma respiration s'emballait. Mais j'avançais tout de même. Un des nôtres au tapis. Je n'arrivais pas à y croire.

– Trois ? s'informa soudain mon talkie-walkie. Tu en es où ?

– J'arrive, Quatre.

J'arrivais. Malade d'appréhension. De sueurs alternativement chaudes et froides. D'épuisement. D'irritation des sinus.

J'avais réduit le volume. Quand Johansen parla de nouveau, sa voix n'était plus qu'un chuchotement rauque.

– Je crois qu'ils sont partis. Je n'entends plus rien.

Ils, pas il. Et qu'il n'entende plus rien ne voulait pas dire qu'il n'y avait plus personne.

– OK, Johansen. Kellerman ?

Je chuchotais, moi aussi.

– Bill est mort.

– Quoi ?

Difficile de l'entendre. À plus forte raison de le comprendre.

– Tu veux répéter ?

– Bill est mort. Dépêche-toi.

– Qui est mort ?

– Kellerman. Kellerman est mort.

J'avais encore ralenti. Fatigue autant que prudence. Mon cœur battait si fort dans mes oreilles que je n'aurais pas entendu un buffle débouler la pente. J'essayai de reprendre mon souffle, à deux pas du sentier. Deux pas, moins de deux mètres, et j'étais invisible, dans la broussaille. Comme le serait n'importe quel salopard embusqué dans le sous-bois. Kellerman, mort ? Bon Dieu ! Un membre de la division antidrogue d'État. Plus un shérif adjoint bien armé, mais terrorisé. Et des producteurs d'herbe lourdement armés.

Et moi, tout seul comme un grand, en guise de renfort...

Au bout d'une seconde ou deux, le silence lourd s'emplit d'une rumeur de dégringolade, quelque part dans le bois. J'épaulai mon fusil et me changeai en statue de sel.

– Trois ? Tu bouges ?

Pas maintenant, Ken. Il faut que j'abaisse mon flingue pour te répondre, et pourtant, il faut bien que je te réponde...

– Négatif. Je ne bouge pas. Et toi ?

Ma voix était méconnaissable. Gorge sèche. Tout ce bruit à portée d'oreille, alors qu'on ne bougeait ni l'un ni l'autre...

Rectification. Plus de bruit. Et ma main crispée sur la crosse de mon fusil d'assaut. Je respirai bien à fond, en ressortant sur le sentier. À découvert. Je regardai dans les deux sens. Rien à voir. Silence radio. Je me pliai en deux pour remonter la piste de terre, en rase-mottes. Le sentier s'incurvait sur la droite. Et toujours rien. Je parvins à me redresser au prix d'un gros effort.

Un pas en avant... Les détonations m'assourdirent. Je plongeai dans la broussaille. Atterris sur le flanc droit, dans l'herbe et la terre humide. Des lambeaux de feuilles arrachées pleuvaient autour de moi, et de la poussière volait alentour.

Puis, de nouveau, le silence.

## 2

Un silence épaissi, renforcé par la soudaineté de la fusillade.

Je ramenai mes jambes vers moi. Non, je n'avais pas été touché. Il cessa alors de pleuvoir des feuilles déchiquetées. Les coups de feu, trois ou quatre, peut-être, avaient crevé la verdure, juste au-dessus de ma tête.

Puis, je me souvins que la végétation qui obstruait le sous-bois montait à peine plus haut que ma tête. Si je n'avais pas plié les genoux...

– Carl ! soufflait mon talkie-walkie.

Prudemment, je ramassai le petit appareil et l'approchai de ma bouche. J'avais envie de lui crier de fermer sa gueule.

– Oui ? Je t'écoute.

– Ils sont toujours là. Fais gaffe.

Gentil de me prévenir. Même trop tard.

Puis, dans un nouveau chuchotement, à la limite de l'inaudible :

– Où tu es, maintenant ?

– Tout de suite après le tournant du sentier, sur la droite.

– Alors, continue. On est tout près de là. Je te couvre.

Tout ce que j'avais à faire, c'était de trouver la force de me redresser. Au moins à moitié. Pas le plus facile. Mon instinct me disait de rester collé au sol. Mais il fallait que je me traîne jusqu'à Johansen. Il avait besoin d'assistance.

En me relevant, je découvris que je n'étais pas à plus d'un mètre du sentier. Je le regagnai très lentement. Cassé en deux, le fusil pointé droit devant moi. Rien. Je n'avais plus ma trousse de premier secours. Où diable avais-je pu la perdre ? Je revins légèrement en arrière et l'aperçus, coincée entre les tiges. Tenant mon fusil de la main gauche, j'attrapai la boîte métallique et l'enfournai sous ma ceinture. Puis, reprenant mon fusil à deux mains, je poursuivis prudemment. Ne pas confondre vitesse et précipitation.

– Carl, tu arrives ?

Mais cette fois, je m'abstins de lui répondre, parce qu'il aurait fallu, pour ça, que je relâche mon fusil, d'une main, et qu'à tort ou à raison, je sentais sur moi le regard d'observateurs invisibles.

Quelques pas au-delà du tournant, je les vis.

Johansen gisait à trente centimètres de la piste, agenouillé près d'un corps qui ne pouvait être que celui de Kellerman, mais dont je ne voyais que la moitié inférieure. Précairement retranchés derrière un tronc d'arbre abattu, une éminence de terre herbeuse, tous deux portaient leur tenue de camouflage, et le visage de Johansen était d'une pâleur cadavérique. Des morceaux de papier bleu jonchaient le sol : enveloppes arrachées aux pansements de premier secours qui me rappelèrent, hors de propos, des fleurs sauvages.

Je les rejoignis en deux enjambées, juste à l'écart de la piste.

– Ça va ?

– Ouais.

L'œil hagard, Johansen tournait sans arrêt la tête de droite à gauche, afin de scruter, revolver pointé, la broussaille environnante. L'état de choc entraîne de curieuses réactions. J'allongeai la main jusqu'à Kellerman afin de poser deux doigts sur sa carotide. Johansen retint mon poignet au vol.

– Il est mort.

– Laisse-moi vérifier, Ken. Juste pour le rapport.

Mes doigts pressèrent légèrement le cou de Kellerman. Rien. Froid et humide, au toucher. Son teint, la structure de sa peau évoquaient un fromage blanc plutôt que de la chair humaine. Je remarquai qu'il ne s'était pas rasé, ce matin.

J'essuyai ma main sur mon jean et tirai la trousse médicale d'en dessous ma ceinture avant qu'elle n'achève de me couper en deux. Je ne quittais pas des yeux la piste et ses abords.

– Comment c'est arrivé ? Tu es sûr que ça va ?

– Ils nous attendaient. Depuis longtemps. En embuscade. On n'a rien pu faire... Je n'ai pas été touché. Tout va bien.

Une sirène au loin. Quelque part dans la vallée.

– Je regrette, vieux, ajouta Johansen.

– Tu n'as rien à te reprocher.

L'approche des renforts allait-elle nous tirer d'affaire ? Ou pousser ces salopards à nous canarder de plus belle ?

– Mais je regrette vraiment. Pour toi.

Je surveillais toujours les alentours. Bien conscient que cela ne servait pas à grand-chose. Quoi ? Qu'est-ce qu'il regrettait pour moi ?

Je lui posai la question. En état de choc, il était important de le faire parler.

– C'est moi qui t'ai tiré dessus. J'ai cru que c'était eux.

– T'inquiète pas.

Que dire d'autre ?

– Je regrette vraiment.

– Pas de problème.

Ces choses-là aussi se produisent, et je préférais ne pas trop y penser.

– Eux, ça veut dire combien ?

– Pas mal... Beaucoup...

La sirène était celle de Lamar Ridgeway, le shérif du comté de Nation, mon patron depuis plus de quinze ans. Un sacré shérif. Voué et dévoué à son boulot. Infatigable. Seul de service aujourd'hui, donc venu tout droit de Maitland, c'est-à-dire de loin ! Personne n'a l'air de se rendre compte de l'étendue de notre comté. Et de la maigreur de nos effectifs. Pas plus de deux ou trois flics en permanence sur le tas, pour un comté grand comme la moitié du Rhode Island. Près de deux mille cinq cents kilomètres carrés.

– Trois ou Quatre, vous me recevez ?

La voix de Lamar était encore un peu plus râpeuse que de coutume. J'attrapai mon talkie-walkie.

– On vous reçoit, Un.

– Vous êtes où ?

La question à soixante-quatre mille dollars. Je me retournai vers Johansen.

– Tu as briefé Un sur la direction ?

– Ouais. Repérée sur photos aériennes.

– Trois à Un. La piste. Tout droit. Attends d'autres renforts, si possible. Il peut rester des tireurs à l'affût, dans le coin.

Je savais qu'il n'en ferait rien. Pas plus que je n'avais attendu moi-même. Mais il fallait que je le précise.

– Bien reçu, dix-quatre. Qu'est-ce qui se passe, là-haut ? Quelqu'un de touché ?

– Ouais.

Je baissai les yeux vers Johansen.

– 688 au tapis.

– Ambulance ?

– Négatif. Médecin légiste.

– Dix-quatre.

Je me penchai vers Johansen.

– Tu peux attendre encore un peu ?

– Ouais.

– Danger écarté, Un.

J'espérais ne pas me tromper. Mais je connaissais Lamar.

Je n'avais pas envie de le voir se ruer à la rescousse pour se faire descendre.

– Dis-nous quand tu prends la piste. On est à environ cent cinquante mètres après le tournant, un peu sur la droite. On ne te verra qu'au tout dernier moment.

– Dix-quatre, trancha Lamar. J'ai des gars qui viennent de plus loin. Ils seront bientôt là.

À Johansen, je demandai :

– Tu as un bidon ? Si je pouvais boire un coup...

La chaleur était écrasante. L'air semblait de plus en plus rare.

Plongeant la main dans son dos, Johansen décrocha le bidon militaire accroché à sa ceinture. J'avalai une gorgée de son contenu. L'eau était chaude, mais c'était de l'eau. Je pensai aux quatre boîtes de soda glacé, en bas, dans ma voiture. Rendis le bidon à Johansen, en lui conseillant de boire un coup, lui aussi.

– Non. Ça va.

Mais le ton de sa voix affirmait le contraire.

– Bois, je te dis.

D'autres sirènes hurlaient au loin. Johansen s'excusa. Soupira :

– Au moins, on a eu un de ces salauds.

– Comment ça ?

– Kellerman en a eu un. Il est là-haut. Sur la piste.

– Mort ?

– Tout ce qu'il y a de plus mort.

Quelque chose bougeait, empêtré dans le sous-bois, de l'autre côté du sentier. J'épaulai mon fusil. Johansen en fit autant, avec un léger décalage.

Ça ne pouvait pas être Lamar. Pas déjà, et pas dans cette direction. Le bruit avait cessé. La sueur ruisselait sur ma joue pressée contre la crosse de mon AR. Dégoulinait sur ma main et sur mon avant-bras. Jamais je n'avais ressenti une telle tension. Ou alors, je ne m'en souvenais pas.

Puis, il y eut un caquètement animal. Saloperie de bête ! Et le bruit de sa fuite dans la broussaille. On se détendit légèrement. Sans parler.

Puis la radio aboya :

– Je grimpe. Je dois plus être bien loin.

– Dix-quatre.

J'avais toujours su que Lamar n'attendrait pas.

– Rien ne bouge depuis une dizaine de minutes, mais fais gaffe tout de même.

Lamar apparut au tournant, en uniforme, le fusil braqué. Il stoppa net en nous découvrant tous les trois.

– Bordel de merde ! fut son seul commentaire.

# 3

Au bout de deux heures, les choses commencèrent à s'éclaircir. Sans se simplifier pour autant. Dans ce genre de merdier, les recherches entreprises apportent tout d'abord plus de complications que d'explications, c'est inévitable.

Lamar et moi remontions la piste, après l'avoir redescendue pour guider les agents qui fouillaient le champ. On venait de franchir le classique ruban jaune, parmi les charognards des médias avides de chair fraîche. Un des reporters, qui venait d'installer sa caméra, parlait dans son micro : « Deux morts connus pour l'instant, mais on ne sait pas encore s'il y en a d'autres. »

Je bougonnai à l'adresse de Lamar :

– Morts connus ! Il y a toujours quelqu'un qui les connaît, non ?

– Qu'est-ce que tu dis ?

Il commençait à être un peu dur d'oreille.

– Rien.

Morts connus. Le terme me choquait, comme si les autres, ceux qu'on n'avait pas encore identifiés, ne comptaient pas.

On renseignait les premiers enquêteurs, à mesure de leur arrivée. La battue était sans espoir. Il était évident que les tireurs, quels qu'ils fussent, étaient rentrés chez eux depuis longtemps.

– Et Johansen ?

Je l'avais perdu de vue, dans l'agitation générale.

– Toujours là-haut, riposta Lamar. À répondre aux questions des Stups. Il n'a pas voulu partir. Il n'est pas blessé, mais je vais le faire évacuer, aussitôt que possible.

– J'aimerais lui parler un peu, avant.

– Fais-le tout de suite.

Je pouvais imaginer, d'où j'étais, la conversation entre Johansen et la brigade des Stups de l'Iowa, plus la Crim. Le meurtre d'un agent, dans les bois, c'était déjà gros. Mais la présence, dans le secteur, de suspects lourdement armés, c'était énorme.

– Et merde, ils ne faisaient que surveiller ce foutu champ, Lamar. Qu'est-ce qui a pu tourner au vinaigre ?

– Je n'en sais rien. Et toi ?

– Il y a bien cinq ans que je n'avais pas bossé sur une affaire de Stups. Je ne sais même pas sur quoi ils risquaient de tomber.

Et pour cause. On ne suivait pas les affaires de drogue du coin. Pas au-delà d'une brève prise de connaissance. Avant transfert. En ma qualité d'enquêteur local, j'avais « droit d'info ». Lamar également, en tant que shérif, mais il faisait rarement usage de cette prérogative. Moi non plus, sauf nécessité du service.

Ma réponse l'avait déçu.

– Mais je vais me rencarder. Attends-moi une minute...

Je pris le temps d'aller chercher dans mon coffre ma bombe antimoustique. J'en aspergeai copieusement mon visage, mes mains, l'intérieur de mon chapeau, ma poitrine et mon tour de ceinture, sous mes fringues. Sans oublier mes chevilles. Je rangeais le bidule dans l'étui de mon appareil photo quand Lamar me rejoignit.

– Tu n'aimes pas les moustiques ?

– C'est eux qui m'aiment trop.

Côte à côte, on remonta vers le théâtre du crime.

– Tu ne veux pas t'en coller une giclée ?

– Je me sers jamais de ces trucs-là. Faut bien que ces saletés trouvent de quoi bouffer.

Je me souvins, brusquement, de l'imper que j'avais balancé aux orties, en rejoignant Johansen. Sa couleur vert olive ne m'aiderait pas à remettre la main dessus. Impossible de le retrouver.

On poussa jusqu'à la scène du crime. Il faut avoir travaillé sur un homicide, en pleine brousse, pour savoir à quel point c'est laborieux. L'impression générale était que les indices possibles se répartissaient dans l'espace à peu près de la même façon que les débris d'un avion après un crash. Le tout centré autour de l'endroit où j'avais retrouvé un vivant et un mort.

Un des fameux rubans jaunes destinés à circonscrire le lieu du crime disparaissait dans la broussaille, à droite du sentier. Un autre s'enfonçait, à ma gauche, entre les arbres. Il s'agissait moins de délimiter l'endroit que d'indiquer les directions à prendre. D'autres morceaux de ruban jaune entouraient des petites étendues d'herbe piétinée, de droite et de gauche. On apercevait aussi des carrés de ruban blanc, une centaine en tout, marquant des indices dont la valeur m'échappait. Et des petites étiquettes indiquant l'emplacement d'où avaient été prises les premières photos. Une bonne centaine également.

Participaient aux recherches cinq types du labo, trois membres de la Crim, un adjoint d'un comté limitrophe et un gars de la brigade territoriale que je ne connaissais pas. Tous plutôt déboussolés, en lisière du champ de bataille, et plus occupés à observer le spectacle, sans ôter leurs lunettes noires, qu'à courir après les malfrats. Parmi eux, Hester Gorse, ma petite préférée de la Crim. On avait déjà travaillé ensemble, et j'avais pleine confiance en elle. Agenouillée dans l'herbe, elle examinait une masse proéminente que protégeait une couverture de survie jaune fluo. Auprès d'elle, se tenait le médecin légiste qui enlevait ses gants de caoutchouc. Levant les yeux, Hester me sourit.

– Qu'est-ce que vous avez ? s'enquit Lamar.

– Aucune certitude encore, riposta Hester, mais il semble bien que le dealer ait tiré sur Bill, que Bill l'ait descendu, et qu'un complice du dealer ait tué le pauvre Bill.

– Ça aurait au moins le mérite de distinguer les deux clans en présence !

La conclusion de Lamar me parut un peu rapide. J'étais assez vieux dans le métier pour savoir qu'une affaire toute cuite, c'est l'exception qui confirme la règle. Mais je gardai ça pour moi. On ne sait jamais.

Sans le savoir, Hester apporta aussitôt de l'eau à mon moulin :

– Eh bien... pas vraiment ! Il y a des trucs qui ne collent pas, dans le topo.

– Par exemple ?

– Johansen nous en a dit beaucoup. Mais pas encore assez pour qu'on pige l'ensemble.

– Où est-il ?

– Avec deux types des Stups.

Relevée d'un bond, Hester me gratifia d'un clin d'œil complice.

– Des gens presque aussi vieux que toi, Houseman. C'est bien toi qui as été le premier sur les lieux ?

– Ouais.

– Parfait. Allons voir les Stups.

En ôtant ses gants et en secouant ses mains dans le vide pour les débarrasser de la transpiration.

Les Stups. Ils pourraient nous en dire beaucoup sur qui cultivait quoi dans le secteur. Juste à point nommé, apparut Johansen, encadré de deux types. J'allai au-devant d'eux, en lançant :

– Ça va, Ken ?

– Bon Dieu, Carl. On se serait cru en pleine guerre !

L'agent se présenta :

– Agent Dahl, des Stups. Robert Dahl. Bob pour les amis.

– Shérif adjoint Houseman, enquêteur. Vous allez nous aider à y voir plus clair ?

Jamais il n'admettrait qu'il était là pour « nous aider ». La victime faisait partie des Stups. Sa réponse me le rendit plutôt sympathique :

– C'est eux que j'aide...

Il désignait Hester et les gens de la Crim.

– Mais comme ils sont là pour vous aider, moi aussi, je suppose. Bill Kellerman était mon coéquipier.

– Je suis sincèrement désolé. On va trouver qui a fait ça. Tu as une idée, Ken ?

Johansen n'avait aucune idée précise, sinon qu'on leur avait tiré dessus, à lui et à Kellerman, de trois directions différentes, que Bill s'était défendu comme il avait pu, et qu'il n'était pas sûr, lui-même, d'avoir touché qui que ce soit, mais qu'il avait essayé, bordel de Dieu, qu'il avait essayé de toutes ses forces.

– T'énerve pas, vieux.

Je n'ignorais pas à quel point il avait essayé. Au point de m'allumer, à mon arrivée. Apparemment, il tirait un peu haut. Grâce au ciel !

Il désignait la couverture jaune.

– Celui-là, on l'a vu qui remontait le sentier. Le fusil au poing. Et puis on l'a perdu de vue.

– Et ?

– Kellerman et moi, on s'est dit qu'on allait lui tomber dessus. Il y a deux façons d'aborder le tournant, tu vois ?

Non, je ne voyais pas, et je n'étais pas le seul, mais tout le monde approuva.

– On s'est séparés, et quelques secondes plus tard, j'ai entendu deux coups de feu, presque confondus. Je me suis dit que peut-être...

Johansen s'interrompit pour boire une gorgée d'eau.

– Je suis revenu en arrière, j'ai appelé, mais personne n'a répondu. Et puis, ça s'est mis à canarder à tout-va. De partout à la fois !

Courant devant lui, au risque de se faire descendre, il était tombé sur un type en tenue de camouflage qui pointait un fusil dans sa direction.

–J'ai d'abord cru que c'était Kellerman, vous voyez ce que je veux dire ?

Sans aucun mal. Quand on s'attend à voir quelqu'un, on le voit. Même si ce n'est pas lui.

–Je lui ai dit : « C'est moi ! » Et puis j'ai vu que c'était pas lui. J'ai plongé dans la broussaille alors que le salopard ouvrait le feu... et j'ai atterri sur Bill, merde, en travers de ses jambes.

Il regardait Hester, et pâlissait un peu plus de seconde en seconde.

–Je crois que je ferais mieux de m'asseoir...

On se précipita pour l'aider, mais il s'écroula si vite, sur une caisse voisine, qu'on arriva tous trop tard. Déjà, Lamar parlait dans son talkie-walkie :

– Envoyez-moi deux auxiliaires médicales, là-haut.

Le docteur Steve Peters, légiste adjoint, arriva en un temps record. On lui laissa la place. On se sentait un peu cons. Comme toujours quand on voudrait être utile et que ça dépasse nos compétences. On s'attarda juste assez longtemps pour être sûrs que Ken s'en sortirait. J'attrapai Hester par le bras.

–Je peux jeter un œil au dealer ?

Hester sourit, de nouveau. J'adore son sourire. Elle a vraiment l'air heureux de vous voir. Elle doit avoir une dizaine d'années de moins que moi, ce qui signifie qu'elle est assez mûre pour tout encaisser, mais encore assez jeune pour réagir au quart de tour. Avec son petit mètre soixante-cinq, elle m'arrive à l'épaule. Le cheveu court et toujours en pleine forme, elle fait nettement moins que son âge, mais la juger sur la mine serait une imprudence. On le sait quand on la connaît un peu mieux.

– Vas-y, Carl.

Je devais être plus stressé que je ne l'avais imaginé jusque-là, et son sourire fit place à une sincère sollicitude.

– C'est moche. C'est vraiment moche.

– À qui le dis-tu...

Je désignai le cadavre.

– On sait qui c'est ?

– Pas encore, intervint l'agent Dahl. Pas de papiers sur lui. Rien d'étonnant, je suppose ?

–Je peux le bouger un peu ?

Toujours demander l'autorisation. S'assurer que toutes les photos ont été prises. Que rien ne manquera par la suite.

– Vas-y, Carl, répéta Hester en relevant la couverture.

Le corps était en piteux état. Du sang partout, chemise collée au torse. Une rafale ascendante l'avait saccagé du bas-ventre à la tempe. Une demi-douzaine de balles, minimum. La blessure à la tête lui avait à peu près décalotté la boîte crânienne, ne laissant de son visage qu'une sorte de sourire sanguinolent.

Après avoir enfilé des gants de caoutchouc, je fis doucement basculer le corps d'un quart de tour sur le flanc gauche. J'écartai la chemise bleu et rouge à manches courtes largement trempée de sang. Sur son omoplate droite, s'étalait un tatouage représentant un squelette à moto, les cheveux au vent.

– Je crois que c'est Howie Phelps.

– Vous le connaissez ? demanda Dahl.

– Si c'est Howie, et je crois que c'est lui, je l'ai bouclé pour trafic de drogue, il y a de ça dix-douze ans.

J'avais déjà eu affaire à des dealers, bien avant que l'agent Dahl ne soit aux Stups, tel était le message que je venais de faire passer.

Il en connaissait sans doute un rayon de plus que moi sur la question, mais je tenais à ce qu'il sache que je n'étais pas tombé de la dernière averse.

J'ajoutai tout de même :

– Moi non plus, je ne supporte pas les adjoints m'as-tu-vu qui se donnent des airs de connaître tout le monde dans leur secteur, rassurez-vous, mais là, c'est vrai. Ce type s'appelle Howie Phelps. Plus connu sous le nom de Turd, ça vous dit peut-être quelque chose.

Il secoua la tête :

– C'est tous des *turds*[1]. Mais ça ne me dit rien. Quelle sorte de came ?

– Shit et méthamphétamine.

– Un caïd ?

– Non. Petite pointure. Pas plus d'une livre d'herbe à la fois, juste assez pour fortifier son ego.

– Et le fusil au poing, souligna Hester. C'était le genre à circuler armé ?

– Jamais. Pour autant que je sache.

– Il trimbalait aussi une petite pompe à eau, une batterie d'accus et un tuyau d'arrosage.

– Le tout dans un sac à dos, précisa Dahl.

Juste l'équipement sommaire indispensable pour irriguer la culture.

1. Merde, étron *(N.d.T.)*.

– Je crois me souvenir qu'il avait une petite amie. Avec qui il vivait, à Freiberg. Donnez-moi trois minutes et je me rappellerai son nom.

Freiberg était à moins de dix kilomètres du parc Basil, sur la rive du Mississippi.

Je sortis mon appareil et pris quelques photos, à mon tour.

– Un sacré flingue, qu'il avait là, non ?

– On a déjà ramassé cinquante douilles de 7,62 et plus d'une trentaine de 5,56, dit Hester. Dans quatre endroits différents. Et c'est sans doute pas fini.

– Ces petits carrés blancs que je vois un peu partout ?

– Ouais.

Deux calibres et quatre emplacements. Je marmonnai :

– Alors, Turd avait des copains dans le sous-bois, et nos gars les ont vus trop tard ?

Dahl approuva d'un signe de tête :

– C'est ce qu'on dirait.

– Hester ?

– Même topo. Jusqu'à preuve du contraire.

– Donc, au moins deux agresseurs. Sait-on quelles douilles sont celles de Turd ?

Hester haussa les épaules.

– Pas encore avec certitude. Je parierais plutôt sur trois adversaires. Il y a pas mal de 5,56 par ici.

Elle désignait, à contrecœur, l'endroit où gisait Kellerman.

– Probablement les balles tirées par ce pauvre gars.

Je me retournai vers l'agent Dahl.

– Quelle taille, le champ ?

Il hésita une seconde.

– Cent six plants de sinsemilla.

On en cultivait par ici, dans les années 1980.

Les Stups pensaient que le climat ne lui était pas favorable. Mais les fermiers de l'Iowa feraient pousser n'importe quoi sur une dalle de béton. On est très fiers de nos fermiers.

Je m'épongeai le front d'une main gantée. Les deux gants étaient bons à tordre. Hygrométrie croissante. Transpiration *idem.*

Hester me tendait un Kleenex.

– Tu t'es sali le front avec ton gant.

– Merci.

Un peu plus tard :

– Le problème, c'est qu'en qualité comme en quantité, ce genre de récolte ne colle pas du tout avec Howie-Turd. Il n'était pas assez futé. Ça réclame des connaissances qu'il n'avait pas, j'en suis sûr.

Dahl acquiesça. J'ajoutai :

– Et pas les moyens non plus.

Alex Hummel, l'agent spécial de la Crim assigné à notre secteur, arriva.

– Salut, Carl.

– Salut, Al.

– Moche, non ?

Al n'était pas du genre bavard. Après vingt ans de terrain, il était maintenant dans l'administration. J'aurais préféré l'avoir dans l'équipe. Il avait bien connu Bill Kellerman. Je le regardai droit dans les yeux.

– Tu crois qu'on a une guerre des Stups sur les bras ?

– Je n'en sais rien.

Après une courte pause :

– J'ai une réunion avec les Stups, la Crim et le FBI. On va s'en occuper.

– Le FBI. Ils sont sur le coup ?

– Ouais. Offre de collaboration.

– Parfait.

On ne refuse pas la collaboration du FBI. Quitte à le regretter plus tard. Un meurtre passe avant une affaire de drogue. Surtout quand la victime est un flic. Au moins en théorie. Le problème, c'est que les gars des Stups lâchent toujours leurs infos avec parcimonie. Par crainte de se faire griller au poteau et de voir un autre service récolter les lauriers. Je demandai à l'agent Dahl :

– Tu restes dans le coin ?

– Naturellement.

– Toi et Kellerman, vous bossiez ensemble sur cette affaire ?

– Ouais.

– Je vois.

Je voyais surtout qu'il en avait gros sur le cœur, et que je ressentais ce qu'il ressentait. Il éprouva le besoin de préciser :

– Que ce soit clair. Je n'avais aucune idée de ce qui se tramait par ici, sinon j'aurais été...

– Je m'en doute.

Hester revenait vers moi.

– Tu veux jeter un œil à Bill ? On ne va pas tarder à l'évacuer.

Je n'hésitai qu'une demi-seconde.

– J'arrive.

On repartit, côte à côte, dans la descente.

– Le légiste l'a déjà vu ?

– Oui. Il en a fini avec lui. Pour le moment.

Elle me montrait une zone d'herbe foulée, littéralement saturée de sang.

– Johansen a dit que ça tirait toujours, alors il l'a traîné à couvert.

Une étroite piste sanglante menait effectivement à l'endroit où je les avais retrouvés tous les deux. La couverture jaune recouvrait le corps. Même masse informe que feu Howie. Avec les emballages de pansements éparpillés alentour, comme des fleurs.

– Il aurait dû y avoir plus de sang sur la piste. Le toubib pense qu'il était déjà mort ou presque, quand Johansen l'a traîné.

À moins de vingt mètres de là, le docteur Peters s'occupait toujours de Johansen. J'enfilai un autre gant et soulevai la couverture.

Bill était en piteux état. Le cadavre le plus pâle que j'aie vu depuis longtemps. Saigné à blanc. Même vu d'aussi près, toutefois, le spectacle n'avait rien de remarquable. Juste quelques creux circulaires dans son gilet pare-balles, avec un petit trou en leur centre. Les trous dans sa chemise-camouflage semblaient avoir été faits par un crayon ou quelque chose dans ce goût-là. Rien qui parût avoir entraîné la mort. Le légiste avait écarté les sangles Velcro du gilet protecteur. Je les soulevai à mon tour, écœuré jusqu'au fond de l'âme. Un gros paquet de gaze rembourrait sa chemise, à même la peau. Témoin d'un effort de Ken pour stopper l'hémorragie. C'était si triste, si pathétique que je reçus le choc comme un coup de poing au visage. Et restai là, sans réaction, accroupi auprès du corps, jusqu'à recouvrer la force de respirer à fond et de poursuivre mon examen.

Cinq trous : cinq projectiles l'avaient touché en pleine poitrine. Du haut du sternum, ils descendaient vers son flanc gauche. La dernière balle avait dû ressortir tout de suite. Arme automatique. Fusil à répétition et non mitraillette lourde. Et ce que j'avais pris pour le premier projectile avait sans doute été le dernier jailli de l'engin soulevé par son propre recul. Un tir ultrarapide pour avoir groupé les balles de cette manière. Ou très proche de la cible. Les trous offraient un aspect légèrement déchiqueté, car le gilet « à l'épreuve des balles » avait arraché des parcelles de métal et probablement déformé les projectiles sans diminuer la puissance des impacts. Je refermai le gilet, rabattis la couverture. Elle s'accrocha aux épines environnantes, et je l'en détachai d'une secousse.

Je demandai à Hester :

– M-16 ?

– Sans doute. Le sol est jonché de 5,56.

Je soupirai, mal dans ma peau :

– La preuve est faite que ces saloperies de gilets n'arrêtent que les balles de revolver. Qu'est-ce que Johansen avait en main ?

– AR-15. Kellerman aussi.

– Un futur avocat de la défense pourra prétendre que c'est Ken qui l'a descendu dans la confusion.

Et je savais que ce ne serait pas tellement invraisemblable, dans la mesure où Ken avait bien failli me buter.

– J'espère qu'on trouvera assez de plomb pour identifier les armes.

– Le dos du gilet de Kellerman en aura sûrement stoppé une ou deux.

– Je l'espère.

Puis j'ouvris de grands yeux en voyant deux personnes s'affairer autour d'une caméra fixe, fermement plantée sur son trépied, à moins de vingt mètres au-dessus de nous.

– Qu'est-ce que c'est que ce merdier ?

Hester gronda entre ses dents :

– Des journalistes, bien sûr !

Que foutaient le jeune adjoint et les territoriaux affectés au périmètre de sécurité ?

– Elwood et Jake pourraient peut-être les virer de là, non ?

– Hé ! hurla le premier nommé, à l'adresse des territoriaux. Foutez-moi ceux-là au frais ! Tout de suite !

Il leur fallut une seconde pour cesser de bayer aux corneilles. Puis les deux charognards tentèrent de gagner avant eux le sommet de la pente, mais les territoriaux les rattrapèrent à mi-chemin. Al jura dans sa barbe :

– Bon sang ! Ils nous les ramènent !

Lamar, qui nous avait rejoints, déclara :

– Je m'occupe d'eux.

Et se lança lourdement à leur rencontre, en gesticulant pour faire comprendre aux territoriaux qu'il fallait les évacuer, pas nous les coller dans les jambes.

Prenant Al et Hester à témoin, je suggérai :

– Si on y allait aussi ?

On savait tous que Lamar n'était diplomate ni avec les représentants des médias, ni avec les jeunots de la territoriale. On savait aussi qu'on n'était pas sortis de l'auberge, et que ces emmerdeurs étaient de la race des sangsues. Mieux valait leur rappeler les règles à ne pas enfreindre. Poliment.

– J'y vais, trancha Al. Pas la peine de vous faire chier avec ces vautours.

L'œil sur Lamar déjà plus qu'à mi-pente :

– Autant le laisser leur parler le premier. Ça me facilitera le boulot.

– Comme si tu n'aimais pas ça ! s'esclaffa Hester en s'épongeant le front. C'est ce qui te rend si beau gosse !

Il riposta d'un clin d'œil, car elle avait raison. De tout le personnel réuni sur le théâtre du crime, seul Al semblait parfaitement décontracté. Il avait ôté sa veste et roulé les manches de sa chemise bleu ciel, sans desserrer pour autant sa cravate bleu marine. À peine s'il transpirait. Une chemise à manches, par ce temps ! Je le suivis des yeux alors qu'il montait la côte.

– Tu sais comment il y arrive ?

– À quoi ? me renvoya Hester. À grimper sans se casser la gueule ?

– Non, idiote ! À toujours avoir l'air de sortir de soirée !

Son sourire s'élargit encore.

– Ça, c'est ce que tu ne sauras jamais, Houseman. Allez, au boulot.

* * *

On consulta le docteur Peters pour savoir de quoi on disposait exactement. Ce n'était pas grand-chose. Mais assez, tout de même, pour occuper une escouade de techniciens méticuleux dans leurs labos bien équipés.

– Rien d'exceptionnel, doc ?

– Pas vraiment, Carl. La gâchette facile, sur toute la ligne. Ces gilets pare-balles ne valent rien contre des fusils à grande puissance de pénétration.

– Paraît qu'ils sont efficaces contre les revolvers.

– Possible. Pas forcément d'aussi près...

– Vous avez trouvé de la poudre ou des brûlures ?

– On en trouvera. Sur les fringues.

– Arme automatique haute puissance, à douze-quinze mètres ? conclut Hester.

– Dans ces eaux-là. Mais avec l'épaisseur du sous-bois, je doute qu'ils aient vraiment distingué leur cible.

C'est un des nombreux traits que j'apprécie chez Peters. Il fait ses examens à fond, et chose rare dans notre État, c'est un vrai spécialiste de la médecine légale. J'aime aussi sa façon de ne pas insister sur les aspects les plus noirs de sa profession. Je me remettais lentement des chocs de la nuit, et je le devais à ses explications aussi claires que dépourvues de pleurnicherie. La précision clinique, meilleur remède contre une hyperémotivité aussi dangereuse que paralysante.

– Merci, doc. J'ai quelqu'un à interroger avant que l'histoire ne se répande dans toute la région. La petite amie du dealer. Les gens du labo sont sur le coup, et quelqu'un de la Crim va assister à l'autopsie.

Ce qui revenait à dire qu'à aucun stade de l'enquête, rien ne se passerait sans témoins. Et que tout serait fait pour que la direction de l'enquête incombât à quelqu'un qui n'avait pas personnellement connu Kellerman.

– Hester pourrait venir avec moi voir cette fille, si vous n'y voyez pas d'inconvénient.

Il est toujours préférable d'être accompagné d'un membre féminin de la police quand on doit interroger une femme.

– Bien sûr, approuva Steve Peters.

– Bonne idée, souligna Hester.

Sur le chemin, la presse faisait barrage. J'aurais voulu contourner le piège, mais il y avait toujours ces maudits sous-bois, de part et d'autre.

– Shérif, vous pouvez nous dire ce qui s'est passé ?

– Shérif, est-il vrai qu'une des victimes est un officier de police ?

– Vous pouvez confirmer qu'il y a des morts connus ?

Hester, Dieu merci, avait l'habitude de ces questions.

– Une déclaration officielle va vous être faite avant peu. Patience.

Une fois à ma voiture, je louchai vers Hester, assise auprès de moi.

– Qui va faire la déclaration officielle ?

– Je n'en sais rien, dit-elle en claquant la portière. En tout cas, surtout pas moi !

* * *

Sur la route de Freiberg, dans la fraîcheur de la clim poussée au maximum, on tenta de récapituler tout ce qu'on savait déjà. Ou plus précisément, tout ce qu'on ne savait pas encore.

– Alors, on est sûrs que nos gars se sont fait allumer de trois directions différentes ?

– Minimum.

Les pieds sur le tableau de bord, Hester entoura ses genoux de ses deux bras.

– Mais peut-être pas en même temps.

– Comment ça ?

– Les douilles de calibre 7,62 à deux endroits différents. Peut-être qu'un des tireurs s'est déplacé.

– Qu'en pense Ken ?

– Je ne crois pas qu'il ait encore pu y réfléchir.

Je m'arrêtai au stop. Passai du chemin empierré à la route asphaltée. Je me rappelai la première série de détonations que j'avais entendue, feutrée par la distance, du haut du poste d'attente.

– Ça nous laisse toujours deux ou trois suspects.

On roula un long moment en silence. Puis Hester demanda :

– On compte en tirer quoi, de cette fille ?

– Oh, les réponses habituelles.

– Non, qu'est-ce qu'on veut savoir précisément ?

– Par exemple, pourquoi Howie était dans le parc cette nuit.

– Et surtout, pourquoi il y est revenu après sa visite d'hier au bureau du shérif.

– QUOI ?

Hester souriait.

– Je savais bien que tu finirais par m'écouter.

– Tu te fous de ma gueule ?

– Non. Il a même laissé un petit mot. Mort aux flics ou quelque chose d'aussi original.

– Sûre ?

– D'après Al. Et Ken a dit qu'il était en tenue de camouflage. Alors qu'il ne l'était plus aujourd'hui.

– Hier ? En tenue de camouflage ? Howie ?

– Plus connu sous le nom de Turd.

– Non ! Pas possible ! Pas Howie ! Trop voyant, en ville. Surtout pour aller irriguer les plantations !

Hester me toisait, sarcastique, un sourcil relevé.

– Tu as été son professeur, ou quoi ?

– Il a été quelque temps mon indic.
– Des résultats ?
– Quelques interpellations.
– En combien d'années ?
– C'est pas tes oignons.

# 4

Freiberg est une ville de sept à huit cents âmes, coincée entre des escarpements hauts d'une trentaine de mètres et la rive du Mississippi. Elle y tient tout juste. Cinq rues dont deux font suite à la route, entrée par l'ouest, sortie par le nord et inversement. Celle qui descend des escarpements devient la Grand-Rue et conduit au fleuve. Une double rangée d'immeubles de deux étages en brique orange et rouge encadre cette artère principale, répartie en deux pâtés de maisons dont les boutiques occupent le rez-de-chaussée, avec des appartements au-dessus. Aucune bâtisse plus récente que le tout début du XX^e^ siècle, ainsi qu'en témoignent les inscriptions gravées dans la pierre. Quelques réaménagements dans les années 1960, pour pallier les attaques de l'humidité ambiante et renforcer certains plafonds. Les derniers ravalements remontent à plus de trente ans, et cette ultime décennie n'a pas épargné les façades.

Beth Harper, alias Slick, grand amour de Howie Phelps, vivait dans un appartement au nord, vers le milieu du deuxième pâté de maisons. Trente-quatre marches à grimper. Plutôt raides. Je compte toujours les marches.

Escalier plongé dans les ténèbres, avec une ampoule grillée ou un fusible pété quelque part. Sans que personne s'en occupe. Ni s'en préoccupe. On monta jusque là-haut pour y trouver un long corridor tout aussi obscur, encombré de ces jouets multicolores, tricycles, rameurs, en matière plastique, qui paraissent sortir tout droit d'une bande dessinée. Et que prolongeait un long cortège de sacs-poubelle remplis à craquer.

Beth habitait tout au fond, avec une vue imprenable sur des poubelles métalliques que personne, apparemment, ne songeait à utiliser. Le corridor manquait totalement d'aération. Bref, ça puait.

Je frappai à la porte de Beth pendant ce qui me parut une bonne demi-heure. Puis le battant s'entrebâilla, et une jeune femme que je ne connaissais pas condescendit à montrer sa tête. Elle avait les yeux tellement rouges que je me demandai si elle n'avait pas pris de la dope. Elle avait simplement dû pleurer.

– Qu'est-ce que vous voulez ?

– Voir Beth.

En exhibant ma carte de police.

– Et merde ! Beth, c'est ces putains de flics.

Sans animosité particulière. Dressée depuis toujours, comme des tas d'autres, à employer certaines expressions toutes faites. « Putains de flics. » « Salauds de patrons. » « Connards de fonctionnaires. » (Qu'est-ce que tu feras plus tard ? Je serai un putain de flic.) Quelqu'un réagit, du fond de l'appart, et la porte s'ouvrit toute grande.

– Entrez.

Appartement est un bien grand mot. Pire que le corridor. Et nettement plus peuplé. La fille qui m'avait accueilli. Plus Beth en personne, et deux mioches d'environ deux et trois ans. Nus, à l'exception d'un slip en matière plastique. Sans couches par-dessous. Rien que le plastique. Sales, mais très éveillés, et blottis près de leur mère assise à une table de cuisine en formica dont les pieds chromés naguère, à présent mangés par la rouille, s'assortissaient à ceux de trois chaises au siège de vinyle craquelé. Les assiettes sales cachaient presque le dessus de la table. À l'origine, il avait dû imiter le marbre.

– Salut, Beth.

– Monsieur Houseman, répondit-elle en tirant longuement sur sa cigarette et en rejetant la fumée vers sa frange de cheveux bruns. Qu'est-ce que vous lui avez fait, à Howie ? On m'a dit qu'il était mort.

Elle tenait le coup, mais sa main tremblait.

– Qui vous l'a dit ?

Beth désigna l'autre fille, de la tête.

– Sa mère fait le ménage chez le toubib.

On verrait ça plus tard.

– C'est vrai, Howie est mort.

Elle faillit craquer, mais aspira une autre bouffée de fumée et garda son contrôle. Elle avait de longs cheveux bruns, et de très grands yeux marron. Son regard ne me quittait pas.

– Pourquoi ?

– Il s'est fait descendre, près de sa plantation.

– Comment ?

– On pense qu'il a tiré le premier.

Je me retournai vers l'autre fille.

– Emmenez donc les gosses dans le corridor ou ailleurs. Pas loin. Juste quelques minutes.

– Allez avec Nan, approuva Beth. Tout va bien. Maman ne bouge pas d'ici.

Elles les poussèrent hors de la pièce. Beth revint en se passant la main dans les cheveux. Nous invita à nous asseoir. On évita, simplement, de s'accouder sur la table.

– Il aurait tiré le premier ? Facile à dire, maintenant qu'il est mort.

– On a toute raison de penser qu'il l'a fait, riposta Hester. D'après les premières constatations.

– C'est qui, celle-là ?

– Agent Hester Gorse, de la brigade criminelle.

– Vous êtes ici à cause de cette histoire ?

– Exact.

– Elle est réglo ? me demanda-t-elle.

– Bien sûr.

– Alors ? Qu'est-ce qui s'est passé ?

– Apparemment, il venait s'occuper de ses plantations, et il est tombé sur un de nos gars. Il lui a tiré dessus, l'autre s'est défendu. Pas plus compliqué que ça.

– Mais il vous avait vus la veille. Bon Dieu, qu'il vous ait tiré dessus, c'est pas possible.

– Vrai, pourtant. Pas encore prouvé, mais probable.

– Après vous avoir vus ? Pourquoi lui êtes-vous tombés dessus ?

– Je ne pense pas que nos gars l'aient reconnu. Ils arrivaient à peine.

– Exact, répéta Hester. Ils ont dû le voir de loin, et puis le perdre de vue.

– Mais pourquoi l'avoir tué ?

– Il a tiré sur un flic, Beth. Ils n'ont fait que riposter.

Elle se releva d'un bond.

– Et vous croyez que je vais gober ça ?

– Il va bien falloir.

Aussi calmement que je pouvais lui répondre.

– Ben, voyons !

Elle écrasa sa cigarette dans une assiette de carton.

– Vous pouvez le prouver ?

– Un flic a été tué, Beth.

– Par Howie ?

En retombant sur sa chaise, les jambes coupées.

– Par Howie ou quelqu'un de son bord. Il n'était pas seul.

Je regardai Hester. Le fusil de feu Howie tirait des cartouches. Et Bill semblait avoir été touché par une carabine à répétition.

Tiré de très près, le contenu d'une cartouche se disperserait-il juste assez pour pouvoir être confondu avec la répartition d'une arme automatique ? Une cartouche de calibre douze contient approximativement neuf plombs de 5,56 millimètres. Perceraient-ils un gilet pare-balles ?

– Tué par Howie, ou par l'un de ses complices.

Autre scénario : Howie avait tiré sur Bill et manqué sa cible. Bill l'avait descendu. Puis une arme différente avait tué Bill. Hester se posait les mêmes questions. Je pouvais le lire sur son visage.

– Vous croyez vraiment qu'il n'était pas seul ?

– Nous espérions que tu pourrais nous le dire.

Pas de réponse.

– Beth, il y a de la dope chez toi ?

– Non.

– Te fous pas de moi.

– De quoi rouler quatre ou cinq joints, pas plus.

– Avant d'aller plus loin, je vais te rappeler tes droits. Tu n'es pas en état d'arrestation, mais je préfère...

Je lui débitai la litanie. Pour lui laisser le temps de réfléchir. L'encourager à collaborer. J'étais persuadé qu'elle jouait franco, excepté pour son petit stock de came. Elle en possédait sans doute un peu plus, mais un peu seulement. Rien d'énorme. Et nous savions, elle comme moi, que ce n'était pas le nœud de l'affaire.

J'arrêtai de réciter le sempiternel texte.

– Alors ?

Elle n'hésita pas plus d'une seconde.

– S'il y avait quelqu'un avec lui, c'était sûrement Johnny Marks.

Inconnu au bataillon. J'insistai :

– Johnny Marks ?

– Le propriétaire du champ : Howie s'en occupait pour son compte. C'est pour ça qu'il est revenu, après sa visite d'hier, parce que si Marks avait pensé qu'il négligeait le boulot, il l'aurait tué. Howie n'y croyait pas, mais moi si. Il n'aime pas Howie, et c'est une ordure. Howie le déteste, mais il a peur. Enfin... il avait peur.

Elle se mit à pleurer. Juste un peu.

– Tu veux te reposer ?

– Non. Non, ça ira...

– Où peut-on le trouver, ce type ?

– Chez lui, sans doute. Dans le centre-ville. Les nouveaux immeubles.

– Qu'est-ce qu'il fait dans la vie ?

– Il deale.

– C'est sur ses cartes de visite ?

Elle rit à travers ses larmes.

– Non, non. Un vrai dealer. À la Reine du Soleil.

– Oh ?

Dealer de *cartes*. Autrement dit : croupier. La Reine du Soleil était un *showboat* à l'ancienne, et depuis que l'État de l'Iowa avait légalisé les casinos flottants, la Reine du Soleil avait choisi Freiberg comme port d'attache.

– Qu'est-ce que tu peux nous dire au sujet de ce Marks ?

– On dirait qu'il cherche tout le temps à foutre Howie en rogne. Il me drague ouvertement, en sa présence. Il me pelote devant lui. Juste pour lui montrer qui est le patron.

– Un type bien ! commenta Hester.

Beth la regarda vraiment pour la première fois, et parut aimer ce qu'elle voyait. Au point de s'adresser à elle plutôt qu'à moi.

– C'est un pur salaud. La semaine dernière, le voilà qui s'amène et sans s'occuper de mon mec, il me relève la jupe et tout. Il me dit que j'ai des beaux nichons et que bien lavée, je serais potable. Devant Howie !

– Qui a réagi comment ? s'informa Hester.

– Qui n'a pas réagi du tout. Qu'est-ce qu'il pouvait faire ?

– Quelque chose...

– Pas Howie ! Je sais qu'il ne vaut rien. Et merde ! Qu'il ne *valait* rien ! Mais il n'était pas mauvais. Pas méchant, je veux dire.

Soudain rattrapée par la dure réalité des choses :

– Dégonflé, et tout. Mais gentil.

– Une grande qualité, chez un homme, approuva Hester.

– Il savait même que je couchais avec Hemmie. De temps en temps, quoi. Ça l'ennuyait. Mais il m'aimait.

La touche finale. Qui provoqua ses sanglots.

Nan accourut au galop, prête à défendre sa copine.

– Qu'est-ce que vous lui avez fait ?

– Rien, protesta Beth. Ils ne m'ont rien fait du tout.

– C'est nous qui allons sortir un instant, proposa Hester.

– D'accord, gémit la veuve de Howie.

***

L'air avait fraîchi, entre-temps. Il faisait presque bon, dans le corridor.

– Merde ! jura doucement Hester.

Je contournai le môme de deux ans qui poursuivait un chaton, à quatre pattes.

– Quoi ?

– J'ai horreur de faire ce genre de chose. Gonfler cette pauvre fille jusqu'à ce qu'elle éclate. Et puis repartir de zéro !

– Au moins, tu as des remords.

– Ouais. Elle a quel âge, d'après toi ? Vingt-deux, vingt-quatre ?

– Je parierais plutôt sur dix-huit, dix-neuf. Il faut qu'on alpague ce Johnny Marks.

– Et comment !

– Tu crois qu'elle va nous en dire plus ?

– Plutôt deux fois qu'une. Elle doit savoir si Johnny Marks était au courant, pour hier.

– Bill a été tué par une arme automatique ou par une décharge de plombs ?

Hester prit le temps de peser le pour et le contre.

– Plutôt par une carabine à répétition.

– Et Howie ?

– *Idem.*

– Je crois aussi.

Je me remémorai les blessures de Bill. À plus de quatre ou cinq mètres, jamais les chevrotines, même de gros calibre, n'auraient eu assez de force pour perforer son gilet pare-balles. Encore moins pour ressortir dans son dos.

– On ignore encore trop de choses. Il va falloir attendre l'autopsie.

– Ouais. Les gars du labo ne sont pas près de rentrer chez eux.

Du bout du couloir, on apercevait l'arrière de quelques vieilles baraques décrépites. Quant au balcon sur lequel s'ouvrait la porte-fenêtre, des mains prévoyantes l'avaient garni de treillage à poulailler, afin d'empêcher les moutards de rejoindre le plancher des vaches plus vite que par l'escalier. Aucun signe de vie nulle part, en dehors du fils aîné de Beth, trois ans, qui se curait le nez, les yeux dans le vague, et de son frère pelotonné dans ce qui, sauf erreur de ma part, était la litière du chaton. Je regrettais de plus en plus d'avoir cessé de fumer.

# 5

On réintégra l'appartement. Beth s'était calmée, ce qui ne faisait pas tellement notre affaire. Nan, en revanche, paraissait plus en rogne que jamais, et faillit nous heurter, dans sa hâte de rejoindre les gosses. Je m'informai gentiment :

– Ça va mieux ?

– Oui. Désolée.

– Pas de quoi. Dis-moi, Beth, juste pour savoir, tu as quel âge ?

– Dix-sept ans. Bientôt dix-huit.

– Howie portait des tenues de camouflage ?

– Non.

– Pas même une chemise ?

– Non.

J'enchaînai en souplesse :

– Et Johnny Marks ? On pense qu'il était là-bas, avec Howie, et peut-être un de leurs copains.

Beth hésita.

– Ça m'étonnerait. Je ne crois pas que Johnny Marks irait là-bas en personne.

– Pourquoi ? voulut savoir Hester.

– Il ne toucherait pas à la came. Même de loin.

J'acquiesçai d'un signe de tête.

– Pas de casier, c'est ça ?

Puis, dans un soupir, Beth demanda :

– Est-ce que j'ai besoin d'un avocat ?

La question magique. Hester haussa un sourcil.

– Personne ne vous accuse.

– J'ai peur de Johnny Marks. S'il apprend que je vous ai parlé, il me tuera, moi aussi.

– On vous transférera dans un endroit sûr.

– Très peu pour moi. De toute façon, il me retrouverait.

– On assurera votre protection.

– Je ne sais pas...

La peur qu'elle ressentait croissait de seconde en seconde. Hester tenta de la raisonner :

– Écoutez. Ce n'est qu'une enquête de routine, consécutive à une mort violente. Rien de personnellement compromettant.

– Mais vous sortirez d'ici pour foncer droit chez Johnny Marks, c'est ça ? Merci. Merci beaucoup !

– Pas d'affolement, recommanda Hester.

Je me dépêchai d'intervenir :

– Je vais appeler le bureau, et envoyer des gens parler à Johnny Marks, pendant qu'on est là. S'il croit que vous avez été interrogés au même moment, il ne pourra se douter que c'est toi qui nous as informés.

Après un temps de réflexion :

– D'accord.

Je décrochai le téléphone. Le fil, très long, me permit de m'éloigner suffisamment tandis que Beth et Hester bavardaient en sourdine.

Le temps d'arranger cette première visite à Johnny Marks, je rejoignis Beth et Hester qui, dans l'intervalle, avaient fait plus ample connaissance.

– Beth me confirme que Marks n'aurait sûrement jamais mis les pieds là-bas, mais qu'elle n'en dirait pas autant d'un nommé Howler Moeher.

Je connaissais Moeher, et partageais entièrement l'opinion de Beth.

Laquelle ajouta, deux secondes plus tard :

– Howler a une mitrailleuse.

Suivi d'une longue pause. La plupart des gens ne font aucune différence entre une mitrailleuse et une arme de poing automatique. La question s'imposait donc :

– Qu'est-ce que tu entends exactement par une mitrailleuse, Beth ?

– Ben, une sorte de gros machin noir qui tire très vite. Et c'est comme ça qu'il l'appelle.

– Je vois, dit Hester. Mais gros comment ?

Beth écarta ses deux mains d'un peu moins d'un mètre.

– À peu près comme ça, avec un truc courbe par-dessous.

Je m'empressai de lui demander :

– On le trouve où, l'ami Howler, en ce moment ?

– Ben, dans sa ferme, entre ici et Maitland, par la grand-route, vous voyez, près de l'ancienne gare de chemin de fer.

– Ouais, je vois.

Je voyais surtout qu'une visite à Howler Moeher s'imposait. D'urgence.

***

En arrivant à la voiture, j'appris, par la radio, que c'était l'agent de Freiberg qui avait été envoyé chez Johnny Marks, aucun de nos hommes n'étant disponible. On décida donc, Hester et moi, d'aller faire un tour là-bas pour prêter main-forte au gars de Freiberg. Et pour entendre notre homme, qui avait certainement pas mal de choses à nous apprendre.

***

Johnny Marks pouvait avoir vingt-cinq ans et faisait son bon mètre quatre-vingts, mince, bronzé, brun, viril et très en colère.

– Je peux savoir ce que vous foutez ici ?

– Je suis sûr que vous le savez déjà. Comme j'essayais de vous le dire, je m'appelle Houseman, shérif en second du comté de Nation. Et voilà l'agent spécial Hester Gorse, de la brigade criminelle.

– Des pontes !

– On a quelques questions à vous poser.

– Allez vous faire foutre ! Je pars en vacances.

– On peut entrer ?

– Non.

Je l'empoignai par le devant de sa chemise hawaïenne.

– Alors, c'est vous qui allez sortir.

– Retirez vos mains de là ou je...

– Vous êtes en état d'arrestation, à titre de témoin impliqué. Sortez !

Je l'y aidai, d'une traction énergique. Il jaillit sur le palier, en trébuchant. Une fois de plus, le sourcil d'Hester exprimait un doux étonnement.

– Tu l'as entendu dire qu'il partait en vacances ?

– Affirmatif.

– Je veux mon avocat... Et je le veux maintenant... Vous n'avez pas le droit de m'arrêter... Pour quel motif ?

En voyant les menottes :

– Vous n'avez pas le droit !

Je le poussai vers le gars de Freiberg. Il avait compris qu'on ne l'avait dépêché en avant-garde que parce qu'on n'avait personne d'autre sous la main. Il avait fait preuve de beaucoup de patience, avec nous comme avec Johnny Marks.

J'y allai de mon refrain habituel :

– Vous avez le droit de garder le silence...

Pour une raison ou pour une autre, il m'écouta calmement jusqu'au bout. Plus une trace de rage incontrôlée dans son attitude. La marque d'un multirécidiviste. Sitôt qu'on parle sérieusement, ils arrêtent leur numéro pour revenir aux choses sérieuses.

– Vous avez bien compris, monsieur Marks ? Vous êtes en état d'arrestation, à titre de témoin impliqué.

– Témoin de quoi ?

– De trafic de drogue... par exemple.

– Hé. J'ai jamais touché à ça.

– Même pas en cultivant de l'herbe ?

– Vous êtes complètement dingue.

– Alors, disons : de meurtre.

Silence incrédule.

– Disons plutôt : d'incitation au meurtre.

– QUOI ?

– Meurtre d'un officier de police au cours d'une mission de reconnaissance d'un champ de plants illicites.

– QU'EST-CE QUE VOUS ÊTES EN TRAIN DE DÉCONNER ?

Hester s'en mêla :

– Vous allez nous accompagner au bureau du shérif du comté de Nation, où il vous sera demandé de signer une déposition. Dès notre arrivée au bureau, vous pourrez appeler votre avocat.

Elle lui adressa un large sourire, mais pour la première fois depuis que je la connaissais, ce sourire n'exprimait rien d'amical.

# 6

Le flic de Freiberg claqua la portière arrière de sa voiture de patrouille, privant Marks de notre conversation.

– Tout se passe comme vous voulez ?

Je lui tapai gentiment sur l'épaule.

– Pas exactement !

– Témoin impliqué ?

– Il s'apprêtait à filer, non ?

Hester soupira :

– Carl, quelquefois...

– Eh bien ?

Elle secouait la tête. Mais l'arrestation de Marks était pleinement légale. Refus de témoignage. J'enchaînai :

– Comme il va fermer sa gueule jusqu'à l'arrivée de son avocat, je pense qu'on devrait passer chez Howler, ça ne fera pas un bien grand détour.

* * *

Howler disposant d'une « mitrailleuse », la prudence nous conseillait de ne pas nous embarquer à la légère. Hester appela Al sur son portable, mieux valait éviter la radio. On retraversa Freiberg, où l'on s'équipa de quelques boîtes de soda, et quand on atteignit la ferme de Howler, six ou sept voitures-patrouilles nous attendaient sur place. J'étais sincèrement impressionné. Dans notre campagne, une foule de flics au même endroit, c'est, à tout casser, trois agents, à bord de deux voitures.

Adjoints et territoriaux s'étaient répartis sur les quatre côtés de la maison. Aucun signe d'activité, pour le moment. Hester avait obtenu des Renseignements le numéro de la ferme et le pianota en marchant vers l'entrée. Quelqu'un répondit enfin, à la dix ou douzième sonnerie.

– Allô !

– Monsieur Moeher ?

– Oui, ma belle, c'est ce vieux Howler.

La voix féminine semblait l'avoir mis d'excellente humeur.

– T'as envie de te taper un beau mec ?

– Non, mais j'aimerais vous parler.

– Hé, le téléphone rose, c'est chouette, ma belle, mais c'est rien à côté de ce que ce vieux Howler est prêt à t'offrir.

– Ce que j'aimerais, Howler, c'est que vous sortiez gentiment sous votre porche.

– Pour quoi faire ?

– Pour que je vous voie.

– Et t'es qui, au juste ?

– Agent Gorse, de la brigade criminelle de l'Iowa.

Il éclata de rire.

– Sans blague ?

– Regardez par la fenêtre, Howler. Vous me verrez, près du portique des balançoires.

Il dut regarder. Peut-être sans voir Hester. Mais il ne pouvait manquer les voitures-patrouilles.

– Bordel de merde !

Puis il raccrocha. Hester leva son portable au-dessus de sa tête et lança d'une voix forte :

– Contact rompu. Volontairement.

Ce « vieux Howler » l'entendit, lui aussi. Une silhouette apparut, derrière la porte-moustiquaire, qui s'ouvrit de quelques centimètres.

– Ne tirez pas !

– Montrez-vous simplement, Howler.

Il répéta :

– Pour quoi faire ?

– Parler. Il faut qu'on vous parle.

– De quoi ?

– De ce qui se passera si vous refusez de collaborer.

Tandis que ma collègue de la Crim et « ce vieux Howler » échangeaient ces brillantes répliques, un jeune de la brigade territoriale avait rampé jusqu'au porche et se tenait à présent plaqué au mur, juste à côté de la porte-moustiquaire.

Elle s'ouvrit un peu plus, livrant passage à la tête de Howler. Je distinguai des cheveux blancs, ramenés en queue-de-cheval sur la nuque. Torse nu, grand et mince...

La main du jeune gars jaillit comme la gueule d'un serpent qui attaque, empoigna la queue-de-cheval et, d'un mouvement souple, balança Howler sur le plancher du porche. L'instant d'après, un genou appliqué dans le dos pressait le fermier sur le ventre, et son bras tordu lui arrachait un hurlement de douleur et de rage.

On gagna le porche en quelques bonds et je dis au jeune flic :

– Bon boulot, fiston !

– Un jeu d'enfant.

– Enfoirés, vous voulez que je parle avec le poids de ce putain de connard sur mon putain de dos ?

– Surveille ton langage, Howler. Il y a une dame.

Plus fort que moi. Levant les yeux vers Hester, Howler minauda :

– Oh ! 'scusez-moi, m'dame !

Je me détournai précipitamment. Hester détestait cordialement se faire appeler « m'dame ».

– Laissez-le se relever.

Le petit costaud redressa Howler d'une poigne solide.

– Vous voulez que je lui passe les menottes, m'dame, demanda-t-il ?

– Non, ça ira.

– Vous voulez lui parler, maintenant, m'dame ? insistai-je.

Plus fort que moi.

– Non, shérif adjoint ! répondit-elle. Je veux qu'on l'embarque comme témoin impliqué.

– Pas sur un simple ouï-dire.

– Je peux savoir ? demanda Howler.

Hester le toisa calmement, louchant sur ses nombreux tatouages.

– Il faut qu'on vous parle de deux ou trois petites choses. Vous êtes un délinquant récidiviste, n'est-ce pas ?

– J'ai fait mon temps, m'dame. Libéré depuis deux ans. Pas d'autre infraction.

– À part une ou deux. La détention, par exemple, d'un fusil d'assaut. Si vous nous le remettez de votre plein gré, la cour tiendra compte de votre collaboration.

Il réfléchit brièvement.

– Vous n'avez pas le droit de fouiller la maison.

– Remettez-nous l'arme et ce sera inutile.

Nouvelle pause.

– D'accord.

– Nous allons entrer avec vous, précisa Hester.

– Dites-nous seulement où il est, et on fera le reste.

– Sûr. Juste à l'intérieur, près de la porte. C'est là qu'il est.

J'enfilai ma dernière paire de gants chirurgicaux. Explorai l'endroit indiqué, à l'aveuglette. Sentis le froid du métal, ramenai doucement l'engin. Un vieux Tokarev de l'armée Rouge, 1940, semi-automatique. Avec un chargeur dix coups, sous la crosse. J'en avais déjà vu un autre. Dans un musée. Je dégageai le chargeur qui tomba sur le sol avec un bruit sourd. J'essayai de renifler le canon, mais ma sinusite m'empêchait d'en conclure quoi que ce soit.

– Quand cette antiquité a-t-elle servi pour la dernière fois ?

– Ce matin de bonne heure.

– Où ça.

– Dans les bois.

Je ramassai le chargeur incomplet.

– Pour tirer quoi ?

– Un daim.

– Howler, vous savez que dans l'Iowa, il est interdit de tirer un daim avec ce genre de fusil.

Son regard me défiait ouvertement.

– Howler, précisa Hester, vous allez nous accompagner au bureau du shérif. Nous avons des questions à vous poser.

Puis, au jeune flic :

– Passez-lui les menottes, je vous prie.

– Oui, m'dame.

J'ajoutai sans appuyer :

– Je vous signerai un reçu au bureau, pour votre fusil. Mais je ne pourrai pas vous le rendre.

– Je sais. Avec ces putains de nouvelles lois sur les armes.

Il se reprit tout de suite.

– Sauf vot' respect, m'dame.

* * *

On remit Howler à un adjoint du comté de James venu en renfort, avec mission de le boucler dans une de nos cellules. On remercia le jeune territorial, déclenchant une nouvelle salve de « m'dame » qui n'améliora pas l'humeur d'Hester. J'appelai Lamar pour le mettre au courant. Hester appela son patron, Al, et lui donna quelques détails sur l'arrestation. C'est la marche à suivre, dans ce genre de circonstance.

Après ça, on reparla de Howler et de son fusil d'assaut. L'arme d'un meurtre ? Possible. Le calibre collait parfaitement. C'était plutôt Howler qui ne collait pas.

– Il n'est pas assez nerveux, opina Hester. Il est très loin d'être assez nerveux.

– D'autant plus qu'il dormait. Et pas drogué, que je sache.

– Alors ?

– Je ne sais pas. Je m'interroge. Deux types en rapport avec Howie. Au courant pour l'herbe. Ils savent qui était avec lui. Ils doivent le savoir. Ils sont dans le coup, d'une façon ou d'une autre.

En dépit de mes affirmations, je sentais que quelque chose clochait, quelque part.

Enfoncée sur son siège, Hester ouvrit une cannette de soda.

– Je ne sais pas. Je sens qu'il y a quelque chose qui cloche.

– Moi aussi, m'dame !

# 7

Quand on débarqua au bureau, l'atmosphère n'était pas au beau fixe. Pas de conversations animées. Même les bruits paraissaient assourdis, la sonnerie des téléphones, déplacée.

Je commençai par appeler Sue, ma femme. Les nouvelles vont vite, surtout les mauvaises, et bien que le bureau lui eût fait savoir que j'étais toujours en vie, je tenais à le lui confirmer moi-même. Elle fut heureuse d'apprendre que je n'étais même pas blessé et me demanda quand je pensais rentrer à la maison. Je lui dis que je n'en savais rien, mais que j'espérais pouvoir me libérer très vite. J'étais sincère, et pourtant, je n'avais aucune hâte de quitter cet endroit où je me sentais chez moi, au cœur de l'action, entouré des collègues. Difficile d'expliquer un tel sentiment à son épouse. Je n'essayai donc pas. Elle n'était pas dupe.

Je signalai ma présence à la réception pour qu'on ne me cherche pas à l'extérieur. Sally, ma coordinatrice préférée, tenait le standard.

– Carl, annonça-t-elle sans lever les yeux de ses fiches et de sa console, le médecin légiste a un message pour toi. Il te demande de l'appeler à l'hôpital général de Maitland.

– OK.

– Au sujet de l'autopsie. C'est tout ce qu'il m'a dit.

– Parfait.

– Un des hommes de terrain va arriver d'un instant à l'autre. Il te demande de l'attendre.

– Je serai dans l'arrière-salle.

– Et l'adjoint de Freiberg t'attend déjà dans la cuisine, avec un prisonnier.

On n'a pas de salle d'interrogatoire. La cuisine en fait office. C'est le meilleur endroit, à cause de la machine à café.

– Je peux y aller maintenant ?

Levant les yeux pour la première fois, elle murmura gentiment :

– Bien sûr.

– Personne ne t'a raconté ce qui se passait là-bas ?

Elle secoua la tête. J'ajoutai :

– Normal, dans un sens. Tu te souviens de la première fois où on a dû s'occuper de Turd.

– Naturellement.

– Si tu en as l'occasion, laisse-moi une petite note à son sujet, d'accord ?

– Ce sera une toute petite note.

– Le moindre détail peut être important.

***

Vers 22 heures, nos infos se réduisaient à ceci : un agent tué par balles, un dealer *idem*, un témoin impliqué qui n'avait pratiquement rien vu, en dehors des deux victimes, sinon constaté la présence d'au moins un tireur, deux sans doute, trois peut-être. Il n'avait pas vu les victimes se faire descendre. Enfin, deux suspects liés à la tuerie par leurs rapports avec le dealer, et pas la moindre preuve de leur présence effective sur le terrain.

Côté empreintes de pas, trop de végétation pour en trouver une seule exploitable en dehors de la piste. Côté douilles, soixante-sept de 5,56 et de 7,62. L'arme de Turd était un modèle à pompe et n'avait tiré qu'une seule fois. Une cartouche contenant du plomb de six et demi. Trop petit et pas assez de puissance pour perforer, même de très près, le gilet d'un officier de police. Le docteur Peters nous avait rejoints dans la cuisine. Les premières constatations de l'autopsie n'éclaircissaient rien. Elles embrouillaient plutôt les choses.

***

Doc Peters déclara, en reposant sa tasse :

– Si on s'occupait d'abord du civil ?

On était six, autour de la table. Le shérif Lamar, Hester Gorse, l'agent Dahl, de la brigade des stups, et un nommé Frank qui avait pris la plupart des photos. Plus moi et le toubib. Dahl, Lamar et Frank avaient assisté aux autopsies, avec deux experts de la Crim.

– Au moins six impacts d'arme automatique. Je dis au moins parce qu'un septième projectile l'a peut-être touché à la tête. Aucun projectile demeuré à l'intérieur du corps. Rien que des petits fragments de métal. Pas mal d'os pulvérisés. Beaucoup de dégâts.

En se resservant du café :

– Première balle au-dessous du nombril, deux dans la poitrine, une à la base du cou, la dernière dans la tête. Ou peut-être deux. Arme automatique moderne, à tir très rapide.

– Le calibre ? s'enquit Hester.

– D'après les douilles récupérées, 7,62 ou 5,56. Mais sans un seul projectile resté à l'intérieur du corps, difficile à dire. Les petits fragments métalliques semblent provenir de balles chemisées. Du 5,56, je dirais, mais je ne le jurerais pas sur la Bible.

Entre deux gorgées de café :

– Tir de près, c'est tout ce que je peux dire. À trois-quatre mètres, compte tenu de la hausse provoquée par le recul. Pas beaucoup plus que ça.

Je m'entendis siffler entre mes dents. Peters ajouta :

– Conforme à la visibilité réduite, sur le sentier. Son tir à lui n'a été qu'un tir réflexe, probablement dans le vide.

Hester remarqua :

– Il avait dû voir quelque chose, juste avant, pour avoir le doigt sur la détente.

– Probablement.

– Mais pas assez tôt pour tirer le premier.

– Sans doute, reconnut Peters. Si on passait à l'agent Kellerman ?

Je respirai un bon coup en reprenant du café. Imité par le plus grand nombre.

– Cinq impacts. Un détail intéressant, dans son cas, puisqu'il semble avoir été touché par deux tireurs différents, trois fois par du 7,62, deux fois par du 5,56. Provenant de la même direction approximative, mais de deux niveaux également différents. Et presque en même temps, d'après les souvenirs de l'agent Johansen.

– Comment ça ? questionna Dahl.

– Johansen a entendu une salve, puis une autre avec un infime décalage. Quand il a rejoint Kellerman, celui-ci était déjà à terre. D'autres balles ont été alors tirées, qui n'ont pas touché Kellerman.

Je récapitulai :

– Bref, Kellerman abat Howie, et deux tireurs invisibles le descendent.

– Selon toute vraisemblance, acquiesça Dahl.

– Rien de moins sûr, le contredit Peters. En fait, d'après la déposition de l'agent Johansen, je ne vois pas comment Kellerman aurait pu toucher le civil par-devant...

– Tu veux dire, intervint Lamar, que les deux dealers pourraient avoir buté et le civil, et Kellerman ?

– Une possibilité à ne pas écarter. Ce n'est pas l'opinion de Johansen. Il pense que c'est Kellerman qui a descendu le civil. Contradictoire ?

Peters posa son café pour se référer à ses notes.

– D'après l'autopsie et d'après les éléments recueillis sur place, je crois qu'un des types présents sur les lieux a descendu le civil, puis qu'ils ont tiré tous les deux sur l'officier de police. Pas moyen de le prouver, pas encore. Ça, c'est votre boulot.

Il nous présenta une douille de 7,62. Elle avait une teinte marron foncé.

– Fabrication japonaise. Compatible avec le fusil russe. Je suggérerais une arme automatique du type AK-47.

– Mais sûrement pas un vieux 7,62 soviétique de la Seconde Guerre mondiale ?

Peters était un collectionneur d'armes de toutes origines et de tous calibres. Il pourrait probablement répondre à cette question.

– Non, je ne le pense pas.

– Du genre d'un Tokarev semi-automatique ?

– Non.

On en était là. Avec deux morts sur les bras. Des tas de douilles. Et deux suspects qui n'avaient peut-être rien à voir avec notre affaire.

***

Une autre équipe se chargea de renouveler l'interrogatoire de Beth. Il nous fallait des tas d'infos complémentaires susceptibles de relier Johnny Marks au cannabis. Et au théâtre du crime. Il nous fallait un mandat pour perquisitionner chez lui, à la recherche d'une arme suspecte. On n'avait encore rien. Ou presque. Mais des collègues s'employaient à interroger ses amis et connaissances. En quête de renseignements d'ordre général ou concernant précisément un fusil d'assaut du type recherché. Il nous fallait quelque chose, n'importe quoi qui pût nous permettre de lui attribuer la détention d'une de ces armes.

***

On ne fut pas trop de deux, Hester et moi, pour interroger Howler. Il avait subi tous les tests classiques tendant à prouver qu'il s'était servi d'une arme à feu récemment. Pour tirer sur un daim ?

– Je vous l'ai dit, bon sang ! Je l'ai raté, mais je l'ai tiré !

– Vous le répéteriez devant un garde-chasse d'État ?

– Sûr ! Enfin, je veux dire, j'aimerais autant pas.

Il réagit uniquement à ma question concernant la ou les armes détenues par Johnny Marks.

– Oh, merde, des tas et des tas, mon vieux ! Au moins trois carabines. Quatre armes de poing, minimum.

– Qui sont où ?

– Dans une armoire bien bouclée, m'dame.

– Vous les avez vues chez lui ? De vos yeux vues ?

– Oui, m'dame.

– Dernièrement ?

– Y a pas une semaine.

– Vous pouvez préciser ?

– Je les ai jamais prises en main. Juste aperçues dans son armoire. Pas une armoire vitrée, voyez le genre ? Je les ai juste aperçues. Les pistolets étaient accrochés à des petites patères. Par le pontet.

Trois heures plus tard, on avait notre mandat, et quelques minutes après minuit, on entama la perquisition.

On découvrit pas mal de choses intéressantes. Fusils à chargement par le canon et revolvers à barillet. Poudre noire. Rien d'illégal, selon les lois de l'Iowa. J'avais toujours cru que ces armes, qui avaient tué des soldats par centaines de milliers, lors de la guerre de Sécession, étaient toujours capables de tuer aujourd'hui. Mais apparemment, même si elles font beaucoup de fumée, les législateurs ne les considèrent pas comme des armes à feu.

Selon le mot d'Hester :

– Une accusation de trafic de drogue qui ne tient pas debout et des flingues bons pour la brocante !

Dahl, notre collègue des Stups, découvrit autre chose dans l'armoire à flingues de Johnny. Des documents sous-entendant de grosses tractations, en sous-main, avec d'importants dealers du triangle Iowa-Minnesota-Wisconsin. Sous-entendant est le mot juste. Assez pour lancer Dahl sur la piste, mais insuffisant pour motiver une mise en examen. Marks fut simplement inculpé de détention d'armes. Juste assez pour justifier sa garde à vue. Et rien qu'on puisse échanger contre des informations, s'il était en mesure d'en fournir.

Cette longue journée se termina à 4 h 24 du matin. Avec un dossier à peine mieux garni qu'il ne l'était vers 4 heures de l'après-midi. Très peu pour un premier jour d'enquête sur une affaire de meurtre. Le pense-bête classique, en matière d'enquête criminelle, c'est qu'à moins d'avoir débusqué un bon suspect dans les premières quarante-huit heures, on a un sérieux problème qu'on risque de ne pouvoir résoudre avant des semaines.

Si on y arrive jamais.

# 8

La journée du lendemain, en réalité la même, commença à 7 h 26, quand le téléphone sonna pour m'informer qu'il y avait des faits nouveaux nécessitant ma présence dans un délai maximum de trente minutes. Sue, que la sonnerie avait réveillée, voulut savoir quelle heure il était. Je le lui dis.

– Seigneur Dieu ! Et tu t'es couché à quelle heure ?

Assis sur le bord du lit, j'essayais de me souvenir où j'avais laissé le plancher, la nuit dernière.

– Oh, 4 ou 5 heures, je ne sais pas trop...

– Trois heures de sommeil !

Elle s'était assise, elle aussi. Mieux réveillée que je ne l'étais, puisqu'elle venait de réussir une difficile opération de calcul mental.

– C'est terrible, dit-elle en se recouchant. Ce pauvre type qui a été tué. J'ai vu ça à la télé.

– Oui... Il faut que je rappelle le bureau.

J'emportai le téléphone mobile hors de la chambre.

– Ici, le bureau du shérif...

– Ici, Carl. C'est quoi, ce fait nouveau ?

– Je n'en sais rien. On m'a juste dit de t'appeler.

– C'est Brenda ?

– Oui.

Une petite nouvelle dans le métier.

– OK, Brenda. Qui t'a dit de m'appeler ?

– Neuf.

Neuf était le code et le numéro d'appel de l'adjoint Eddie Heinz. Un autre petit nouveau. Tout le monde l'appréciait. Moi compris. Un des gars les plus enthousiastes avec qui j'aie jamais bossé.

– Il est où ?

– Dans sa voiture.

– Dis-lui de me rappeler en arrivant au bureau.

– Il ne vient pas au bureau, Carl. Il t'attend sur place.
– Où ça ?
– Près du champ. Je crois qu'il a trouvé quelque chose.

* * *

Je quittai la maison à 8 h 12. Sue était descendue en même temps que moi, avec l'ambition de me faire manger quelque chose. J'avalai une banane avec un bol de café, mes vitamines et mes pilules contre la tension. Dix ans plus tôt, j'aurais été déjà à pied d'œuvre.

* * *

À quelques kilomètres du champ, je contactai Eddie par radio, et pris note des indications nécessaires pour le rejoindre. C'est un labyrinthe, là-haut, et je n'avais pas envie de passer des heures à le chercher. Un brouillard épais pesait sur les vallées lourdement boisées. Les plus grands arbres étaient comme des îlots dressés sur la mer. Grâce aux essuie-glaces, je bénéficiais d'une visibilité d'environ quinze mètres. Je faillis dépasser Eddie sans le voir, mais aperçus sa voiture, dans une des aires de pique-nique.

Le temps que je le rejoigne dans sa voiture, il s'inquiéta, un peu tard :

– J'espère que tu ne m'en veux pas. Fallait que je te montre ce que j'ai dégoté...

Que je lui en veuille ou non dépendrait uniquement de ce qu'il avait « dégoté ».

Il me conduisit à un endroit broussailleux, en marge de l'aire de pique-nique, où l'herbe avait été écrasée. J'y découvris, après lui, plusieurs boîtes de carton. Couleur beige ou barrées de rayures rouges, blanches et bleues. Toutes semblaient vides. Les plus colorées portaient des indications telles que « Qualité USA garantie » ou « Munitions de première qualité ». Et encore : « Calibre 5,56 FMJ ». Sur les boîtes de couleur beige, je déchiffrai : « République populaire de Chine. Cal. 7,62 ».

Je me redressai, un peu ankylosé par la fatigue et l'humidité.

– Comment es-tu tombé là-dessus ?

– Je m'étais garé là pour pisser un coup, et j'éclaire toujours devant moi, dans ces cas-là.

– Tu n'as pas...

– Oh, non. Plus loin, contre cet arbre.

– Parfait. Je manque de gants plastique.

Je jetai un regard circulaire, sans parvenir à m'orienter vraiment.

– C'est loin de la fusillade d'hier ?

– À peine deux cents mètres.

– Le brouillard est épais.

Et plus encore dans ma tête. Mais je m'abstins de le préciser. J'allai sortir mon appareil photo de mon coffre arrière, en demandant à Eddie pourquoi il était venu se perdre par ici. En fait, il apportait des Thermos de café aux agents assignés à la surveillance des lieux du crime et à la chasse aux curieux trop zélés. La présence d'un agent de sexe féminin l'avait forcé à chercher un endroit discret pour soulager sa vessie, et c'était comme ça qu'il avait déniché ces boîtes.

Je demandai au bureau de m'envoyer un agent de la Crim, Hester de préférence, puis retournai photographier les boîtes vides, au flash. Le brouillard était de plus en plus dense. En variant les angles, je repérai deux boîtes métalliques qui avaient contenu de la peinture verte de camouflage facial. Une trouvaille qui ne manquait pas d'intérêt.

À l'arrivée d'Hester, on se déploya de part et d'autre, en quête d'indices supplémentaires. Trempés jusqu'aux genoux, mais pas pour rien. Dans un trou récemment creusé, on découvrit des emballages de rations militaires « MRE », pour *Meal Ready to Eat*[1]. Du genre de ceux qu'on trouve dans tous les magasins de surplus ou d'articles de sport. Mais si ceux-là avaient été utilisés par nos suspects, leur consommation remontait à un certain temps. Il y avait en tout vingt-quatre sacs vides de rations MRE.

– Huit mecs à trois repas par jour. Ou une seule personne pendant huit jours. Ou...

– Je dirais quatre personnes pendant deux jours.

Une combinaison parmi d'autres.

– Ou encore deux personnes pendant quatre jours !

Plus connu pour son sens pratique que pour son sens de l'humour, Eddie rectifia :

– Y a pas de petits déjeuners là-dedans.

Il avait raison. On refit les comptes, en divisant par deux plutôt que par trois. Vaine entreprise. Il y avait vingt-quatre sacs, ça, c'était sûr. Tout ce qu'on pouvait en déduire, c'était qu'une ou plusieurs personnes avaient séjourné à cet endroit, pendant un

1. Repas prêt à consommer *(N.d.T.)*.

certain nombre de jours. S'ils offraient un rapport avec la fusillade, ce qui était plus que probable, ils avaient passé une ou plusieurs nuits sur place. Nos gars avaient donc été probablement repérés dès leur arrivée dans le champ.

Le lever du soleil dissipa enfin le brouillard, alors qu'on finissait d'étiqueter les indices. Bientôt, la chaleur monta sans dissiper l'humidité persistante. Je proposai de regagner la scène du crime en partant de l'aire de pique-nique. Comme « les autres » avaient dû le faire, plus d'une fois.

* * *

Sur le parcours, on dut franchir une éminence abrupte, couverte de feuilles mortes, très glissante, où régnait une chaleur d'enfer. Entre les grands arbres, proliféraient des buissons épineux, enchevêtrés. L'escalade nous prit plus de deux heures. J'étais crevé, et la pauvre Hester semblait sortir de sous la douche. Je proposai une pause. Eddie, lui, avait l'air de quelqu'un qui pourrait continuer comme ça jusqu'à la fin des siècles. Mais il eut la politesse de s'accroupir auprès de nous, sans perdre son sourire.

– Comment on saura si les deux choses sont en rapport, m'sieur ?

Je déteste à peu près autant « m'sieur » que Hester déteste « m'dame », mais j'improvisai laborieusement :

– Les empreintes de pas. Les empreintes de doigts sur les douilles. Et les empreintes sur les boîtes et les rations MRE...

Je m'épongeai le front, et l'écorchai avec une épine restée accrochée au bout d'un de mes doigts.

Hester, bonne âme, prit le relais.

– On les soumettra à l'APHIS.

L'APHIS est un logiciel de comparaison et d'identification des empreintes.

Eddie ne réfléchit pas plus d'une seconde.

– Et si y a pas d'empreintes exploitables, m'dame ?

Elle le regarda droit dans les yeux.

– Alors, mon cher petit, on vous renverra pisser dans la nature !

* * *

À proximité du sommet de la colline, je me retournai pour observer l'endroit d'où nous étions repartis. Mais impossible de repérer le chemin tracé par les propriétaires des boîtes vides.

Il n'en restait aucune trace. Pas plus, d'ailleurs, que de notre récent passage ! Je le signalai à Hester qui cultiva, brièvement, l'illusion contraire. Puis dut reconnaître que peu d'heures suffiraient pour que tout vestige disparût de l'enchevêtrement végétal. Rien à espérer de ce côté.

En revanche, on tomba, dans la descente, sur une longue tranchée de faible profondeur, visiblement creusée de main d'homme et recouverte de quelques branches mortes.

Un poste de tir.

– Comme à l'armée ! constata Eddie.

Couché dans l'excavation, on découvrait une partie du sentier que j'avais remonté la veille, en quête de Johansen. Deux ou trois spécialistes se penchaient toujours sur le terrain. Arbres et broussailles cachaient le reste du paysage. J'apercevais également, en me penchant un peu, l'extrémité sud du champ de cannabis.

On prit quelques photos de la tranchée, puis on appela les techniciens du labo pour qu'ils viennent passer au peigne fin ce secteur de la colline.

– Hier, les journalistes sont descendus par ici, remarqua Hester.

– Bon sang, tu as raison.

– Ils ont pu voir quelqu'un.

– Ou quelque chose.

On tenta, en premier, de contacter Lamar, mais il était chez le procureur du comté, impossible de le joindre. Al, qui avait parlé aux journalistes, lui aussi, témoignait dans un procès criminel, quelque part hors du comté. Finalement, on put joindre l'un des deux jeunes de la brigade territoriale d'État qui avaient monté la garde dans cette zone. Il était prêt à sauter dans sa voiture, mais on réussit à réfréner son ardeur, et à décrocher, par téléphone, les infos en sa possession.

Entre autres, l'identité des deux journalistes, et le nom de leur journal. Nancy Mitchell et Philip Rumsford, du *Des Moines Register,* agence de Minneapolis-Saint Paul, mais domiciliés tous les deux à Dubuque, dans l'Iowa.

Le hasard faisant bien les choses, un type du *Des Moines Register* nous apprit qu'ils étaient présentement en route pour revenir glaner, sur le tas, toute information disponible. On décida de les attendre, dans la voiture d'Hester dont la clim fonctionnait beaucoup mieux que la mienne. Eddie rentra chez lui contre la promesse de le rappeler s'il se produisait quelque chose de neuf. Il était tout fier d'avoir personnellement apporté une importante contribution à l'enquête en cours.

Hester rectifia l'orientation de son rétroviseur afin de pouvoir s'y regarder en face.

– Seigneur Dieu, j'ai une de ces têtes.

– Ne t'en fais pas, j'ai la même.

– Carl Houseman, quelle galanterie ! Tu ne devrais pas plutôt essayer de me convaincre que je n'ai pas une si sale gueule ?

Je dissimulai un sourire.

– Tu n'as pas une si sale gueule !

Elle soupira :

– Sue ne doit pas rigoler tous les jours !

* * *

Nancy Mitchell était non seulement l'aînée, mais aussi la patronne de l'équipe. Entre trente-cinq et quarante ans, très en forme et bien de sa personne, elle paraissait plutôt surmenée. Apparemment, aucun surmenage ne menaçait Philip Rumsford, photographe et second violon du tandem. Mais la transpiration, si ! Ils se pointèrent dans une petite voiture grise, rouillée, poussiéreuse. Rumsford se plaignit :

– Cette saloperie d'air conditionné est toujours en panne !

Il avait l'air d'en vouloir au monde entier. Comme c'était Nancy qui tenait le volant, j'en conclus que la voiture devait être la sienne.

La haine du shérif Lamar envers les journalistes était si notoire qu'ils n'en revenaient pas, tous les deux, qu'on voulût bien leur parler. Les présentations faites, Nancy Mitchell s'étonna :

– Contraire aux habitudes, non ? En général, c'est nous qui demandons à vous parler...

– Pas dans ce comté.

Elle souriait.

– Oui, c'est ce que j'ai entendu dire.

– Écoutez. On ne va pas tourner autour du pot. C'est bien vous deux qui êtes arrivés par le haut de la colline ?

Nancy eut une moue écœurée.

– C'est pour nous reprocher une infraction ?

– Absolument pas.

Je louchai vers Hester, mais elle semblait décidée à me laisser patauger tout seul.

– Puisque votre clim est en panne, si on s'installait dans notre voiture ?

Le genre de proposition qui ne se refuse pas, par temps chaud et humide. Puis, une fois au frais :

– Ce qu'on a besoin de savoir, c'est si vous avez remarqué, en descendant de là-haut, quelqu'un ou quelque chose. Si vous êtes d'accord pour ne pas le publier tout de suite, je peux vous confier qu'il n'y a pas eu qu'un seul tireur, que deux personnes se sont fait descendre, dont un de nos hommes, et que les tireurs sont sans doute arrivés comme vous, par la crête.

Après avoir consulté son confrère du regard, Nancy Mitchell leva la main dans la direction évoquée.

– On a atteint la crête juste au pied de ce gros érable. Après une foutue escalade qui nous a pris deux bonnes heures.

– Comment saviez-vous à quel endroit il fallait grimper, pour tomber juste où il fallait ?

Un point crucial. À moins de savoir voler, et je ne leur voyais pas d'ailes, ils n'avaient aucun moyen de savoir où se passaient les choses, sur l'autre versant.

Rumsford se racla la gorge.

– C'est un peu embarrassant.

– Alors ? insista Hester.

– Vous connaissez l'hélico KGGY ? « L'œil du ciel » ?

– Bien sûr.

– Ils ont indiqué le chemin à leur équipe.

– Et puis ?

– Leur équipe n'a pas voulu y aller. Surtout le cameraman, à l'idée de trimbaler des accus d'une demi-tonne...

Nancy Mitchell ricana :

– Ils se sont dégonflés, mais pas nous !

– Et vous avez vu quelqu'un ou quelque chose ?

Il y eut un assez long silence. Finalement, Nancy Mitchell concéda :

– On a eu une drôle d'impression, vous voyez. Comme si on était observés.

Puis, à Rumsford :

– Toi aussi, tu as eu cette impression, non ?

– Et comment ! Tous les deux en même temps. Très près du sommet.

– Vous savez pourquoi ? s'enquit Hester.

Pas de réponse. Normal. Cette impression-là, je l'avais éprouvée, moi-même, par deux fois, au cours de ma carrière. Dont une s'était révélée pleinement justifiée. Sans que je puisse déterminer ce qui m'avait mis la puce à l'oreille.

– Peut-être quelque chose qu'on a entendu, spécula Nancy Mitchell. Mais vous dire quoi...

# 9

Le vendredi 21 fut un jour de trêve et de mise au point. Toutes les autopsies étaient terminées, ce qui signifiait que tous les examens biologiques avaient été faits en laboratoire, toutes les photos prises, tous les indices recueillis, tous les restes embaumés. On n'en connaîtrait sans doute pas les résultats avant une semaine, sinon davantage.

Cette mise au point comprenait la rédaction d'un rapport très complet de vingt-six pages. Je m'en sortis en quelques heures avec des yeux qui brûlaient comme l'enfer, mais au moins, c'était fait. Pas de malentendu. Ce genre de travail est une véritable corvée, car on se trouve confronté à l'obligation de tout passer en revue. Et si, comme ça se produit parfois, on doit témoigner ou retémoigner devant un tribunal, des mois, voire des années plus tard, ce rapport pourra vous sauver la face. Parfois même, il vous évitera de perdre votre boulot.

L'enterrement de Kellerman eut lieu le lendemain samedi. Le même jour que celui du nommé Howie Phelps, dit Turd. Deux de nos hommes y assistèrent, pour voir qui s'y présenterait.

Ils composaient, à eux seuls, un quart de l'auditoire, et c'est eux qui aidèrent à charger le cercueil dans le corbillard, car sur les six autres personnes, il y avait cinq femmes âgées.

J'assistai moi-même à l'enterrement de Kellerman, à Worley, dans son comté d'élection. L'assistance y était très différente. Environ deux cents voitures de police venues de l'Iowa, du Minnesota, du Wisconsin, et d'aussi loin que Chicago. À peu près quatre cents flics en tout, et autant de civils. Plus des douzaines de journalistes qui se bousculaient alentour.

Mes collègues de Maitland et moi, ainsi que notre personnel de coordination, étions en grand uniforme, juste derrière les gens des Stups et de la Crim, puisqu'il s'agissait là d'un dossier commun. J'espérais que rien ne se passerait durant ces heures où seulement deux adjoints et une standardiste étaient de permanence au poste.

Je me faisais toujours du souci au sujet de Johansen, et Lamar aussi. On veillait sur lui comme sur une bombe à retardement.

L'office se déroula dans le gymnase universitaire local, parce qu'il n'y avait pas d'église assez grande dans les environs. Nous, les officiels les plus importants, occupions des chaises pliantes alignées sur le plancher du gymnase, et le reste de l'assistance siégeait sur les gradins. Le clergé et les chœurs s'en accommodèrent. De toute façon, c'était dur pour tout le monde, et pas seulement pour la famille.

Une photo de Kellerman reposait, avec son badge, sur le drapeau qui recouvrait le cercueil. Il était très jeune sur cette photo, qui devait remonter à ses débuts dans la carrière, car il y portait encore l'uniforme de la patrouille d'État de l'Iowa. Il n'y était pas seul. Ses proches l'entouraient, très fiers de lui.

Je m'associai à la prière « Le Seigneur est mon berger », alors qu'un officier remettait à la veuve le badge de son époux. Elle tenait le coup. Elle avait simplement l'air très malheureuse. Les veuves de flic ont souvent cet air-là. Et les flics qui participent aux obsèques ne savent pas trop quelle contenance adopter vis-à-vis d'elles. Moi le premier. On ne pleure pas en uniforme et pourtant, c'est bien là tout ce qu'on peut faire.

Sur la route du cimetière, il fallut bloquer le carrefour dans les deux directions. Pas un problème, avec deux cents voitures-patrouilles et leurs gyrophares. La plupart d'entre nous accompagnèrent le défunt jusqu'à sa dernière demeure. La famille avait demandé que Johansen fût parmi eux, lors de la cérémonie, et Mme Kellerman faisait de son mieux pour qu'il ne se sentît pas coupable.

Le shérif du comté de Harriman fit mettre les hommes d'escorte au garde-à-vous, puis commanda le « Présentez arme ». On salua tous, pendant la sonnerie aux morts. C'était la goutte d'eau. Pour moi comme pour tous les autres. Au « Reposez arme », j'entrevis Hester, parmi ceux de la brigade criminelle qui n'étaient pas en uniforme. Elle pleurait. Toutes nos coordinatrices également, la tête basse et le mouchoir devant la figure.

On remit à Mme Kellerman le drapeau plié en triangle. C'était la touche finale.

Je déteste les enterrements de flics.

***

Au cimetière, je vis passer et repasser deux ou trois voitures. Une vieille Chevrolet marron, en particulier, conduite par un homme à la barbe grise, aux lunettes de grand-mère, qui ne semblait pas vouloir en perdre une miette. Je le signalai aux gars chargés de la surveillance. Ils l'avaient déjà repéré. Un journaliste d'un petit hebdo du Nord. On ne peut pas tous les écarter.

# 10

Le dimanche 23, l'affaire prit une tournure plus formelle. Le procureur général de l'Iowa m'informa qu'un « groupe de travail » prenait le dossier en charge et que j'étais désigné pour en faire partie.

Une réunion était déjà prévue à Oelwein, au QG de la police d'État, où ma présence était impérativement requise. Dans moins de deux heures.

Le sergent en uniforme qui m'accueillit, au-delà des grandes portes vitrées donnant sur la rue, était une vieille connaissance. Un bon flic qui s'écria en me tapant sur l'épaule :

– Qu'est-ce qui se passe, Carl ?

– Les meurtres du parc Basil. Formation d'un groupe de travail.

– Une bonne chose, non ?

– Sans doute.

En fait, j'en doutais vraiment. Ces groupes de travail et autres cellules de crise ont tendance à s'élargir jusqu'à perdre toute souplesse, et ce n'est pas sans appréhension que je rejoignis le gros de la troupe, au sous-sol de la grande bâtisse de brique rouge. J'y aperçus tout de suite Hester et deux ou trois membres de la Crim avec qui j'avais déjà travaillé sur d'autres affaires.

Plus Bob Dahl, l'agent des Stups, John Fallingstad, du bureau central d'État, et cinq ou six autres personnes que je n'avais jamais vues. Les fédéraux se distinguaient, comme toujours, par leurs costumes stricts et leurs chaussures bien cirées. Dahl et moi étions les seuls à porter des jeans. Se sentait-il aussi déplacé que je l'étais moi-même ?

Un seul détail me réconforta : les viennoiseries étalées sur la longue table. Peut-être les choses allaient-elles mieux se passer que je ne l'appréhendais ?

Étaient représentés : les Stups à l'échelle de l'État et de l'administration centrale, le FBI et le ministère des Finances, et même un haut procureur gouvernemental. Des grosses pointures qui ne me paraissaient pas non plus à leur place. Ils avaient la main lourde, c'était une justice à leur rendre, car ils commencèrent par nous faire signer, à tous, des sortes d'engagements solennels promettant de ne rien révéler à quiconque, sous peine de sanctions variées, à la moindre indiscrétion commise.

Je signai comme les autres. Ce n'était pas la première réunion de cette sorte à laquelle j'étais associé, et ça n'avait jamais rien donné de spécial, parce que tout ce que j'avais pu y apprendre, je l'avais déjà su au moment de la signature.

Sans s'attarder davantage en formalités et en préambules, le procureur fit les présentations :

– Ce dossier a d'abord été traité par le shérif adjoint Houseman et l'agent Gorse.

Hester était à l'autre bout de la table.

– Nous pensons que cette affaire est susceptible d'avoir des ramifications internationales. Pour cette raison, elle tombe sous la juridiction du FBI et de la brigade des stupéfiants.

Mauvaise nouvelle. Nul n'ignorait que les fédéraux et les Stups se disputaient, depuis toujours, et la gloire et surtout les crédits découlant de la lutte antidrogue. Ce genre de rivalité n'a jamais été bon pour le succès d'une enquête, et cette histoire de groupe de travail me déplaisait un peu plus de minute en minute. Quelqu'un, dans les hautes sphères, brûlait de nous envoyer sur la touche. Et s'en chargerait sitôt que nous aurions un suspect à lui offrir. Suspect qui, dans plus de cinquante pour cent des cas, sort du chapeau de la police locale.

– Nous avons formé ce groupe, enchaînait l'orateur, dans le but de placer les ressources considérables, en moyens et en effectifs, de nos diverses agences, à la disposition des enquêteurs. Notre sentiment est que ces deux officiers de police ont été tués parce qu'ils menaçaient de piétiner les plates-bandes d'un important cartel sud-américain.

Dommage que personne ne lui ait précisé qu'un seul officier de police avait été tué, l'autre victime étant un misérable petit dealer sans envergure. Non que l'erreur possédât une importance quelconque. Ça la foutait mal, mais ça ne changeait rien au programme. Quant à l'implication sud-américaine, elle paraissait pour le moins improbable. La taille du champ de cannabis sous-entendait, bien sûr, une certaine organisation. Mais qu'un cartel colombien voulût courir le risque de faire pousser de l'herbe en plein Iowa, où même nous autres péquenots n'avions guère tardé à la repérer, c'était pour le moins improbable. Mieux valait l'importer que de se fier à l'artisanat local.

– L'agent spécial Voloni, chargé du dossier, dirigera désormais la commission d'enquête.

Voloni se leva. Marcha jusqu'au centre de la salle. Il semblait en bonne forme physique, avec une expression intelligente dans le regard. Il émanait de sa personne une énergie contenue. Un sujet d'élite. À la hauteur d'un dossier complexe dépassant les frontières. Avec lui, on risquait de se retrouver vite fait hors du coup.

Ses premiers mots me réconfortèrent un peu. Un tout petit peu :

– Les forces locales, à ce stade, ont fait de l'excellent travail. Je demande à l'agent Gorse et au shérif adjoint Houseman de persévérer dans la même voie, avec la même efficacité.

Bon. Disons un gros peu.

– Tout ce que je leur suggère, s'ils découvrent des raisons de penser à quelque ingérance étrangère sur notre sol, c'est de m'en informer immédiatement.

Jusque-là, pas de problème.

– Nous nous rencontrerons tous les deux ou trois jours, afin d'échanger nos informations. Je partagerai moi-même avec eux toutes celles qu'il me sera possible de leur communiquer, à l'exception d'éventuels renseignements classifiés impossibles à divulguer. Je suis sûr que tout le monde comprend, mais je tiens à m'en excuser d'avance, sans qu'il s'agisse, de ma part, d'un manque de respect ou de considération envers toute autre organisation policière.

Là, j'aimais beaucoup moins, car ce qu'il disait, en substance, c'était qu'il serait seul juge de ce que nous devrions connaître ou continuer d'ignorer. On le savait, mais c'est toujours dur à entendre.

– Pas de questions ?

Il me regardait. Je ripostai :

– Si. J'aimerais discuter avec vous des modalités exactes de l'engagement que nous avons signé. Peut-être après la réunion ? Il se peut que nous ayons déjà quelque chose, et je voudrais savoir où et comment transmettre toute information nouvelle.

– Pourquoi pas maintenant ?

Pourquoi pas, en effet. Bien que son attitude me parût tout à coup plutôt condescendante.

– OK. Toutes les douilles de 7,62 étaient de fabrication conforme au pacte de Varsovie.

– Quel pourcentage de 7,62 ?

– À peu près soixante pour cent.

– Parfait. Vous recevrez prochainement toutes les données disponibles sur ce point.

Je cherchai Hester du regard, à l'autre bout de la table. Sourire et visage convenus. Elle avait compris que je n'étais intervenu que pour savoir s'il avait eu ou non accès à nos rapports. Et qu'il avait répondu de façon à éluder adroitement ma question.

Je relevai un doigt, comme à l'école.

– Oui ?

– Par simple curiosité. Comment un champ de cannabis, en plein cœur des États-Unis, vous a-t-il conduits à la probabilité d'une implication sud-américaine ?

Son sourire était angélique.

– Mieux vaut le faire pousser ici que risquer la saisie en passant la frontière.

Pas ce que j'avais entendu dire, mais après tout, c'était son domaine. Il ajouta avec une condescendance accrue :

– Et nous avons recueilli, sur place, un indice matériel corroborant cette thèse.

Cette fois, la réponse de Voloni révélait deux petites choses. Une, il avait eu accès à l'intégralité de nos rapports. Deux, je n'avais connaissance d'aucun indice de cette sorte. Ce qui voulait dire que s'il ou s'ils existaient, on avait soigneusement évité de nous tenir au courant.

L'explication allait suivre. Puisant sous la table, il en ramena un ballot de tissu verdâtre imperméabilisé, pourvu de l'étiquette autocollante qui en faisait une pièce à conviction.

– Cet objet est très similaire aux imperméables que portent, chez eux, les membres d'un certain cartel repérés sur notre territoire.

Il nous laissa le temps de mijoter l'effet de sa déclaration, avant de préciser :

– Découvert sur les lieux du crime. Pas d'étiquette d'origine. Ni aucun autre moyen d'identification.

L'estomac serré, je relevai le doigt.

– Oui ?

Avec un soupçon d'irritation.

– Vous pouvez le déplier ?

Il s'exécuta. C'était bien ce que je pensais.

–Je suis désolé, mais c'est à moi. C'est mon imper. Il est déchiré au coude droit. Et c'est moi qui en ai arraché l'étiquette, parce qu'elle m'irritait la peau du cou.

Il déplia le coude droit. Largement déchiré. Dans un silence de cathédrale.

– Je l'ai balancé, ce jour-là, parce que je crevais de chaud en arrivant sur place.

J'avais ridiculisé Voloni. En présence de ses pairs. Ça risquait de me coûter ma tête.

***

La séance dura encore une demi-heure que les Stups employèrent à nous dire combien ils allaient bosser dur. Rien d'étonnant dans la mesure où le meilleur stimulant, pour nous tous, c'était de voir un collègue se faire descendre.

Lors de la dispersion finale, je réalisai que je n'avais toujours pas mangé une bouchée. Je revins vers la table alors que Dahl et Hester étaient déjà dans l'escalier.

Je m'apprêtais à prendre possession d'un doughnut quand Voloni me tendit la main.

– C'est Carl, je crois ?

Je lui serrai la main.

– Moi, c'est Steve.

– Salut, Steve.

– Vous êtes sans doute aussi gêné que moi, pour cette histoire d'imper.

– C'est le moins qu'on puisse dire.

– Cela dit, même si il s'agit d'un réseau international, je ne crois pas que le ou les tireurs soient étrangers. Ils ne font jamais la basse besogne eux-mêmes. Ils engagent de la main-d'œuvre locale. Des tueurs sud-américains, ce serait un peu trop voyant. Ces salopards sont forcément du coin, même s'ils sont financés de l'extérieur.

– Entièrement d'accord.

– Je ne voudrais pas que vous vous cassiez trop la tête.

Je haussai les épaules :

– Je n'arrête pas de me casser la tête. On n'a pas grand-chose à se mettre sous la dent. Vous avez lu nos rapports ?

– Pas moi, mais on m'en a parlé. On pense tous que vous n'avez pas grand-chose. C'est le problème.

– Merci. J'apprécie votre franchise.

– Continuez à faire au mieux, dans la limite de vos moyens. Même si cela ne sera pas simple de rester cantonné aux limites de votre juridiction.

Il avait raison. Contrairement à leur réputation, les fédéraux ne sont pas nécessairement plus malins que le commun des policiers. Leur supériorité repose sur leurs ressources. En ce qui concerne le FBI, des ressources considérables. Mais il leur manque une chose cruciale : la connaissance intime du terrain. Et je ne parle pas seulement de la géographie. L'atout du flic local, c'est d'être en contact direct avec les gens et avec les choses. Cela dit, on compte souvent sur leurs infos pour nous tirer d'affaire. Et les fédéraux ne sont pas dupes.

– Je crois que vous connaissez George Pollard, de notre bureau de Cedar Rapids ?

Effectivement, je le connaissais. Un des agents résidents du FBI. Un type bien. Tout le monde l'appelait « George du Bureau ».

– Il est en congé pour l'instant. Mais dès son retour, je l'assignerai à cette affaire. Je voulais simplement que vous le sachiez.

Et je lui en étais reconnaissant. Avec George dans le coup, beaucoup de choses seraient plus faciles.

– À propos... désolé pour cette histoire d'imper.

– Je vous le ferai restituer, dès que possible.

– Merci.

Je savais que c'étaient des mots en l'air. Il avait juste besoin de sauver la face.

* * *

À mon retour, Lamar me conseilla de prendre mes deux jours, lundi et mardi.

– La course risque d'être longue, et je te veux en forme pour le marathon. Laisse l'État et les fédéraux gagner leur salaire pendant un jour ou deux.

Lamar est le patron. Et quand il a décidé quelque chose...

Je passai un lundi de chien, à travailler sur ma maquette du *Victory*, le navire amiral de Nelson lors de la bataille de Trafalgar. Je voulais que la reproduction soit scrupuleusement exacte et je m'étais payé, en vue de cet objectif, *L'Anatomie des navires de Nelson* et *La Mâture et le Gréement des navires de guerre anglais*. Je les relus et les rerelus jusqu'à les connaître par cœur, me gargarisant de sabords, de figures de proue et de gaillards d'avant jusqu'à constater que mon esprit ne suivait pas du tout les ordres du capitaine. Je finis par remettre le bâtiment sous sa housse, en cale sèche, et remontai du sous-sol, mes bouquins à la main.

– Terminé pour la journée ? demanda Sue.

– À peine commencé.

– Pourquoi ?

– Incapable de me concentrer.

– Tu es très capable de te concentrer..., mais pas là-dessus.

– C'est vrai.

– Si tu allais dans la cour empoisonner quelques fourmis.

Pas une mauvaise idée. Elles menaçaient d'envahir la maison, et je m'étais juré d'en venir à bout. De repérer les fourmilières et de les bombarder avec des cristaux de Dianizon. Une bataille perdue d'avance, mais qui calmerait peut-être ma tension.

– D'accord. J'y vais.

– Je t'appellerai pour le déjeuner.

Mais exterminer des fourmis n'a jamais été une occupation absorbante. L'affaire monopolisait mes pensées. Rien. On n'avait rien. Parce qu'il n'y avait vraiment rien, ou parce que les Stups détournaient à leur profit tout ce qu'il y avait de concret... Je remportai une petite victoire sur les fourmis. Après tout, je combattais pour une bonne cause.

Le mardi soir, on eut des voisins à souper. Tout le monde parlait évidemment de l'affaire. Avec des commentaires bateau du style « Quelle horreur ! » et « On est désolés pour sa famille ». Rien de constructif. Avant que la conversation ne tourne aux jardins et à la guerre contre les fourmis. Une guerre qu'on avait l'impression de pouvoir gagner. C'était toujours ça.

***

Mercredi 26 juin 1996. Je marquai la date sur mon calepin jaune. Suivie de « 10 h 28. Réunion au bureau avec les fédéraux et les Stups ». Lamar, Hester, Al et moi. Plus quelques fédéraux, dont « George du Bureau ». Dans la cuisine de la prison. Voloni n'était pas là. Il avait délégué, à sa place, un certain Nichols, qui prit tout de suite la parole :

– Notre hypothèse de travail est la suivante...

Il parlait d'un ton impérieux, qui retenait l'attention.

– Le plus gros du cannabis, variété sinsemilla, cultivé aux États-Unis, pousse en Californie. Dans le nord de la Californie. Cette variété est très appréciée, en raison de sa teneur élevée en THC, principe actif du cannabis. Elle est aussi très difficile à acclimater.

Il promenait sur nous tous un regard sourcilleux, comme s'il voulait se convaincre que même des non-spécialistes comme la majorité d'entre nous étaient capables de le comprendre. Jusque-là, pas de difficulté majeure.

– C'est une variété qui demande beaucoup d'attention parce qu'il faut éviter la pollinisation. Le plant possédant la plus grande valeur est un plant femelle non fertilisé. S'il est fertilisé, il produit des graines. Les graines réduisent la teneur en THC. Tout plant fertilisé perd donc beaucoup de sa valeur. Vous me suivez ?

Approbation générale.

– Bien. Parce que l'investissement en temps et en travail et la perte subie, en cas de fausse manœuvre, font que les cultivateurs vivent auprès de leurs plants pendant au moins une semaine, à l'époque de la fertilisation.

Après un nouveau regard circulaire :

– Un plant peut aller chercher jusqu'à deux ou trois mille dollars, il est fréquemment troqué contre de la méthamphétamine. C'est une monnaie d'échange. La méthamphé est largement contrôlée par des gangs de *bikers* qui peuvent devenir très violents si on les contrarie. Vous le savez tous. Aussi cette culture est-elle à haut risque. Si toutes les conditions d'une bonne récolte ne sont pas réunies, ou que celle-ci n'est pas disponible à la date prévue, quelqu'un risque de payer la casse. Bref, de se faire descendre.

Toujours aucune difficulté pour suivre la démonstration.

– Nous pensons que Johnny Marks avait promis de la sinsemilla non fertilisée à l'un des gangs motorisés de Milwaukee, de Madison ou de Minneapolis. Nous pensons qu'il s'est fait pas mal d'ennemis en magouillant avec des plants dévalués, et qu'un des gangs de motards a été chargé de faire le sale boulot.

La théorie était séduisante. Trop séduisante. Elle comportait une lacune. Je m'informai :

– On sait, de source sûre, que Marks était en cheville avec une de ces bandes ?

– On peut l'admettre sans grand risque de se tromper.

Hester intervint :

– Laquelle de ces bandes ?

– Je ne suis pas autorisé à le divulguer, pour le moment.

Il avait vraiment l'air de le regretter.

– Alors, insista Hester, savons-nous qui avait des raisons de lui en vouloir ?

– Pas encore, reconnut Nichols, mais on est sur la bonne voie.

– Quand vous le saurez avec certitude, que ferez-vous ? demandai-je.

– Nous débusquerons les tueurs.

– Qui, d'après vous, enchaîna George, sont les membres du gang de motards compromis dans le troc des plants de cannabis ?

– Nous n'en sommes pas certains. Les *bikers* sont plutôt rares dans la région.

Nous avions pourtant coffré quelques années plus tôt quelques membres d'un gang de motards qui avaient acheté une cabane perdue au milieu des bois pour s'y faire de la métamphé en toute tranquillité.

Cela dit, il fallait peut-être considérer cette idée de tractations avec les *bikers.* Marks n'avait aucun client possible sur place pour une telle quantité d'herbe de première classe. Et ce troc contre de la méthamphé semblait une bonne porte de sortie. Était-il possible qu'il eût tenté d'arnaquer les motards au point de susciter un massacre ? C'était peu probable. Je pris la parole :

– Il faudrait qu'on en sache un peu plus sur ces fameux *bikers* pour creuser cette piste.

– Je ne peux vous en dire davantage.

Hester renchérit :

– On le sait. Mais cette histoire de *bikers* me semble tout de même un peu grosse.

Il n'est peut-être pas inutile de rappeler que les états de service d'Hester, dans les Stups, étaient impeccables. Durant près de cinq ans, elle avait infiltré le milieu des dealers, avec des résultats impressionnants. On ne l'avait transférée à la Crim que lorsque ces résultats, et les nombreuses arrestations consécutives, avaient fini par la griller dans les cercles où elle évoluait alors.

– Je comprends vos doutes, Hester, dit aimablement Nichols. Mais l'étendue de mes informations est largement supérieure à la vôtre.

Au sortir de la réunion, Lamar nous attira, Hester et moi, dans son bureau.

– Quel tissu de conneries !

– Oui, probablement.

– Pas probablement, Carl. Purement et simplement des conneries. Ils veulent nous mettre sur la touche, et ça, ça me porte sur le système !

Lamar, au comble de la colère, se retourna vers moi.

– Carl, devant témoin, je te donne l'autorisation de fouiller partout où tu le désireras. Et ne t'en fais pas si tu marches sur quelques pieds. C'est mon comté, et nom de Dieu, on va opérer à ma manière. Les seuls orteils que tu éviteras d'écraser, c'est les miens. Tous les autres ne comptent pas.

– OK, patron. Je peux compter sur vous pour le dire aux fédéraux ?

– Pas de problème.

***

Voilà pour le mercredi 26 juin. Et pour le reste de la semaine. Et pour encore un bon bout de temps après ça. On n'avait toujours rien. Oh, des tas de faits tangibles, sans doute. Le docteur Peters nous avait fourni quelques détails complémentaires. Il était désormais établi que seuls deux tireurs avaient touché leur cible, ce jour-là. On disposait d'une quantité phénoménale de douilles, de débris et d'emballages de rations militaires, quelques empreintes de doigts et une empreinte de pas incomplète qui n'avait peut-être rien à voir avec notre affaire. Plus deux cadavres, et deux suspects contre qui nous n'avions pas la moindre preuve. Et tout un tas de gens, nous compris, qui ne voyaient pas comment tirer davantage d'une affaire aussi chaotique.

À la fin de la troisième semaine, la brigade criminelle avait rappelé des hommes qui ne trouvaient strictement plus rien à faire sur place. Seule Hester demeurait fidèle au poste, toujours chargée du dossier, et les Stups poursuivaient leurs investigations. Mais s'abstenaient de nous faire partager leurs trouvailles. Si trouvailles il y avait.

Quant à Johansen, il était en congé maladie. Mais j'étais sûr qu'il ne reprendrait pas du service. Il nous manquait donc deux agents, dont on assumait les fonctions, dont on assurait le boulot, tant bien que mal. On était crevés, irritables, et peu disposés à faire face au train-train des affaires courantes.

## 11

L'affaire nous avait rendus paranos sur les bords, Hester et moi. On avait passé des heures, au téléphone ou au bureau, à récapituler tous les détails. Plus d'une fois et sans avancer d'un pas. Quand on a éliminé toutes les solutions possibles, sauf une, la dernière est forcément la bonne. Le hic, c'est qu'on les avait toutes éliminées. Jusqu'à la dernière.

Des bruits couraient, tant parmi nous autres valeureux défenseurs de l'ordre que dans le grand public. Un des plus pittoresques affirmait que le cher Howie, *alias* Turd, avait été tué accidentellement par un officier de police alors qu'il cueillait des champignons. Ce bruit parvint aux oreilles de sa mère, qui s'empressa de prendre un avocat. Lequel intenta, *illico*, un procès au comté, en réclamant une somme exorbitante, à titre de dommages et intérêts.

En temps normal, comme il ne pouvait s'appuyer sur aucun fait réel, on aurait simplement décroché le téléphone pour lui dire la vérité, en lui conseillant poliment de fermer sa gueule. Malheureusement pour lui, il n'attendit pas une heure pour rendre sa cause publique, organiser une conférence de presse et déclencher un bordel du tonnerre de Dieu.

On ne décrocha donc pas le téléphone. Mieux valait lui laisser l'occasion de mesurer tout seul la valeur de son dossier. D'autant plus que la mère de la « victime » ne possédait pas un *cent* et ne lui avait promis qu'un pourcentage substantiel, sur l'indemnité espérée. Cette histoire eut l'avantage de m'en apprendre un peu plus sur feu Howie et sa famille. Telle mère, tel fils.

***

Bruits et suppositions ne s'arrêtèrent pas là. Nul n'y échappait. Hester et moi commencions même à nous demander si les Stups ne l'avaient pas déjà dans le collimateur, ce champ de cannabis. S'il n'y avait pas eu, quelque part, une terrible erreur qui avait coûté sa vie au pauvre Kellerman. Et si les Stups, après coup, n'étaient pas en train de tout faire pour brouiller les pistes. Écarter les risques de scandale. Ce genre de chose était arrivé plus d'une fois, dans le passé. Arriverait certainement encore. Rien ne nous permettait d'accréditer cette thèse monstrueuse. Rien, non plus, ne prouvait le contraire. C'est le problème, avec toutes les théories. Rien ne les confirme, rien ne les infirme.

Quand on se heurte à un mur, on revient en général sur ses pas et on s'efforce de déterminer à quel endroit on a pris la mauvaise direction. Mais ce parcours, je l'avais déjà fait trop souvent. En vain. Les Stups nous tenaient à l'écart et pour ce qu'on en savait, Johnny Marks pouvait être un agent fédéral infiltré, dont nos recherches brouillonnes menaçaient la couverture. Les « connexions étrangères », dans le comté de Nation, dont on nous avait rebattu les oreilles, me paraissaient pour le moins chimériques.

« George du Bureau » ne pouvait rien pour nous, lui non plus. Il ignorait des tas de choses. Même s'il était mieux placé que nous pour en savoir davantage. Comme il me l'avoua lui-même au cours d'une conversation téléphonique :

– Mieux vaudrait qu'il y ait vraiment du lourd derrière tout ce qu'ils ne disent pas ! Mais à mon avis, ils n'ont rien, eux non plus, à se mettre sous la dent.

***

Le vendredi, une sombre histoire de maltraitance d'enfant m'amena dans un tout petit village, au fin fond du comté. Au-dessous de la centaine d'habitants. La victime, la victime *bis*, et le coupable : un crime qui mettait directement en cause un peu plus de trois pour cent de la population. Vu sous cet angle, la statistique ne manquait pas d'intérêt. Et cela donnait un bon aperçu de la manière dont l'ensemble d'une communauté se mêlait des affaires d'un de ses membres.

Dans ce cas précis, un nommé Hank Boedeker, qui gagnait des clopinettes, forçait son épouse à travailler au vidage des poulets qu'une fermière venait vendre, deux fois par semaine, sur le marché de Maitland. Le mari, habile mathématicien, répétait à sa femme qu'à cause des traites mensuelles couvrant l'achat de leur parabole, ils n'avaient pas les moyens de se payer une baby-sitter pour leur petite fille de huit mois. En conséquence, ils laissaient l'enfant seule pendant des heures, dans une vieille caravane, quand ils se rendaient tous les deux à leur travail. Au bout de trois semaines de ce manège, on reçut un coup de téléphone.

Quand j'arrivai, Kerri venait de rentrer. Elle ne faisait guère plus de vingt ans, maigre comme un clou, avec de longs cheveux mal entretenus. Il faisait chaud à crever dans la caravane dépourvue de tout système de climatisation. L'air y empestait, et la petite gosse couverte de boutons de chaleur n'avait même plus la force de crier. Son silence, sa prostration me saisirent les tripes. J'appelai les services sociaux et m'assis pour attendre, en compagnie de la mère. Elle mourait de peur à l'idée de ce que lui ferait son mari, quand il trouverait, à son retour du boulot, la police à pied d'œuvre. Il était très brutal depuis que la mort d'un de ses copains dealers l'avait mis en état de manque. Un type bien sous tous rapports.

Il ne s'appelait pas Howie-Turd, son copain dealer ? Bien sûr que si. Et le dealer local, c'était qui ? Pas moyen de le faire dire à la malheureuse. Elle n'en était pas sûre. Elle n'avait pas la mémoire des noms. Entre la chaleur, un profond sentiment de culpabilité, et moi, le « putain de flic », elle n'en menait pas large. Je n'insistai pas trop. La petite fille d'abord.

Le boulot de Hank Boedeker consistait à laver les planchers, après l'abattage et le vidage des porcs, chez Russell and C°, une petite entreprise familiale du secteur. Dès l'arrivée des services sociaux, je quittai la remorque, filai chez les Russell et demandai à parler au chef de famille.

Si la caravane puait, ici, c'était un enfer olfactif. Aussi chaud, beaucoup plus humide à cause du lavage au Kärcher, et tellement empesté par les boyaux répandus qu'on avait l'impression de progresser à la brasse dans toute cette puanteur. Je criai à Hank de me rejoindre à l'extérieur. Je lui fis remarquer que l'argent qu'il avait consacré à l'achat de sa parabole aurait été mieux employé sous la forme d'un système de ventilation efficace pour sa caravane. J'ajoutai que s'il ne soignait pas mieux sa fille ou tapait encore sur sa femme, je reviendrais personnellement lui casser la gueule. Sa seule préoccupation était de savoir qui avait cafté. Une bonne chose, car je lui appris que la personne en question n'hésiterait pas à récidiver, s'il ne suivait pas mes recommandations au quart de poil.

* * *

Rentré au bureau, j'allais appeler Hester pour lui raconter cette histoire quand les services sociaux me réclamèrent d'urgence un rapport détaillé sur l'affaire Boedeker. Merveilleux ! Il leur faudrait trois semaines pour rédiger le leur, qui n'en dirait guère plus que celui qu'on attendait de moi. Et qu'ils se contenteraient de recopier, sur une de leurs feuilles à en-tête.

Je filai jusqu'à l'hôpital général de Maitland, où le bébé avait été confié à mon vieil ami le docteur Henry Zimmer.

Doc Z était égal à lui-même, chaleureux et de très bonne humeur. La gosse n'était pas en trop mauvaise forme, un peu déshydratée, avec un érythème fessier qui ne datait pas de la veille, mais rien qui pût mettre ses jours en danger.

– On va la garder en observation pendant quarante-huit heures. J'aimerais plus longtemps, mais pas moyen, à cause de l'assurance.

– Dommage, non ?

– Oui, mais c'est comme ça. Tu veux mon rapport, pour t'en inspirer.

– Disons pour le joindre au mien.

– Les parents vont être inculpés ?

– Ils le seront conjointement. Alors que ce salopard...

– Je serai convoqué pour témoigner ?

– Sans doute pas. Ils vont plaider coupables de négligence aggravée.

– Parfait, conclut Henry. Je hais les tribunaux. Tu veux faire tester les cheveux de la petite, pour imprégnation à la marijuana ?

La meilleure preuve de la maltraitance, si le test s'avérait positif. Fumer de l'herbe en vase clos, à côté d'un bébé, constituait une infraction grave.

– Vas-y, Henry. Autant joindre un échantillon à ton rapport.

Kerri était à l'hôpital, sous la férule des services sociaux. Je lui reparlerais plus tard.

* * *

En rentrant au bureau, ce vendredi soir, je reportai au lendemain la rédaction de mon rapport, et réfléchis à cette connexion inattendue entre la maltraitance d'un enfant et la possibilité que feu Howie eût fourni de la dope au père. Une filière à suivre ? Peut-être. Si oui, elle pourrait mener à une petite source d'infos indépendante. J'appelai Hester, mais elle était absente. Je creusai mentalement ma « filière », en buvant du café. J'aurais mieux fait d'écrire mon rapport.

* * *

Le lendemain samedi, j'en entamai la rédaction, à l'intention des services sociaux. Une petite heure de clavier, même avec le résumé des conclusions du toubib. Si le test capillaire était positif, le procureur du comté combinerait probablement les deux accusations de maltraitance et d'usage de drogue néfaste à l'enfant. Je pourrais sans doute, alors, persuader Boedeker de me dire qui était son dealer local. Peut-être était-ce le moment.

Je notai, à l'intention du standard, que j'assurais le suivi de l'affaire de maltraitance, et me rendis à la caravane des Boedeker.

Je leur parlai du test capillaire. Les services sociaux avaient mis Kerri au courant, mais elle n'avait pas osé en parler à Hank. La pauvre fille avait plus peur de sa brute d'époux que de mettre en danger la vie de la petite.

Peu enclin aux confidences, Hank se fit tirer l'oreille, mais finit par pleurnicher :

– Tout ça me fout la trouille, mec, mais c'est un nommé Howler.

Howler. Imaginez un peu ça ! Et Boedeker me dit encore autre chose.

– Vous savez qui a tué Turd et le flic, pas vrai ?

– Pas encore.

– Moi, je le sais. Je le sais, mec.

Que je sois pendu s'il ne regarda pas dans tous les coins de la remorque avant de chuchoter d'une voix rauque :

– C'est les marsouins de la marine, mec. C'est eux qui l'ont eu.

* * *

Terrorisé à l'idée de séjourner encore dans cet étouffoir, j'avais proposé à Boedeker d'aller continuer notre conversation en plein air.

– Y se propageaient dans le coin depuis un bout de temps, mec.

Hank parlait très bas, en continuant à se méfier des oreilles indiscrètes.

– C'est Howler qui me l'a dit. Il m'a dit que c'étaient des marsouins de la marine et peut-être aussi des commandos de l'armée de terre. Vous savez, ces mecs qui portent des tenues de camouflage et qui se peignent la gueule en vert. Et qui vous abattent plus vite que leur ombre.

– Howler vous a raconté ça ?

– Ouais, mec. Il les avait vus. Deux fois.

– Si Howler les voyait, pourquoi était-il seul à les voir ?

– Je sais pas, mec, mais il les avait vraiment vus dans les bois.

Nouveaux regards traqués, alentour. Il était de plus en plus nerveux. Malgré l'invraisemblance criante de la chose, il y croyait dur comme fer.

– Howler, il sait de quoi il cause !

– Il est où, Howler, ces temps-ci ?

– Ça, j'en sais rien, mec. Mais s'il se planque, vous le trouverez jamais. Ces mecs-là lui foutaient les jetons, mec. C'est pas un dégonflé, mais il en chiait dans son froc, parole !

Hé, n'importe qui en ferait autant, s'il avait les « marsouins de la marine » et autres commandos aux trousses !

***

Je repartis sur le sentier de la guerre pour retrouver Howler. Première personne consultée, Beth Harper, la copine de Turd. D'après elle, Howler était en ménage avec Nan, la fille qu'on avait rencontrée, Hester et moi, lors de notre première visite à Beth. J'appelai les flics de Freiberg. Ils me dirent la même chose. Howler n'avait pas du tout l'air de se planquer. C'est lui qui vint m'ouvrir la porte, une demi-heure plus tard. Sans toutefois l'ouvrir en grand.

– Comment vous m'avez trouvé ? fut sa première question.

On bavarda près d'une heure. Il avait en effet vu trois hommes en tenue de camouflage, sur la route proche du champ de marijuana. Ils portaient des fusils d'assaut, peut-être des M-16. Qui utilisent des munitions de calibre 5,56. Casques, bottes de para et visages peints en vert. Voilà ce qu'il avait vu.

– C'était qui, ces types, d'après vous ?

Éviter toute allusion à des militaires d'élite, pour ne pas griller ma source.

– Des marsouins. Des commandos de l'armée ou de la marine. Qui d'autre ?

– Sûr ?

– Ils étaient dans une Jeep bleue. Bleue, comme dans la marine.

– Les Jeeps de la marine sont grises.

Il se gratta la tête.

– Ah bon ?

– Certain.

– Alors, peut-être des paras ?

Je lui demandai la date. Il n'avait aucune certitude, mais c'était le 16 ou 17 juin. Deux à trois jours avant la fusillade.

– La raison de votre présence dans le secteur ?

Pire qu'un accouchement, mais il finit par admettre qu'il avait déposé Howie là-bas afin qu'il s'occupe de la plantation. Ma question suivante coulait de source :

– Pour le compte de Johnny Marks ?

En fait, oui, mais que Johnny ne sache pas qu'il me l'avait dit. Quoique Johnny ne serait pas si facile à trouver, en ce moment.

Avait-il parlé à Johnny des types camouflés ? Oui. Et à Turd ? *Idem.*

– C'est pourquoi il avait un fusil. Mais je ne pense pas qu'il m'ait cru. Autrement, il ne serait pas allé se fourrer dans leurs pattes.

– Vous ne les avez jamais pris pour des flics, quand vous les avez vus ?

Non. Apparemment, Howler n'était pas homme à démordre de ses premières impressions.

– Qu'est-ce que vous croyez que des marsouins ou des commandos ou je ne sais quoi pouvaient avoir à foutre dans un parc d'État de l'Iowa ?

Entraînement. Telle fut sa réponse.

– Qui peut savoir ce que fabriquent les fédéraux ?

Le seul point sur lequel on était d'accord.

* * *

Le dimanche 7, avec fédéraux et flics d'État de sortie, je n'avais personne avec qui bavarder. Je voulais parler à Johnny Marks, mais seulement en présence de l'officier chargé de contrôler sa conditionnelle. Il n'était pas chez lui, bien sûr, et comme je n'avais rien d'autre à faire, je retournai sur le lieu du crime.

Il pleuvait légèrement. Les feuillages luisaient, dans la gamme des vert-de-gris. Il faisait toujours très chaud, très humide, et j'étais forcé de porter un imper pour protéger mon magnétophone, mon talkie-walkie, mon flingue, mon calepin, et mes lunettes de lecture. L'ennui, c'est que j'avais encore plus chaud, sous ce foutu machin, et que l'humidité n'y était pas moindre. J'avais deux bombes insecticides et m'en servais fréquemment. Pas d'effet sur la température, mais au moins, je n'étais pas bouffé par les moustiques.

Près de l'endroit où les deux hommes étaient morts, je stoppai sous un gros arbre et tentai de me mettre dans la peau de Kellerman et de Johansen, juste avant l'arrivée de Turd. La végétation était un peu différente. Elle avait poussé entre-temps, et les herbes couchées s'étaient redressées. Howie n'avait dû constater la présence des flics qu'au tout dernier moment. Quand ils s'étaient redressés. Je marchai jusque-là, et constatai, en me retournant, que mes deux collègues n'avaient pu voir Howie, eux non plus, bien longtemps avant qu'il ne fût sur eux. Ce qui voulait dire que les autres tireurs devaient être à l'affût depuis longtemps, ou qu'ils avaient crapahuté dans le sous-bois, en silence, avant de faire feu.

J'étais à peu près sûr que le premier tireur s'était tenu accroupi en marge de la piste jusqu'à ce que Turd fût littéralement à deux doigts de lui marcher dessus. À sa place, je me serais posté là. Exactement. Plus j'y pensais, plus il me semblait évident que ces deux tireurs devaient être en train de se déplacer lorsqu'ils avaient aperçu Howie. Et qu'ils ignoraient encore la présence des deux officiers. Ou alors, et je sentis mon sang se glacer dans mes veines, c'étaient nos hommes qu'ils entendaient surprendre, et Turd avait joué le rôle du chien dans le jeu de quilles, déclenchant une fusillade qui n'aurait pas dû se produire, ou pas dans ces conditions. C'était ça, bon Dieu. J'en aurais mis ma main à couper. Mais comment le prouver ?

J'entrepris de retracer la route par laquelle ces types étaient arrivés. Il existe un facteur, dans la guerre sous-marine, qu'on appelle le « point de convergence ». On ne sait pas vraiment où est le sous-marin ennemi, mais on connaît sa vitesse de croisière, on détermine son cap, on trace un cercle autour de sa localisation probable et on lâche les torpilles, à destination du « point de convergence ». Avec un maximum de chances qu'un des projectiles fasse mouche. La même technique avait pu jouer dans ces bois, compte tenu de la direction prise par nos deux hommes et de leur vitesse de progression à travers la broussaille.

Ils se déplaçaient lorsque Turd les avait aperçus. Et l'intervention fortuite de cet abruti avait déclenché la tuerie. Quand, ayant posté mentalement tous les acteurs à leurs emplacements approximatifs, je relevai les yeux vers le sommet de la colline, je vis l'endroit au-delà duquel, sur l'autre versant, le jeune Eddie avait pissé, tout près des cartons à munitions et des emballages de rations militaires.

***

Frustré de n'avoir pu extérioriser la veille toute l'excitation qui bouillait dans mes veines, je rejoignis Hester le lundi matin, vers 9 h 30, au moment précis où elle sortait de sa voiture, dans deux grands sacs de plastique, les quinze ou vingt kilos de paperasse représentant l'ensemble des rapports rédigés par tous ceux qui, de près ou de loin, avaient participé à l'enquête. Et qu'on avait l'intention de reéplucher jusqu'au bout, ligne par ligne.

Je lui proposai :

– Tu veux un coup de main ?

Elle secoua la tête, mais je m'emparai des deux sacs et la suivis vers l'entrée de la bâtisse.

– Hé, c'est vachement lourd !

– Pas pour ça que tu m'as offert ton assistance ?

– Si, mais... écoute. J'ai du nouveau. Je suis retourné là-bas, et pendant que j'y étais...

– Du calme ! Ça peut attendre cinq minutes, non ?

On traversa le local de réception, et je déposai le chargement sur le plancher du bureau.

– Maintenant, raconte-moi tout.

Elle comprit du premier coup. Le « point de convergence » et tout le reste.

– Tu veux dire qu'ils voulaient intercepter nos hommes avant qu'ils ne parviennent au champ de cannabis.

– Dans le mille !

– Et Turd ?

– Quoi, Turd ?

– Qu'est-ce qu'il est venu faire là-dedans ?

– Rien. C'est tout le problème. Ils ne savaient même pas qu'il était là. Il est tombé comme un cheveu sur la soupe alors qu'ils se disposaient à écarter Bill et Ken, peut-être même sans les tuer.

– Pour protéger les plants ?

– Bien sûr.

– De l'intervention de nos hommes ?

– Absolument.

Elle pesa brièvement le pour et le contre.

– Je crois que tu tiens le bon bout. À part une petite chose. Le mobile.

– Comment ça ?

– S'ils voulaient protéger le champ d'herbe, c'est qu'ils en étaient propriétaires ?

Je concédai, mollement :

– Oui, sans doute.

– S'ils sont les propriétaires des plants, ou tout au moins les exploitants, ils devaient connaître Turd, qui s'en occupait. Donc, l'identifier instantanément et ne pas le descendre.

– Bien vu.

– Pourquoi l'auraient-ils tué ? Au lieu de le rattraper pour le mettre à l'écart ou de lui dire simplement de rester sous sa couette.

– Mais tu es d'accord avec ma reconstitution de leurs déplacements ?

– Oui. Là, je suis d'accord.

– Peut-être qu'ils ont simplement...

– Oui ?

– ... joué aux cons. Tiré quand il ne fallait pas.

Elle souriait. Et moi aussi.

– Peu plausible, non ? Mais on est sur la bonne piste.

Je me carrai dans mon fauteuil, mains croisées sous la nuque.

– Tu sais de quoi j'ai peur ?

– Probablement, mais dis-le-moi.

– Que les gars des Stups disposent déjà de toutes les réponses.

– Et qu'ils les gardent pour eux ? Je ne parierais pas contre.

Ôtant sa veste de sport, elle dévoila une blouse sans manches, ainsi que l'étui de son 9 millimètres. Un bel étui de cuir d'une teinte brun rougeâtre.

– Holster neuf ?

– Oui, admit-elle en pivotant sur elle-même, style mannequin. Beaucoup d'hommes n'auraient rien vu.

Puis, soupçonneuse :

– Tu aurais remarqué la différence, sur un homme ?

– Je crois que oui.

Elle sourit en regagnant son siège.

– Oui, je crois que tu l'aurais remarquée.

– Fait sur mesure ?

Elle haussa un sourcil.

– Ça, Houseman, tu ne le sauras jamais.

On appela l'officier chargé de contrôler la conditionnelle de Johnny Marks. Il promit de nous rappeler dès qu'il l'aurait revu.

Avant de plonger dans les rapports, on essaya d'obtenir les Stups. Pour leur soumettre nos dernières déductions. Aucun de ceux qui avaient travaillé sur le dossier n'était « disponible ». Aucun ne le serait avant trois ou quatre jours. Ils essaieraient de nous rappeler, mais pas question, pour l'instant, d'une nouvelle réunion.

– Rien à faire, soupira Hester en raccrochant.

– Hé, quand tu bossais pour les Stups, tu étais aussi cachottière ?

– Ma foi, oui. Tout le temps. Il y a là une sorte d'arrogance. Et c'est contagieux. Beaucoup ne rappellent pas pour souligner leur propre importance, par rapport au menu fretin.

– Sans blague ?

– C'est comme ça.

– Peut-être qu'ils devraient recruter de vrais enquêteurs au lieu de ces diplômés tout juste sortis de leurs putains d'écoles ?

– Peut-être.

On se replongea dans les rapports.

Deux heures plus tard, l'agent de probation de Marks nous rappela. Il ignorait où était Johnny. Savions-nous quoi que ce soit ? Je lui dis qu'il évitait de se montrer parce qu'il avait sûrement peur de quelque chose. De quoi, c'était la question à soixante-quatre mille dollars. J'ajoutai :

– Pas de nous, en tout cas. Mais il est évident qu'il a la trouille.

Avions-nous quelque idée de l'endroit où il pourrait le trouver ? Je lui dis, avant de raccrocher, où il trouverait Howler Moeher.

Il fallait qu'on vienne à bout de ces rapports. Le tout nous prit encore plus de deux heures, et on n'en savait pas plus à la fin qu'au départ. Beaucoup de redites et de redondances.

On aurait mieux fait de chercher Johnny Marks.

* * *

Le 9, Hester était attendue au tribunal du comté de Louise. La copine de Turd m'appela vers midi. Elle tenait à me rencontrer, d'urgence, incognito. On se mit d'accord sur une église située à mi-chemin de nos villes respectives, à l'écart des autoroutes, autour de 2 heures. Comme ce n'était pas un dimanche, l'endroit serait probablement désert.

J'arrivai le premier, Beth à une courte tête, dans une vieille Chevrolet déglinguée à quatre portières, conduite par un type que je ne connaissais pas. Il la déposa au passage avant d'aller se garer dans un champ, à cinq cents mètres de là. On se percha, avec Beth, sur le capot de ma voiture.

– Salut, Beth.

– Salut, monsieur Houseman.

– C'est qui, ton copain ?

– Oh, lui ? Jake Oberland. Vous le connaissez !

Un propre-à-rien et le meilleur ami de Turd, si ma mémoire était fidèle.

– Qu'est-ce que tu fabriques avec ce type ?

Elle évitait soigneusement de me regarder.

– Il a comme qui dirait emménagé, vous voyez ? Je me sens plus en sécurité.

– En sécurité ? On t'a menacée ?

– Ben... c'est de ça que je voulais vous parler. J'ai pas été menacée. Pas vraiment. Mais ça s'agite, dans le coin, vous voyez ?

Elle me regardait enfin.

– Les gens jasent. Vous voyez ?

– Les gens jasent sur quoi, Beth ?

On était assis côte à côte, les pieds sur le pare-chocs. Elle garda son visage dans ses mains, durant quelques secondes. Quand elle se retourna vers moi, elle était très pâle.

– On raconte que ce serait la CIA.

J'en perdis une seconde l'usage de la parole.

– Tu rigoles ou quoi, Beth ?

– Non, on raconte que c'est la CIA qui les aurait tués tous les deux. Je vous jure.

– Quelle blague !

– Est-ce que vous le sauriez, si c'étaient eux ?

Bonne question.

– Sans doute que non. Mais c'était sûrement quelqu'un de beaucoup plus proche d'eux. Quelle raison auraient-ils eu de tuer Turd ?

– Même si c'était pas lui qu'ils visaient ?

Une autre bonne question.

– Tu crois qu'ils n'en voulaient qu'aux officiers de police ?

– J'ai pas dit ça.

– Mais tu le penses... Écoute, Beth. Tu veux bien écouter ce que je vais te dire ?

– Bien sûr.

– Si la CIA voulait descendre ces deux flics, pourquoi auraient-ils fait ça dans les bois ? Ils avaient cent mille autres façons de les descendre. Et crois-tu que la CIA raterait un des deux hommes à abattre ? Et ne se servirait pas de silencieux ? Ça a fait un boucan d'enfer...

– Eh ben...

– Ne te casse plus la tête au sujet de la CIA. Ni d'aucune agence du même genre.

Je me demandais si elle avait obtenu ce qu'elle attendait de moi. Elle aurait pu me raconter tout ça par téléphone.

– Est-ce que Jake peut vous parler une minute ?

– Pourquoi pas ?

Elle se mit debout, s'éloigna de ma voiture, en adressant des grands gestes à Jake. Il lança son moteur, qui refusa de tourner.

– Tu peux trouver mieux que lui, Beth.

Je le pensais. Elle était jolie, jeune, intelligente. Et bosseuse, de surcroît. Toutes choses que ce Jake ne serait jamais.

– Non, je ne peux pas, monsieur Houseman.

J'ouvris la bouche pour la contredire, mais elle m'en empêcha en levant la main.

– Avant, peut-être. Mais maintenant ? Deux gosses. La réputation d'être une dealeuse dans la moitié de la ville. Et d'avoir tué Howie, dans l'autre moitié. Le bruit court, aussi, que Johnny Marks veut me prendre en charge quand les choses se seront calmées. Qui s'accommoderait de ce genre de perspective ?

– Pas Jake, je parierais.

Elle souriait tristement.

– Il travaille pour Johnny Marks. Je le sais, je ne suis pas folle, si vous voyez ce que je veux dire.

– Raison de plus.

Jake avait pu relancer son moteur, et se rangeait non loin de nous. Elle se dépêcha de conclure :

– Jake a quelque chose pour vous, monsieur Houseman. Et je pense que c'est pas du bidon.

Jake ne descendit pas de voiture, et laissa son moteur tourner. Pour filer en trombe, si nécessaire ? Ou parce qu'il avait peur de ne pas pouvoir redémarrer ?

– Salut, monsieur Houseman.

– Salut, Jake. Ça roule ?

– Mieux que ma caisse, monsieur Houseman. Faut juste que je vous dise. C'est politique. C'est cent pour cent politique.

Ça, c'était un scoop.

– Tu veux parler de la mort de ton copain Howie et de l'officier de police ?

– Ouais.

– Toi aussi, tu crois que c'est la CIA ?

– Je dis pas ça. Et je dis pas le contraire. Je dis simplement qu'il y a des gens qui savent. Des gens puissants. Des gens qui savent tout. Vous savez qui je veux dire.

Son regard se baladait dans tous les azimuts. Sans jamais rencontrer le mien.

– Je ne vois pas de qui tu veux parler. Tu peux préciser ?

– J'en dirai pas plus. Je veux pas courir de risques. Je vous ai jamais parlé.

Déjà, il entamait une marche arrière. J'élevai la voix :

– Jake, fais une commission à Johnny pour moi. Dis-lui de m'appeler.

– Au revoir, monsieur Houseman.

– Au revoir, Beth.

Ils partirent. Dans une apothéose de poussière.

Je n'avais pas grand-chose à faire, cet après-midi-là, et ce que je venais d'entendre n'avait rien de particulièrement absorbant. J'avais pitié de Beth, victime parmi les victimes. Quant à l'explication « politique » de Jake, elle n'était pas sans valeur. Quelqu'un, quelque part, avait contrarié les projets de quelqu'un d'autre. Beth m'avait testé avant de décider jusqu'où elle pourrait me faire confiance. Le tout au bénéfice de l'homme qui l'avait à l'œil, au double sens du terme. Qui couchait dans son lit, sans payer la chambre, et la gardait sous cloche, pour le compte de Johnny Marks. Si Johnny s'intéressait tant à elle, ça voulait peut-être dire qu'on avait négligé, en chemin, quelque détail significatif.

* * *

Le 10 juillet, en compagnie d'Hester, je rencontrai une dame de La Crosse qui avait vu quelqu'un dans le champ, le jour du meurtre. C'était elle qui nous avait appelés, et elle paraissait très nerveuse. On demeura très polis avec elle, même quand on put se rendre compte qu'elle avait aperçu ce quelqu'un dans une zone éloignée de plus de dix kilomètres du secteur qui nous intéressait.

Le 11, on réexamina des photos agrandies du secteur en question. Rien. On en avait fait transposer certaines sur CD, qu'on soumit à nos ordinateurs en augmentant l'intensité des rouges, diminuant celle des bleus, éliminant les verts, parfois jusqu'au noir et blanc. Le problème, c'était qu'à moins de chercher des objets spécifiques, toutes les ressources de la haute technologie ne pouvaient nous conduire nulle part.

* * *

Le 12, les Stups nous envoyèrent Nichols, qui s'entretint longuement avec nous et avec Dahl, ainsi qu'avec Johansen. Il s'efforça sincèrement de nous aider, approuva ma théorie des tireurs en cours de déplacement, et confirma qu'eux non plus n'avaient rien qui pût expliquer de façon logique l'exécution de Turd. Mais en dépit de sa bonne volonté, il n'avait strictement rien à nous apprendre. Eux non plus ne savaient pas où se terrait Johnny Marks.

Dahl était perpétuellement en rogne, avec ou sans motif particulier. Comme la plupart de ses collègues des Stups, il était toujours sous tension, et débordait d'énergie. Il brûlait de refaire tous les interrogatoires dont Hester et moi nous étions acquittés. Il avait décortiqué tous les dossiers en rapport avec la lutte antidrogue et suivi toutes les filières possibles, si improbables qu'elles fussent. Il s'était également renseigné, discrètement, à Freiberg, sur la veuve et le meilleur ami de Turd.

– Beth Harper n'est rien de plus qu'une pute à dealer. Oh, pardon, Hester !

– Tu es tout excusé. Beth n'est pas ma petite sœur.

– Elle n'est pas idiote, mais elle ne voit pas ce qu'elle ne veut pas voir.

Compréhensible, non ? Surtout dans sa situation. Mais déjà, Bob Dahl poursuivait en ajustant le col de sa chemise :

– La version de la rue, c'est la guerre des gangs. Un truc qu'on a vérifié, non ?

Il s'adressait à Nichols, qui approuva.

– Aucune connexion apparente, dans cette direction.

– Pas faute d'y ressembler, pourtant, objecta Hester. Toute l'allure d'un contrat bien exécuté...

– Le hic, dit Nichols, c'est qu'on ne peut raccorder l'affaire à aucune bande connue, à aucune motivation plausible. On y arrivera peut-être mais, pour l'instant, c'est du vent.

– Quoique intéressant, à son échelle, renchérit Bob Dahl, le champ d'herbe du parc Basil n'a pas une telle valeur. Pas au point de déclencher une guerre de gangs. Sûr, on en a vu d'autres pour moins que ça... des minables descendus parce qu'ils roulaient un peu trop les mécaniques, mais...

Je le coupai en plein élan :

– Pas Howie « Turd » Phelps. Il était le premier à se considérer comme un minable.

Dans un haussement d'épaules :

– Qui plus est, si les tireurs étaient – ou travaillaient pour – les propriétaires du champ, ils auraient su qui était Howie, et ne se seraient pas dérangés pour le rayer de la liste.

– Et Marks ? suggéra Hester. Est-ce qu'il n'a pas plus d'envergure ?

– Possible, admit Dahl. Tout le monde, par ici, lui accorde une grosse importance. Mais c'est simplement parce que Marks sait se faire mousser. Pas au point de duper un pro dans mon genre. À part ça, bien sûr, il connaissait Turd.

– Je ne vois pas comment obtenir un mandat d'arrêt, lâcha Hester.

– C'est tout le problème, souligna Nichols.

– Le vrai problème, c'est que pour ce qu'on en sait, rien ne justifie un micmac qui n'avait aucune raison de se produire !

Après un assez long silence :

– Le fruit d'une erreur ? proposa Dahl dont le sourire s'étendait d'une oreille à l'autre. Une erreur bien organisée, mais une simple erreur ?

– Non, trancha Hester. S'il s'agissait d'une erreur, Marks ne jouerait pas à cache-cache. Il y a quelque part un motif qui nous échappe.

J'acquiesçai mollement, d'un signe de tête.

– C'est ce motif qu'il faut qu'on trouve. Un motif qui explique toute l'histoire.

– On le connaît, le motif ! protesta Nichols. C'est l'herbe, et il explique tout. Il faut simplement qu'on rebâtisse le scénario.

* * *

Le 13 et le 14, je restai chez moi. J'avais le choix entre prendre ces deux jours ou tabasser un crétin de môme qui avait forcé une boîte aux lettres. J'emmenai Sue au cinéma. Tondis la pelouse.

Passai un peu plus de temps avec ma femme. Sa compagnie m'était bénéfique, même si toute discussion sur le dossier en cours demeurait exclue par le règlement. Sue savait que cette affaire me portait sur le système, parce que je n'arrêtais pas de lui porter sur le sien. Du moins quand j'étais avec elle. C'est ce qu'on appelle un bon mariage.

* * *

Le 15, on eut, Hester et moi, une nouvelle réunion avec Doc Peters, le médecin légiste assigné à notre affaire.

Peters était un as dans son domaine. Chaque autopsie à laquelle j'avais assisté m'avait appris quelque chose. Pour chaque organe prélevé, il avait une histoire. Il avait le don de simplifier les modalités, le mécanisme et la cause de toute mort violente. Sans laisser, nulle part, la moindre incertitude. Un gros avantage pour ne pas s'égarer dans des chemins de traverse.

Il opérait dans un labo spacieux et bien équipé, entouré d'un personnel compétent. Il n'était pas le seul à bosser dans ce local, mais c'était lui le meilleur, de très loin. Ainsi que le démontrait le respect dont le gratifiaient infirmières et secrétaires. Et les témoignages enthousiastes des autres praticiens. C'était extraordinaire. Il lui suffisait de penser à quelque chose pour que quelqu'un le lui apporte avant qu'il ne l'ait demandé. Outils tranchants comme tasse de café et doughnuts. Parfois même, tout lui arrivait avant qu'il y ait pensé ! Un joyau dont tous entendaient simplifier le travail et la vie.

Il nous reçut dans le hall d'entrée et nous précéda dans la vaste salle de réunion. Tout était déjà sur la table, le sucre, le café, les serviettes en papier, les doughnuts et les deux gros cahiers à spirale recelant le compte rendu des autopsies de Howie Phelps et de Bill Kellerman.

– Tu veux qu'on commence où, Carl ?

Je résistai à l'envie d'ingurgiter *illico* un deuxième doughnut.

– On n'a aucun suspect. Alors, le plus petit détail peut être important.

Il ouvrit le cahier d'autopsie consacré à Howie Phelps, « Arthur George Phelps » d'après le permis d'inhumer. Son surnom courant, Turd, ne figurait pas sur la couverture. Quant à la cause de la mort, elle était ainsi libellée : « Blessures multiples par balle à la poitrine, à l'abdomen et à la tête », avec la simple mention générique

« Homicide ». Tous les diagrammes étaient là, dessinés sur le schéma classique du corps humain, antérieur, postérieur, latéral gauche et latéral droit, ainsi que sur la quadruple représentation analogue d'un crâne. L'entrée et la sortie des projectiles étaient représentées par des petits ronds pour l'entrée, par de plus larges figures oblongues pour la sortie. Simple, jusque-là.

– J'ai eu, précisa Peters, un petit problème avec la trajectoire des balles. J'en ai tracé le chemin, sur mes diagrammes, de l'entrée à la sortie, et ça ne collait pas. Jusqu'à ce que je comprenne que le projectile trois était sorti au-dessus du projectile deux. Le trois a touché de plein fouet la colonne vertébrale, avant de dévier vers la droite et vers le haut. Il s'est presque confondu avec la trajectoire du deux, et il est ressorti...

Après consultation de ses notes :

– ... à cinq centimètres au-dessus.

– Donc, enchaîna Hester, penchée sur le rapport d'autopsie, un des tireurs était plus haut que l'autre, mais de pas plus d'une trentaine de centimètres.

– Approximativement. L'examen géographique du terrain place le tireur à environ quinze centimètres plus haut que sa cible. S'il était plus grand, il pourrait s'agir de trente centimètres. L'angle de pénétration n'est que de quelques degrés.

J'intercalai :

– Beaucoup plus grand ?

Et Peters s'esclaffa :

– Ça, c'est la quadrature du cercle. Le bipède humain offre des tas de variantes, mais à moins que le tireur ne soit un monstre de foire, je le dirais plus grand d'une dizaine de centimètres que le petit M. Phelps.

– Plus grand à cause du terrain ?

– Pas seulement, compte tenu de la pente. Je dirais un mètre soixante-douze à un mètre soixante-quinze. Et plutôt costaud.

J'attendais la suite.

– Peu de hausse due au recul. Premier projectile à droite du nombril, les autres au-dessus et vers la gauche du tireur. Le dernier juste au-dessous de la clavicule droite. Du premier au dernier, vingt-sept centimètres cinq, pour une hausse de vingt-deux centimètres.

Peters marqua une courte pause.

– La blessure à la partie supérieure du crâne pourrait avoir été faite de haut en bas, mais elle est advenue, ainsi qu'une autre, alors que la victime se pliait en deux sous l'impact des balles précédentes.

Voilà pourquoi cette balle est entrée au niveau du front et ressortie par la protubérance occipitale externe... autrement dit, la bosse à la base du crâne.

– Toujours du point de vue du tireur ? s'enquit Hester.

– Naturellement.

– Compte tenu de la distance ?

– Oui, Carl. Huit mètres et des poussières.

– Hausse de recul ?

– Pas énorme. Autour d'une vingtaine de centimètres.

– Arme automatique ?

– Sans aucun doute. Puis le deuxième tireur, légèrement en retrait par rapport au premier, a tiré par deux fois. Au moins. Une balle dans la poitrine, une autre à la tête. Pas évidente, celle-ci. Juste une éraflure noyée dans les dégâts occasionnés par la balle en plein front.

Il se reporta à ses diagrammes.

– Du 7,62, probablement. Trop gros, d'après moi, pour du 5,56.

– Juste pour satisfaire ma curiosité, implora Hester, comment peut-on savoir tout ça ?

Le docteur Peters se renversa contre le dossier de sa chaise et s'empara d'un doughnut. Il souriait. Il était dans son élément favori.

– La position, d'abord, du fusil de Phelps sur le terrain, déchargé et pointé dans la direction adéquate. D'après les feuilles arrachées que vous m'avez fait remarquer vous-même, Hester, nous savons que le tir avait été dirigé vers le haut, sous un angle de moins de quarante-cinq degrés.

Il s'octroya une lampée de café.

– Ce qui nous suggère que M. Phelps a dû repérer un tireur ou tout au moins quelque chose de suspect avant de presser la détente. L'officier survivant ne peut en jurer, mais pense que Phelps portait son arme de la main droite, parallèlement au sol, lorsqu'il lui est apparu. Si tel est le cas, il est raisonnable d'en déduire que Phelps a levé son arme au niveau de sa hanche avant de tirer. S'il l'avait épaulée, l'angle de tir aurait été beaucoup plus aigu.

Logique et savoir médical, physique et balistique. Peters s'y connaissait, et j'avais plaisir à l'entendre.

– Un brin de toxicologie, pour faire bon poids. Les analyses de sang, d'urine, de tissu hépatique et cervical, de moelle épinière et du reste ont mis au jour un petit pourcentage de THC.

Il consulta son dossier.

– Quatre cent dix nanogrammes par millilitre, pour être précis, de tétrahydrocannabinol-11-9-carboxy-delta 9. La trace d'un joint récemment fumé, sans diminution des facultés essentielles. Léger ralentissement des réactions et des perceptions... peut-être.

– D'accord.

– Phelps découvre le tireur. Juste à temps pour lever son fusil. Tous deux tirent à la même fraction de seconde, ou presque. Johansen pense que Phelps a tiré le premier. Il a été surpris, mais pas au point de réagir trop tard.

J'attaquai un autre doughnut. Par distraction pure et simple.

– Attaqué, le premier tireur presse la détente et touche Howie de plein fouet. Le bruit, l'éclair, les impacts se combinent au réflexe de la victime pour la rejeter en arrière.

– Le tout en une seconde ou deux ?

– Guère plus d'une, je dirais.

– Cinq balles tirées en moins de deux secondes !

– Et dont la répartition prouve qu'il s'agit d'une arme automatique. Corroboré par les douilles recueillies.

Hester souriait. Peters en fit autant avant d'ajouter :

– Confirmant ainsi l'analyse de madame sur le terrain.

– Une fois de plus, souligna Hester.

Peters se fendit d'un grand éclat de rire.

– Et pas la première !

– Puis-je faire une petite remarque, à ce stade ?

Peters m'y invita d'un geste. Je lui exposai ma théorie selon laquelle les tireurs avaient l'intention de s'en prendre aux flics plutôt qu'à Howie, élément perturbateur dont la présence n'avait été prévue, ni de mes collègues ni des tireurs en mouvement.

Il se recueillit durant quelques secondes.

– J'ai eu, à l'armée, une petite expérience de ce genre de chose. C'est possible. Howie a pu faire office de détonateur.

Penché sur les documents de Doc Peters, je m'étonnai :

– Et que nous dit le calibre des munitions employées ?

– Ah !

D'une enveloppe de près d'un mètre de long, il tira une série de radiographies, les disposa sur plusieurs écrans de vision et pressa un commutateur.

– Vous voyez les débris, sur celui-ci ? C'est ce qu'on appelle le « champ neigeux ».

Je voyais. C'était comme des nuages de particules s'élargissant en éventail vers le dos du cadavre. Certaines étaient microscopiques, d'autres plus importantes. D'autres encore composaient une sorte de brouillard impalpable, et je savais qu'il s'agissait là de matière osseuse littéralement vaporisée. Un gros objet retint mon attention, que je désignai du bout de mon stylo-bille.

– Hé, c'est pas un morceau de bouton de veste ?

– C'est un débris de balle qui se trouve à présent au labo de la Crim. Le fait intéressant, c'est qu'il s'agit de cuivre, et non d'acier. Provenant sans doute d'une balle semi-chemisée à pointe molle.

D'où une autre conclusion intéressante.

– Oui ?

– Comme vous pouvez le voir, ce n'est pas la seule qui ait touché la colonne vertébrale. Mais l'autre ne s'est pas fragmentée, et elle a laissé un orifice de sortie assez net, en plus de quelques débris groupés, mais sans déformation du projectile.

– Ce qui signifie ? implora Hester.

– Qu'il s'est agi de munitions au chemisage d'acier, peut-être exportées d'un pays du pacte de Varsovie, et mêlées à des munitions plus courantes chez nous. Ce qui confirme l'origine des boîtes vides trouvées sur place.

– Le tireur avait mélangé les balles dans son chargeur ?

– Les spécialistes font souvent ça, affirma Hester.

– Ou les gens qui n'ont pas les moyens de se payer à chaque fois les meilleures munitions.

– On passe à l'officier Kellerman ? suggéra Peters.

Il ouvrit le deuxième cahier à spirale, consacré au pauvre Bill.

– Également touché par des projectiles de calibres différents. Comme je vous l'ai dit sur place. Deux de 7,62, et trois de 5,56. Donc, deux tireurs. En raison des déformations subies par les projectiles, possibilité d'un troisième tireur. Je n'y crois guère, mais devant un tribunal, elle devrait être envisagée.

Il enchaîna, poussant vers nous ses diagrammes :

– Il semble qu'il ait été touché simultanément, de deux directions différentes. Les numéros deux et cinq sont de calibre 7,62. Les numéros un, trois et quatre sont probablement de calibre 5,56. Ce tireur-là était à la gauche du premier, au point étiqueté « trois » par Hester, et plus éloigné de ce point d'un peu moins de douze mètres. Quinze au grand maximum.

– Donc, plus haut que lui sur la pente.

– Tous ces projectiles ont touché leurs cibles sous des angles légèrement différents, sur le plan horizontal, mais pratiquement sous le même angle, sur le plan vertical. C'est l'une des raisons pour lesquelles je pense qu'ils ont été tirés en même temps que les calibres 7,62.

Sortant d'autres radios, il les coinça sur les écrans lumineux, par leur bord supérieur, à la place des autres clichés.

– Un des principaux problèmes, c'est que l'officier Kellerman portait un gilet en Kevlar. Le seul résultat, hélas, eu égard aux armes employées, a été de déformer les projectiles *avant* qu'ils n'entrent en contact avec le corps de la victime. Ici, pas de petits trous bien propres comme dans le cas de M. Phelps. Difficile, en conséquence, de repérer exactement le tracé de chaque balle.

Le spectacle offert par les rayons X était plutôt moche. Fragments, particules, morceaux de côtes fracassées et autres débris épars. Pauvre Bill.

– Quatre des cinq projectiles ont enfoncé le plastron du gilet en Kevlar, traversé le corps en zigzag et percé le dos du gilet. Vous voyez ce petit bloc de métal blanc ? C'est l'un des projectiles de calibre 5,56, et il a tournoyé suffisamment sur lui-même pour percuter à plat, de toute sa longueur, le dos du gilet, s'aplatir et rester à l'intérieur du panneau en Kevlar.

Il nous remit la photographie d'une balle très déformée.

– Voilà l'objet. Je l'ai envoyé au labo. Vous observerez qu'il est presque intact. Plutôt surprenant, en l'occurrence, vous ne trouvez pas ?

Il avait raison. Mais la balle avait encore assez de force, en touchant l'arrière du gilet, pour que la trame du Kevlar s'imprimât dans le métal.

– Le chemisage semble s'être totalement effrité.

– Oui, mais contrairement à ce qui s'est passé pour Phelps, le chemisage de celle-ci s'est tellement éparpillé en perçant le Kevlar, qu'on n'en distingue pratiquement plus les particules. Un métallurgiste, peut-être...

– Oh ?

– Et malheureusement, sur le plan balistique, les particules présentes à l'intérieur du corps et dans le gilet de Kellerman sont sans valeur. Tout au moins en ce qui concerne leur identification éventuelle. On ne pourra jamais prouver quelles armes les ont tirées.

Je ne m'étais jamais fait d'illusions sur ce point. Encore heureux qu'on ait pu en déterminer le calibre.

– Seule certitude, la présence de deux tireurs.

– Deux certains. Aucun doute là-dessus. Mais rien ne prouve qu'il n'y en ait pas eu davantage.

Il apaisa nos réactions instinctives en levant les deux mains.

– J'ai pensé à votre théorie de l'embuscade. C'est intéressant. Comme vous le savez, j'en suis sûr, la plupart des approches de cette sorte se font en L majuscule si elles sont l'œuvre de professionnels. L'idéal, c'est l'approche en X, rarement réalisée. La formation en L réclame trois participants. Celle en X, au moins quatre, du moins, je suppose.

J'approuvai faiblement :

– C'est la théorie.

– Et tout nous porte à croire qu'il s'agissait de vrais professionnels. C'est pourquoi je pense qu'ils devaient être trois. Peut-être quatre.

– Hmm, marmonna Hester.

– Mais en L, le feu ne vient que d'un seul côté, du moins au début, afin de pousser la proie vers l'autre branche.

Je ne trouvais rien de plus à dire. Il conclut :

– Permettez-moi d'appeler quelqu'un que je connais. Il n'est pas impossible que nous tenions quelque chose...

# 12

Le mardi 16, on eut une nouvelle réunion avec tous les membres du groupe de travail. Pas un ne manquait à l'appel, et tous ensemble, on s'efforça d'élaborer un scénario solide. « On s'efforça » n'est pas une clause de style, car personne ne semblait d'accord avec personne. Particulièrement les gars des Stups qui restaient sur des positions d'ailleurs assez vagues. Tout le monde était au moins d'accord sur un fait : pas moyen de mettre la main sur Johnny Marks. Mais en mon for intérieur, je me demandais toujours si les fédéraux ne le gardaient pas au frais quelque part, en vue de mesures ultérieures qu'ils étaient seuls à connaître. Si mon impression était justifiée, elle était conforme à leurs méthodes habituelles, et j'étais le dernier qu'ils mettraient jamais dans la confidence.

Après la réunion, Bob Dahl nous demanda, à Hester et à moi, s'il pouvait nous parler une minute.

– On voudrait vous rencontrer, tous les deux, demain mercredi.

– Qui ça, on ? Et pourquoi ?

– Moi et Nichols.

Les Stups avaient-ils l'intention de jouer franc jeu ? Il était temps, parce que nous autres représentants locaux de la criminelle, on commençait à se sentir plutôt seuls.

***

Le mercredi 17 s'annonça comme une journée ensoleillée, pleine de potentialités inédites. J'arrivai au bureau à 8 h 30, Hester à 9 heures. Quarante-cinq minutes s'écoulèrent avant que le standard ne nous informât que Dahl nous présentait ses excuses pour le petit retard indépendant de sa volonté. Il n'arriva, flanqué de Nichols, qu'à 11 h 45.

Mais entra tout de suite dans le vif du sujet :

– On a des raisons de penser à d'étranges implications, dans cette histoire. Ça ne me plaît pas du tout.

– Quelle sorte d'implications ? releva Hester.

– Difficiles à définir. Il semble que quelque chose se mijote, par ici, à l'arrière-plan, mais on ne sait pas exactement quoi... Bon Dieu... Si je repartais de zéro ?

– Excellente idée !

– OK. Voilà où nous en sommes. Au courant de l'existence de groupes bien équipés, bien entraînés, rompus au maniement des armes et capables d'opérer sur le terrain avec une efficacité redoutable. OK ?

– Oui.

– Trois, quatre de ces groupes paramilitaires, sinon davantage, sont susceptibles de réunir des unités de ce genre en un minimum de temps, pratiquement au pied levé.

– Sans avoir à chercher de la main-d'œuvre extérieure...

– Oui. Sans mercenaires appointés.

– Et alors ? s'impatienta Hester.

– Aucun de ces groupes n'est derrière les récents événements. Nous en avons la certitude.

Nichols reprit son souffle, cherchant au plafond les mots nécessaires pour exprimer une vérité aussi claire et précise que possible.

– Dans ces conditions, on doit envisager la possibilité que nous nous trouvions en face d'un groupe qui, jusqu'à présent, nous était inconnu. Or, je ne pense pas qu'un tel groupe, disposant de telles ressources, puisse demeurer totalement inconnu des autorités locales.

Il me regardait. Je secouai la tête.

– Je ne le pense pas non plus.

– Comprenez bien tout ce que ça signifie. Les ressources immédiatement disponibles. Les fonds. Les armes. Vous auriez forcément entendu parler de quelque chose.

Il s'était adressé directement à moi. Mais c'est Hester qui relança :

– D'après vous, qui aurait les moyens de lever en toute discrétion une armée de ce genre ?

– Nous, par exemple.

J'essayai de traduire, franchement, mon scepticisme et mon incompréhension :

– Là, je n'y suis plus.

– On ne le fait pas, Carl. Mais on pourrait le faire.

Il arborait des airs mystérieux. Je repris son raisonnement où il l'avait laissé :

– Vous pensez donc à une organisation puissante, un cartel, un syndicat du crime. Pourquoi pas un gouvernement étranger ?

– Hé ! s'étrangla Hester. Ne nous affolons pas !

Et Nichols haussa les épaules.

– Ouais. C'est ce que je me dis, moi aussi. Ce n'est tout de même pas un acte de guerre.

– Des effectifs étrangers sur le sol des États-Unis ?

– Ridicule, bien sûr. Mais impossible de s'en faire une idée plus précise. Et ça, c'est dur à digérer.

À mon tour d'offrir ma petite solution :

– Peut-être que quelque chose se prépare depuis longtemps ? Pas la fusillade, je veux dire, mais le dispositif de base ?

Nichols hésita une seconde, puis décida d'y aller franco :

– On l'a envisagé, nous aussi. Mais les plants n'étaient en terre que depuis quelques jours. Trop tôt pour justifier cette tuerie.

– Alors, réitéra Hester, qu'est-ce qu'on fait ?

– On y pense sous cet angle, riposta Nichols. Je puise à toutes les sources possibles, excepté les Archives nationales, et encore, ça ne saurait tarder. On va trouver. Ce qu'on cherche, c'est un groupe qui opère déjà dans un autre domaine, et qui vise à s'implanter par ici, dans le commerce de la drogue. On n'a vraiment pas besoin de ça !

– Non. Même si je n'arrive pas à y croire.

– Je sais. Moi non plus. Mais les faits sont là.

– Combien valait ce fameux champ d'herbe ?

– Oh, pas plus de cent mille dollars une fois dans la rue.

– On pourra vous joindre à tout moment ? s'inquiéta Hester.

– Je vous en donne ma parole.

***

Lamar m'ordonna de prendre deux jours de repos, les 18 et 19 juillet. Le samedi 20, on me réveilla de bonne heure pour un grave accident de voiture, à dix kilomètres au nord de Maitland. Choc frontal. Un tué, dix blessés. Présence requise, et en uniforme.

Ils s'étaient rentrés dedans de plein fouet, au croisement de la route avec un chemin vicinal. Le temps de ramasser les morceaux, j'avais perdu plus de six heures. Hester avait pris son week-end. Je me tournai les pouces jusqu'au lendemain.

Le dimanche matin, nous tomba une plainte au sujet d'un vol massif de produits chimiques dans une usine de pesticides du comté, pour une valeur globale de trente mille dollars. Les pesticides se présentent sous une forme concentrée, mais à cet article, s'ajoutait un quintal et demi d'engrais azoté. Le voleur devait donc disposer d'un espace de chargement plus vaste que le coffre d'une voiture. C'était une première indication. L'examen du terrain ne nous en apporta aucune autre. Trop de camions et de camionnettes entraient et sortaient, chaque jour, de la cour de l'usine pour qu'une quelconque empreinte de pneus pût être révélatrice.

Rentré au bureau, après quatre heures de recherches infructueuses, j'avalai deux *hot dogs* et téléphonai à tous mes collègues du voisinage. Ils me confirmèrent deux choses que je soupçonnais. Une, aucun vol de cette sorte n'avait été signalé depuis avril, sur leur territoire. Deux, les vols de produits chimiques survenaient rarement durant cette période, entre avril et septembre. La demande, pour ce genre d'article, coïncidait, logiquement, avec les besoins des agriculteurs. Trois flics différents me répondirent :

– Tu es en retard ou en avance, Houseman.

C'était sûrement vrai. Mais ça n'arrangeait pas les choses.

Encore une journée de perdue.

Le lundi matin, Hester était de retour. Je la mis au courant de mon vol de produits chimiques et sa réaction fut simplement :

– Tu es en avance, cette année, Houseman.

Les grands esprits se rencontrent !

Pas de nouvelles de Nichols. Donc, pas de suspects, confirmés ou non, de ce côté-là, pas plus que dans les pesticides. On passa le plus clair de la journée à repotasser le dossier. Sans succès.

Doc Peters nous appela. Pour nous parler d'un Londonien qui avait été dans les SAS, les services stratégiques de l'armée. Il lui avait faxé une demande d'infos et l'Anglais avait répondu tout de suite. Par l'affirmative. Oui, trois hommes au moins étaient indispensables, pour une embuscade de type L. Davantage pour une traque de type X. Difficile à déterminer, de toute manière, car les vrais pros ne semaient pas leurs déchets sur le terrain. Et diviser le nombre de rations militaires par quatre ne nous apporterait rien de décisif.

Quatre participants ? Si tel était le cas, Ken et Bill n'avaient eu aucune chance. L'endroit était assez vaste et assez touffu pour planquer quatre salopards.

Ou même huit.

On reçut également un coup de fil des Stups. Ils avaient fouiné du côté des filières de dope. Les contacts de Johnny Marks étaient furieux, ils n'arrivaient pas à lui mettre la main dessus.

* * *

En rentrant chez moi, ce soir-là, je frôlais carrément la dépression.

## 13

Le 23 juillet, je me traînai jusqu'au bureau vers 9 h 30. La journée s'annonçait torride, saturée d'humidité, avec de gros risques d'orage. Pas d'uniforme pour aujourd'hui, bien sûr. Jean, polo et baskets. On était convenus la veille, avec Hester, de refaire nous-mêmes la tournée des fermiers, pour le cas où les interrogatoires précédents auraient laissé passer quelque détail intéressant.

Soixante et une fermes des environs avaient reçu la visite d'enquêteurs. Mais au début de l'été, la plupart des fermiers étaient aux champs, et les visiteurs avaient dû se contenter d'interroger la femme ou les gosses. On ne ferait sans doute pas mieux. Mais on avait besoin de bouger pour ne pas céder à la tentation de tout envoyer balader.

J'étais en train d'organiser notre itinéraire quand Lamar passa la tête dans l'entrebâillement de la porte.

– Qu'est-ce que tu fous ?

Je le lui dis. Il gloussa :

– Bud et moi, on doit délivrer une assignation à Herman Stritch. Tu veux qu'on lui parle de ton affaire ?

Stritch figurait sur ma liste. Sa femme avait été interrogée. Lui pas. Si ma mémoire était fidèle, le chemin conduisant chez les Stritch comportait plus de nids-de-poule que tous ceux du comté réunis. Des trous énormes, toujours remplis d'eau.

– Bien sûr... Ça ne t'ennuie pas ?

– À ton service ! Tu as fait laver ta voiture ?

– Avant-hier.

Et payé de ma poche, comme nous tous, selon la règle établie.

– Tu emmènes Bud, demandai-je ?

Politiquement, Herman Stritch se situait un peu plus à droite que feu Adolf Hitler, et l'écriteau dressé à l'entrée de son territoire proclamait qu'il tirerait à vue sur tout officier de police non invité. Il était surendetté, et ne croyait à aucune forme de gouvernement. On n'avait jamais eu de sérieux problème avec lui. Tout ce qu'il fallait, c'était se montrer poli et raisonnable. Mais dans ce cas comme dans beaucoup d'autres, deux officiers valaient mieux qu'un.

– Ouais, on sait jamais...

Je consultai ma liste.

– Il n'a pas été interrogé. Seulement sa femme. Lui était aux champs.

– Comme par hasard !

– Tu vas l'entendre...

Jamais Stritch ne manquerait l'occasion de se plaindre qu'on allait lui faire perdre sa prochaine récolte, pour trois minutes d'interruption. Si toutefois la rencontre durait aussi longtemps.

– T'en fais pas, plaisanta Lamar. Je deviens un peu sourd, en vieillissant. Surtout à ce genre de concert.

– Si tu as besoin de renfort, appelle-moi. Et dis-lui qu'un flic s'est fait descendre. Ça va le mettre de bonne humeur pour le restant de la journée !

Lamar fit la grimace, et rejoignit Bud dans sa voiture.

Trois quarts d'heure plus tard, j'avais Hester au bout du fil. Comme elle devait aller témoigner dans le cadre d'une autre enquête, je lui proposai de faire les six ou sept premières visites sans elle, et elle accepta volontiers.

L'intercom sonnait. Je mis Hester en attente et c'était Sally, exceptionnellement assignée au service de jour.

– Salut, Trois ! Lamar te fait dire de ne pas compter sur lui pour l'interrogatoire de Stritch. Le gars les a vus venir et se planque dans un petit hangar.

– Sans blague ?

– Il refuse de sortir. Bud va lui lire l'assignation et la lui glisser sous la porte. Mais pour l'interroger, Lamar dit que c'est râpé.

– Réponds-lui que c'est pas grave. Je m'en occuperai plus tard, avec Hester.

– OK.

Le temps de reprendre la communication interrompue, pendant à peu près dix secondes, et l'intercom ronfla de plus belle.

– Ici, Trois.

– Lamar dit que tu ferais bien de te pointer là-bas.

– Qu'est-ce qui se passe ?

– Je n'en sais rien. Il a juste dit que tu ferais bien de te pointer là-bas.

– OK.

Quand Lamar dit « qu'on ferait bien », ça signifie « qu'on ferait mieux », et pas dans une heure. Le shérif de Maitland n'était pas homme à demander de l'aide. Il ne s'y résignait jamais qu'en cas d'urgence. Je raccrochai et sautai dans ma voiture. Avec Stritch, on n'était sûrement pas sortis de l'auberge, et mon ulcère allait se payer une journée de gala. On pouvait s'attendre à une empoignade musclée, au milieu des hurlements de toute la famille. Sans parler du rapport qu'il faudrait faire ensuite, pour se couvrir des procès intentés. Fantastique ! Avec une enquête pour meurtres sur les bras, il tombait bien, Stritch. Fort comme un Turc, avec ça. S'il devenait violent, il y aurait sans doute de la casse.

Je laissai tranquillement le compteur de vitesse grimper jusqu'à cent quarante. Peu de circulation à cette heure.

– Trois ? Ici, le standard. Dix-trente-trois.

– Trois à l'écoute.

Dix-trente-trois, le code pour une urgence.

– Je viens de recevoir un appel au 911, de la ferme Stritch. Voix de femme. Demande d'aide. D'urgence. Situation imprécisée, mais j'ai entendu des coups de feu.

– Dix-quatre.

J'accélérai un peu plus en essayant de placer mon gyrophare, d'une main, sans lâcher le micro de l'autre.

– La femme est toujours en ligne...

– Dix-quatre, standard. Contacter Un par radio.

Je voulais savoir où en était le shérif. Ce qu'il pensait de la situation. À moins qu'il ne soit trop occupé pour me répondre.

– Dix-quatre. Un, standard. Un, standard.

Pendant que Sally s'égosillait, je posai le micro et déclenchai ma sirène. Je doublai une camionnette qui ne mit aucune bonne volonté à me céder le passage, et l'embardée qu'elle me fit décrire balança le micro sur le tapis de sol. L'y repêcher ne fut pas simple. Je me rabattis en vitesse, un peu trop sec, mais tant pis pour la queue-de-poisson. Je recommençais à respirer quand Sally me rappela.

– Trois ? Pas de contact avec Un.

Mauvais signe. Je respirai un bon coup.

– Dix-soixante-dix-huit en attente.

Dix-soixante-dix-huit est le code pour la demande d'assistance. D'urgence. J'insistai :

– Le plus de soixante-dix-huit possible. Et dis-moi où ils sont.

– Dix-quatre, Trois.

– Continue d'appeler Un. Et garde la femme en ligne.

– Dix-quatre.

Remontant à plus de cent quatre-vingts à l'heure l'une des rares lignes droites du comté, je gambergeais sur les choses à faire si Lamar était vraiment dans la merde. On a toujours cette petite voix en soi qui susurre que tout n'est pas si moche, qu'on aura une bonne surprise à l'arrivée. Et naturellement, en contrepartie, cette autre voix qui ricane que tout va mal. Dans un cas semblable, il est généralement préférable d'écouter celle qui gueule le plus fort.

Elle me rappelait, cette voix, que je n'étais pas en uniforme. Que les renforts demandés n'auraient pas la moindre idée de ma qualité de flic, et que je courais le risque de me faire flinguer par erreur.

Pensif, je réglai ma sirène. Ces vocalises qui montent dans le suraigu, redescendent et repartent de plus belle finissent par vous éplucher les nerfs.

– Standard ? Ici, Trois.

Je savais que si Sally avait eu du nouveau, elle m'en aurait aussitôt fait part. Mais c'était plus fort que moi. Sa dernière transmission remontait à près d'une minute.

– J'y travaille !

Irritée, mais compatissante. Juste le ton qu'il fallait pour me dire qu'elle me comprenait, mais que je ferais mieux de fermer ma gueule.

– Dix-quatre.

Je rétrogradai de plus de cent quatre-vingts à cent quarante pour négocier, sans trop de diplomatie, une série de virages. Puis jusqu'à quatre-vingt-dix, en talonnant un foutu camion. L'adrénaline coulait à flots dans mes veines. Comme toujours quand on redescend d'un seul coup de cent quatre-vingts à quatre-vingt-dix, on a l'impression qu'on pourrait quitter la voiture et courir plus vite. La route à deux voies ne se prêtait guère à un dépassement, et le conducteur du camion devait être aveugle et sourd. Pourtant pas faute de jouer des phares et du gyrophare et de joindre mon klaxon, en continu, aux hurlements de la sirène. Finalement, on attrapa le haut de la côte. Plus de ligne jaune infranchissable. Je doublai le camion d'une embardée fulgurante. Entrevis, au passage, l'air effaré du conducteur. À croire qu'il n'avait vraiment pas remarqué ma présence !

– Trois, standard ?

– Toujours pas de contact avec Un. Deux territoriaux partent d'Unionville. Heure d'arrivée estimée sur les lieux, d'ici à vingt minutes. La femme au téléphone dit qu'un officier aurait été touché.

– Dix-quatre. Appel général à toutes les voitures. Et demande une ambulance.

– Dix-quatre.

Je ne portais pas mon gilet pare-balles. Il était dans mon coffre avec mon fusil, ma réserve de munitions et ma trousse de premier secours. Mes meilleures chances de survivre gisaient hors de ma portée, au fond de ma malle arrière.

– Standard ? Mon heure d'arrivée estimée sur les lieux : dans cinq minutes environ. Fais parler la femme. Qu'elle te précise la situation.

Difficile d'être plus explicite sous une telle pression, mais Sally en avait vu d'autres.

– Dix-quatre, Trois.

Je raccrochai le micro, cueillis mon talkie-walkie sur le siège voisin, l'enfonçai dans ma poche de poitrine en souhaitant ne pas le perdre avant de pouvoir le transférer dans la poche de mon jean. Je touchai ma jambe gauche. Mon deuxième jeu de clés était bien en place, dans la petite poche. En quittant ma voiture, je pourrais laisser tourner mon moteur, et clignoter mes feux rouges avant et arrière, toutes portières bouclées. Sans vider pour autant ma batterie. Pour le cas plus que probable où je n'aurais pas le temps de communiquer avec les renforts, après mon arrivée.

À propos des renforts :

– Standard ? Combien de voitures en route ?

– 884 et 732.

Je passai sur la fréquence LEA ou *Law Enforcement Assistance*, qui établit la liaison avec tous les officiers en service, dans un rayon de deux cent cinquante kilomètres.

– 884. Comté de Nation. Trois.

– Bien reçu, Trois.

– 884. On a probablement un homme au tapis. Vous venez d'Unionville par la 288 ?

– Dix-quatre.

Je percevais, à la radio, les bruits de la 288 et la clameur de la sirène déchaînée. Ils rappliquaient à vitesse grand V.

– 884 ? Quand vous arrivez à la route du Marsouin...

Belle décision administrative d'avoir baptisé toutes les routes secondaires sous prétexte de faciliter les choses ! Alors que je renonçais aux noms et rétablissais les vieux numéros, Sally se manifesta.

– Trois ? Standard. Dix-trois.

Autrement dit, bouclez-la tous. Hyperurgence. Priorité absolue.

– Ils sont blessés tous les deux. J'ai Un à la radio. Besoin d'assistance immédiate.

Merde !

– Dix-quatre.

Que dire de plus. Le chemin conduisant chez Stritch était pire que dans mon souvenir. Terre et gravier. Trous et bosses. Je bousillai, d'emblée, deux amortisseurs.

– Ils sont où, standard ?

– D'après la femme, dans la remise aux outils, avec la bétaillère juste devant.

– Dix-quatre. Mets-moi en dix-vingt-trois.

Ce qui voulait dire que j'étais arrivé sur place. Pas tout à fait, mais je savais que je n'aurais plus le temps de parler à Sally, une fois à pied d'œuvre.

Un dernier virage, un ultime dos-d'âne et j'aperçus la maison. Blanche, un étage. Une grange peinte en rouge. Trois cabanes disparates, de même couleur, dont l'une devait être la remise aux outils. La voiture de Lamar, garée près de la maison. À ma droite, un tas de matériel, plaques de tôle ondulée bouffées par la rouille, vieux poteaux de clôture et autres cochonneries accumulées. Je freinai à mort, au sortir d'une dernière embardée, pour me ranger près de la voiture du shérif. Commandai, d'un coup de pouce, l'ouverture de mon coffre alors que je découvrais, devant une des cabanes, une bétaillère crasseuse.

La poussière que j'avais soulevée me suffoqua lorsque je descendis de voiture. Une détonation fracassa le silence. Je bondis à couvert, empoignai mon AR-15, renonçant du même coup au Kevlar de mon gilet pare-balles. À quoi bon ? C'était un fusil qui tirait, et le gilet n'en arrêterait pas les balles.

– Lamar !

Il n'était nulle part en vue. Puis une voix faible hoqueta :

– Par ici.

L'appel venait d'une autre pile de matériel, à quinze mètres de là. Juste derrière : Lamar.

Je démarrai dans cette direction, salué par une rafale d'environ dix coups qui se perdirent dans la terre ou ricochèrent en arrachant des bribes de métal oxydé. Je m'aplatis au sol, d'un plongeon réflexe. Une autre rafale m'aspergea de boue sableuse. Je roulai sur moi-même et reculai en rampant jusqu'à ma voiture. Je n'avais même pas vu d'où venaient les tirs.

En contournant ma voiture, je découvris, de l'autre côté du chemin, une botte noire, pointée vers le ciel, et le bas d'un pantalon vert, avec une rayure gris rosâtre. Un pantalon de shérif. Bud. La botte ne bougeait pas.

Je braillai son nom. Instinctivement.

– Bud !

Et Lamar hurla :

– Il est mort ! Ce fils de pute l'a buté. Sans aucune raison.

Je me redressai subitement. Juste assez pour attraper, dans mon coffre, ma trousse de premier secours. Trop sommaire pour être vraiment utile, mais tout de même mieux que rien.

– Lamar !

– Ouais.

– Tu es touché ?

– Aux jambes, j'ai l'impression.

Je l'entendais mal. Je regrettais de ne pas m'être garé dans l'autre sens. Trop tard à présent. J'avisai un petit objet noir, entre moi et le tas de saletés. Mon talkie-walkie. Formidable. Il était tombé de ma poche, quand je m'étais jeté à plat ventre.

Il fallait que je le récupère, coûte que coûte. Et que j'arrive jusqu'à Lamar, ou que je puisse lui passer ma trousse de premier secours. Et que je repère ce fumier de tireur embusqué.

Je me relevai, plié en deux, posai mon fusil dans le coffre et cavalai droit vers mon talkie-walkie. Je le raflai au passage, balançai ma trousse vers le tas de rouille et virai de bord alors que résonnaient les premiers coups de feu. Deux balles touchèrent ma voiture. Je repris mon fusil et m'accroupis à couvert. J'étais hors d'haleine et ruisselais de sueur. Je n'avais toujours pas vu d'où venaient les balles.

– Lamar !

– Ouais.

– Tu as la trousse ?

– Non, mais je peux la voir.

– Tu peux l'attraper ?

– Pense pas.

– Où est-il ?

– La fenêtre à gauche de la porte. Je crois.

– Tu pourras prendre la trousse si je l'occupe de mon côté ?

– Peut-être.

– OK, on y va !

Avec un genou à terre, je voyais clairement la fenêtre en question. J'épaulais mon fusil quand il tira le premier. À peine si j'entendis la détonation avant d'en ressentir l'impact. Comme un coup de fouet. Sec. Il m'avait loupé de peu. À mon tour de tirer. Sur un rythme rapide, mais pas trop. Le temps de vider mon chargeur et de me replier vite fait. Puis de recharger mon arme et d'empocher deux chargeurs supplémentaires. Lamar avait-il pu se déplacer ? Pas sûr. Et le fracas de mon propre tir m'avait rendu presque sourd. Je m'éloignai légèrement de ma voiture, afin d'éliminer, ne fût-ce qu'un instant, le ronronnement du moteur.

– Lamar !

– Je l'ai.

– Bravo.

Je me demandais si j'avais touché l'homme au fusil. Prudemment, je me relevai sur un genou, près du gros poteau de clôture planté à droite du chemin. Dès que ma tête dépassa le niveau des hautes herbes, je distinguai nettement l'éclair. Par la fenêtre à droite de la porte. La réponse à mon problème.

– Il est toujours là, Lamar. Ne bouge pas d'où tu es.

Je ne pigeai pas ce qu'il marmonnait. Je ne l'avais toujours pas vu. J'allumai mon talkie-walkie.

– Standard ? Trois !

Il était évident qu'elle ne me recevait pas. 884, si.

– Trois. 884. Quel est le topo ?

– Deux officiers au tapis. Un tireur, arme automatique. Je suis cloué sur place, pour l'instant.

– Dix-quatre.

– Au bout du chemin, tu apercevras ma voiture. Stoppe aussitôt que tu la vois. Je suis dans l'herbe à la droite du chemin, près du gros poteau.

– Dix-quatre.

– Vas-y doucement. J'ai sur les bras un officier blessé, derrière un tas de ferraille, qu'il va falloir évacuer d'urgence.

– Dix-quatre.

Je me déplaçai vers la droite et m'efforçai, prudemment, d'inspecter le champ de bataille, entre les hautes herbes. Encore plus à droite, s'amorçait une pente boisée, au pied de laquelle se dressait la remise d'où partait la fusillade. À mi-chemin de la remise, s'amoncelaient les tôles rouillées, les vieux poteaux qui protégeaient Lamar. Au-delà du hangar, j'apercevais un vieux poulailler au toit croulant, avec une fourgonnette rouge parquée entre l'un et l'autre.

Derrière moi, le chemin d'accès se prolongeait, partageant le terrain en deux zones sensiblement égales. Du côté gauche, s'élevait la réserve de bois de chauffage. Empilée en bon ordre, devant une grange déglinguée. Tous les bâtiments, y compris la ferme elle-même, affectaient ce gris pourpre que devient la couleur rouge, après des années d'exposition aux intempéries. À cinquante mètres en arrière, trônait le bâtiment principal. Tout en bois, un seul étage, sans volets aux fenêtres ni décoration d'aucune sorte. La peinture s'écaillait, et les marches du porche s'incurvaient vers le centre.

Devant la ferme, stationnaient une camionnette bleue de l'année dernière et une Mercedes de cinq ou six ans, à quatre portes, d'un marron qui faisait tache sur le fond du bâtiment. Une vaste parabole complétait le décor. Flambant neuve ou jalousement entretenue, dans ce décor minable. On voyait tout de suite à quoi les occupants de la maison attachaient la plus grande importance.

Derrière la grange, sur plusieurs centaines de mètres, s'étendait un champ de maïs dont les épis s'élevaient jusqu'à près d'un mètre cinquante. Je concentrai mon regard sur la remise, et levai un peu la tête. Aucune réaction. J'épaulai mon fusil, visai la fenêtre de droite. J'espérais que l'arrivée de 884 fournirait une diversion qui me permettrait de crapahuter, à toute vitesse, jusqu'à proximité du petit hangar.

884 arriva trop vite, et jaillit hors de sa voiture sans me laisser le temps de concrétiser mes intentions. Il s'agissait d'un jeune en blue-jean et T-shirt gris qui vociféra d'où il était, à l'orée de la colline :

– Qu'est-ce qui se passe ici, nom de Dieu ?

Droit dans le vif du sujet. Je lui criai :

– Y a un type qui flingue à tout-va, de la remise à ta droite. Ne reste pas là.

– SORTEZ DE LÀ, MONSIEUR ! ÉCARTEZ-VOUS DES BÂTIMENTS !

Lancé, avec toute la puissance du haut-parleur de la 884, par la coéquipière du jeune territorial, restée dans la voiture.

Là-dessus, le gars fonça vers la maison. J'appelai 884 au talkie-walkie, la fille aux aguets, l'arme au poing, derrière la portière de sa voiture.

– 884 ?

– À l'écoute.

– Regarde vers ta droite. Tu vois ma main ?

Je la montrai au-dessus du niveau des hautes herbes.

– Dix-quatre.

– Je vais essayer de te rejoindre. Ne tire pas.

– Dix-quatre.

Je piquai ma pointe de vitesse. Qui n'était peut-être plus ce qu'elle était, mais qui me propulsa jusqu'à 884. Emporté par mon élan, je freinai trop tard et m'écroulai dans la terre humide. L'instant d'après, j'y étais. Quand on dépasse les cent dix kilos, maîtriser son élan n'est pas si facile.

Elle m'invita à entrer dans sa voiture. Un peu trop désinvolte à mon goût. Aucun coup de feu n'avait été tiré depuis son arrivée, mais elle semblait considérer toute l'histoire comme un exercice d'école. Puis une balle ricocha sur son capot avant de se perdre dans le champ de maïs. Une autre fracassa le projecteur mobile, éparpillant de menus éclats de verre. Je récoltai une égratignure à la main, elle, de minuscules blessures en travers du front. Elle ne broncha pas, ou à peine, mais parut prendre conscience qu'il ne s'agissait pas là de simples travaux pratiques.

– Un forcené ?

– C'est bien comme ça qu'on appelle ce genre de type. Écoute, le shérif est derrière ce tas de ferraille, à ta gauche. Tu le vois ?

Elle acquiesça.

– Notre adjoint civil est dans les herbes, sur la gauche du chemin, à peu près au niveau de ma voiture. Je crois qu'il est mort.

Nouveau signe de tête.

– Le shérif est vivant, mais il a été touché aux jambes. Je lui ai envoyé ma trousse de secours, et il a pu l'attraper, mais d'après sa voix, je pense qu'il est quasiment dans les vapes.

– Je comprends.

– Il faut que j'aille le chercher.

– Qui est le forcené ?

La question m'arracha un soupir.

– Je n'en sais rien encore. Il se peut que ce soit le fils. Je crois plutôt que c'est le vieux qui canarde, mais je n'en suis pas sûr.

– Je vois.

– On va avoir besoin d'aide.

– J'ai déjà demandé un groupe d'intervention.

– Bravo. Mais est-ce qu'il ne faut pas l'autorité d'un sergent ?

– Si, ils vont venir.

– D'où ?

– Du poste seize.

Je me livrai à un rapide calcul.

– Ils ne seront pas là avant une bonne heure. Entre-temps, on va essayer de sortir Lamar du pétrin. Avant qu'il y ait d'autres victimes.

– Je vais leur dire de réunir l'équipe. Ils rappliqueront aussi vite que possible.

Elle commençait à me plaire, 884. C'était le moment ou jamais de faire les présentations.

– Carl Houseman.

– Diane Blakeslee.

– Je te paierai un café quand on sera sortis de là.

– Vendu.

– Raconte au bureau ce qui se passe ici.

– Pas de problème. L'ambulance ne devrait pas tarder.

– Tu me tiens au courant de leur arrivée. Et tu attends mon feu vert pour les laisser entrer.

– OK.

Je passai à l'arrière de sa voiture et regagnai la mienne en courant. Nouvelle glissade dans la boue, mais pas de fusillade. Je rappelai Lamar.

– Quoi ?

Un peu vaseux, quoique parfaitement lucide.

– La cavalerie est en route. Tu peux bouger ?

Pas de réponse. J'en conclus qu'il ne m'avait pas entendu et réitérai ma demande.

– Une seconde, Carl !

Je lui en laissai quinze, et j'allais récidiver quand il déclara :

– J'ai essayé de me rapprocher. Tu me vois ?

Oui, sacré bon sang, je le voyais. Je l'apercevais, parmi la ferraille éparse. Et je le regrettai, un instant plus tard. Il s'était confectionné un garrot, à l'aide de sa ceinture, mais son pied n'avait plus forme humaine. Cette chose blanche qui sortait du chaos sanglant ressemblait beaucoup à un os. Il avait réussi à s'improviser un pansement, qui désormais était rouge. Si je pouvais l'atteindre, il faudrait que je le traîne. Jamais il ne pourrait se déplacer par ses propres moyens.

Lamar avait la constitution d'un cheval. Sinon, il se serait évanoui depuis longtemps. C'était sur le point de se produire, car je pouvais voir que ses jambes tremblaient convulsivement. Il fallait que je le sorte de là. D'extrême urgence. La course était commencée, et c'était une course contre la mort.

* * *

Juste à ce moment-là, alors que je jugeais déjà la situation désespérée, un roulement de tonnerre se fit entendre. Le ciel était d'un noir d'encre, le vent se levait, qui baladait tout un tas de débris à la ronde. Il allait pleuvoir d'un instant à l'autre. Juste ce qui me manquait pour être vraiment heureux.

Je rappelai 884.

– À l'écoute.

– Quelle est l'heure d'arrivée estimée, pour l'ambulance ?

Quelques secondes plus tard :

– Trois à quatre minutes.

– Parfait.

Je regardai si quelque chose ou quelqu'un bougeait, du côté de la remise. Rien. Je rappelai, une fois de plus, 884.

– Demande au standard s'ils sont toujours en communication avec les habitants de la ferme. Dis-leur qu'on attend une ambulance. S'ils ont un ou plusieurs blessés, on se fera un devoir de les évacuer avec le shérif.

– Dix-quatre.

– Dis-leur aussi qu'un flic en civil va rejoindre le shérif avec une couverture et rester avec lui jusqu'à l'arrivée de l'ambulance.

– Tu es sûr de ça ?

– Pas le choix.

– OK.

Je me redressai. Lentement. Abandonnant mon fusil près du gros poteau. Je portais sous ma chemise un Smith & Wesson de calibre 40. Nul n'en soupçonnerait la présence, à moins d'y regarder de très près. Muni de la couverture et de mon vieil imper, je m'avançai prudemment vers Lamar. Je louchais vers la remise, mais rien ne bougeait. Aucun mouvement, aucune silhouette. Rien. Je commençais à me demander s'il était toujours là.

Je m'agenouillai auprès de Lamar.

– Salut.

Il leva les yeux vers moi.

– Salut.

Mais il était trop faible pour soutenir un tel effort.

Sa tête retomba. Je lui posai la main sur l'épaule.

– On va te sortir de là. L'ambulance arrive.

J'arrachai l'enveloppe protectrice de la couverture de survie. Le vent s'en empara, l'accrocha aux proches barbelés. Je faillis rater mon coup, mais réussis à envelopper Lamar dans la feuille métallisée alors que tombaient les premières gouttes.

Je dis à 884 qu'on était prêts tous les deux à recevoir les auxiliaires médicaux. Enfilai mon imper et me retournai vers la route. Cinq voitures de police s'alignaient de part et d'autre du chemin. Et l'ambulance approchait, dans le clignotement de ses phares. Il pleuvait de plus en plus fort, mais ce n'était qu'un détail. Les deux auxiliaires, dans leurs imperméables jaunes fluo, trottaient vers moi, insoucieux de la pluie. Et du danger possible. Je les connaissais tous les deux. L'un tenait une quincaillerie, l'autre était électricien. Dans les zones rurales, tous les auxiliaires médicaux sont bénévoles.

– Salut, les gars.

Je désignai Lamar.

– Blessures par balles. Les deux jambes. Plutôt moche. Sous le choc. Sans connaissance depuis un bon moment. Le type qui l'a esquinté est là-bas, dans cette remise. S'il se remet à canarder, disparaissez en vitesse.

– On est là pour faire notre boulot, dit le quincaillier.

L'électricien se pencha sur les bandages trempés et me jeta un regard accusateur.

– Qui lui a fait ces pansements ?

– Lui-même.

La pluie redoublait de violence. Sur un signe des deux auxiliaires, deux autres accoururent avec un brancard. Je ne suivais plus très bien les détails de l'opération, avec la pluie battante qui me martelait le crâne. Mon imper n'avait pas de capuche et j'avais oublié mon chapeau.

– J'ai un autre officier, mort, par ici. Je vais m'en occuper, dès que vous aurez embarqué Lamar. Quelqu'un peut me donner un coup de main ?

– Moi.

Un des deux auxiliaires qui avaient apporté le brancard. Une jeune femme. Employée de banque. Je la connaissais, elle aussi. Elle semblait sortir de sous sa douche. La pluie, bien sûr. Et peut-être la sueur. Il faisait une chaleur d'enfer, sous ces imperméables.

J'expliquai à l'auxiliaire-chef :

– Écoutez. Je vais annoncer à l'auteur de cette tuerie ce que j'ai l'intention de faire. Et puis, je vais le faire. Quand vous serez à l'abri dans l'ambulance. Si tout se passe bien, vous emporterez aussi l'officier décédé.

– D'accord.

Dès qu'ils furent en sécurité à l'intérieur du véhicule, je frappai sur l'épaule de la fille.

– J'y vais. Attendez mon signal.

La voix me cloua sur place alors que je n'étais plus qu'à quelques pas de la remise.

– Arrête-toi là, Carl.

C'était la voix d'Herman Stritch en personne. Je la connaissais trop bien pour ne pas la reconnaître, surtout lorsqu'il m'appelait par mon prénom. Il le prononçait toujours comme s'il y avait un *u* après le *r*.

– J'ai un officier mort sur le terrain, Herman. On va le ramasser et l'emporter.

– Si je veux !

– Est-ce que je t'ai jamais menti, Herman ? Est-ce que je t'ai jamais raconté des histoires ?

Au bout de quelques secondes :

– Non.

– Alors, crois-moi sur parole. On va le ramasser, comme je viens de te le dire, et si tu veux nous en empêcher, il n'y aura plus personne de vivant dans cette ferme, d'ici à dix minutes. Ce n'est pas ce qu'on désire, mais on le fera, et tu sais qu'on peut le faire.

Il réfléchit un moment.

– Allez-y.

– L'offre est toujours valable. Si vous avez des blessés, ils recevront tous les soins nécessaires. Sans engagement de ta part.

– Pas de blessés.

Dommage.

Je perçus une sonnerie, et puis un « Allô ! » Un téléphone dans la remise. Beaucoup de fermiers faisaient brancher un appareil dans la grange. Ou dans l'étable. Mais dans un hangar à outils ? Ça ne m'était même pas venu à l'idée.

Sur un signe, l'auxiliaire féminine me rejoignit, et marcha, avec moi, jusqu'au cadavre.

Bud avait été touché plusieurs fois, dont une à la tête. Il n'avait même pas dégainé son revolver. Je me retournai pour faire signe à l'ambulance, mais juste à ce moment-là, elle démarra, sec, en marche arrière, et fila vers la route. On sut plus tard que les auxiliaires avaient craint, en attendant davantage, de « perdre leur patient ».

Pas grave, dans la mesure où Bud avait dépassé ce stade. Je me retournai vers la remise.

– Herman !

– Quoi ?

– Deux officiers vont venir m'aider à emporter Bud. Ne tire pas.

Il s'abstint de répondre, et j'interprétai son silence comme un consentement.

Répondant à mes appels, trois des gars à qui j'avais recommandé de laisser les fusils dans les voitures vinrent m'aider à envelopper Bud dans une couverture et à le transporter dans un des véhicules. Il était lourd, et avec cette feuille métallisée autour de lui, il faillit nous glisser des mains, par deux fois. J'en avais une crampe quand on arriva auprès des voitures.

Il était temps que j'aille récupérer la mienne. Je retrouvai mon fusil près du gros poteau d'angle. Il avait pris l'eau, et pas un de mes collègues n'avait eu l'idée ou l'initiative de le mettre à l'abri.

– Herman.

– Quoi encore ?

– Abandonne, Herman. Il y a eu assez de dégâts comme ça. Sors et expliquons-nous.

– Va te faire foutre.

À ce moment, la porte de la ferme s'ouvrit. Un jeune homme en sortit. Il portait un imper assorti à la classique tenue de camouflage, avec des bottes de marche et un pantalon de treillis. Cent pour cent militaire.

D'une distance de cinq-six mètres, il me lança :

– Barre-toi.

– Pas sans mon fusil.

– Laisse le flingue.

– J'ai dit que j'allais reprendre mon fusil, et je vais le reprendre.

– Mon père t'a dans sa ligne de mire, sale flic.

– Je n'en doute pas. Et je peux te descendre avant que ce vieil excité ait tiré sa première balle.

Il soutenait mon regard. Je secouai la tête d'un air dégoûté, lui tournai le dos, allai chercher mon fusil et le remis dans mon coffre. En prenant grand soin de le porter d'une seule main, la crosse en l'air. Inutile de forcer sa chance.

Alors que j'ouvrais ma portière, Junior reprit la parole :

– On te verra devant le tribunal du peuple.

Je montai en voiture et reculai lentement vers la route.

# 14

Lorsque je rejoignis mes troupes, plusieurs membres des forces spéciales étaient là, prêts à l'action. Sous la direction du lieutenant de région, ils attendaient un ordre du capitaine pour intervenir. Deux de nos gars en faisaient partie. Eddie et Tom Meierhoff. Alors que j'essayais de voir qui d'autre je pouvais connaître, au sein du groupe d'intervention, l'idée inopportune que je venais de monter en grade me tomba dessus. Lamar hors de combat, Art en congé, en ma qualité de doyen de l'équipe, j'étais automatiquement promu shérif en fonction.

Je parlai à *mes* hommes réunis sous un arbre que le vent avait cessé d'agiter, cédant de nouveau la place aux averses. Ils voulaient savoir ce qui s'était réellement passé, et je n'en savais rien. C'était aussi simple que ça. On avait ouvert le feu sur deux officiers, et l'un des deux était mort. Pourquoi, c'était une autre paire de manches. Pour autant que je le sache, tout était parti du refus d'accepter une assignation légale. Accessoirement, l'adjoint Johansen était de retour du congé de maladie que lui avaient valu les meurtres du champ.

Je donnai l'ordre de l'affecter immédiatement à un travail de bureau. Pas de terrain pour Johansen avant un bout de temps. J'en informai le lieutenant qui ne savait pas grand-chose des affaires locales, sinon que Stritch militait dans l'extrême droite la plus virulente, et tirait plus vite que son ombre. J'étais crevé, trempé jusqu'à la moelle, et j'aurais tué pour une cigarette.

Le capitaine se montra très coopératif pour organiser le cordon chargé d'isoler « la bande à Stritch ». En ma qualité de shérif intérimaire, c'était à moi de donner les ordres. Le seul problème, c'était que si l'administration d'État était contre les mesures que je comptais prendre, j'aurais tout de suite les bras liés par leurs suggestions contraires. On se retrouva sous l'arbre qui avait abrité tant de monde durant ces dernières heures et dont le terrain n'était plus qu'un tas de boue.

Le négociateur, jeune, grand et mince, s'appelait Roger Collier. Il me demanda si je voulais leur parler le premier. Question de routine, et je le savais. Mais c'était gentil de sa part.

– Je crois que je ne suis pas le bienvenu.

– Pas de problème.

Il s'arrangea avec la compagnie du téléphone pour que la ligne des Stritch lui fût exclusivement réservée, et le quartier général de campagne s'installa dans une caravane peinte en beige, aussi spacieuse que confortable, située hors de vue des occupants de la ferme. Ce serait notre poste de commandement, jusqu'à la fin du siège. Le capitaine s'appelait Yearous. C'était un type bien, mais tout de même un bureaucrate.

– Une sale histoire, Houseman. Je suis désolé pour votre gars et pour votre shérif.

– Ouais...

Je tremblais de froid, et me balançais d'un pied sur l'autre, pour essayer de chasser la flotte de mes baskets.

– Herman doit payer le juste prix.

– On va le coffrer.

Coffrer ! Un mot qu'on n'employait plus depuis des années. Bien que le capitaine et moi ayons sensiblement le même âge, son vocabulaire me confirmait qu'il n'avait pas dû souvent descendre sur le terrain. Pas récemment, en tout cas. Juste ce qu'il me fallait pour régler cette histoire. Un gratte-papier.

– Ron, vous voulez me rendre service ?

– Je vais essayer.

– Ce n'est pas vraiment mon truc d'organiser ce genre de safari ! Je n'ignore pas que c'est le vôtre. Ça ne vous ennuie pas de prendre les choses en main pendant que j'essaierai de calmer le jeu, sur le plan local ?

– Mes hommes vont s'occuper de tout. Ne vous souciez de rien. On va régler ça.

Il me frappa sur l'épaule et se mit au boulot. Du bon boulot, j'aurais mauvaise grâce à le nier. Rien ne manquerait dans la coordination et le roulement des effectifs, l'approvisionnement et la suite. Le moindre détail réglé avant même qu'on n'en ressente le besoin. Et ce qui m'importait, surtout, c'était de le savoir beaucoup trop absorbé par ses fonctions d'organisateur pour m'empêcher d'agir à ma guise.

***

Cinq minutes après cette conversation, j'avais au bout du fil « George du Bureau ». Heureux que ce soit lui.

– Carl, comment va Lamar ?

– C'est plutôt moche, mais il va s'en tirer. Pas comme Bud.

– Oui, j'ai appris ça. Où est-ce que vous en êtes ?

Ce qui l'intéressait surtout, c'était le côté extrême droite. Je lui dis ce que je savais. Que le vieil Herman était le prototype du contestataire chronique. Contre les impôts, contre la police, contre tout.

– Carl, ne me dis pas qu'il appartient à une de leurs milices.

– Pas à ma connaissance.

– Mais il annonce la couleur, à l'entrée de chez lui ?

– Plutôt deux fois qu'une. Mais pas d'embrigadement déclaré... que je sache...

– A-t-il enfreint des lois fédérales ?

Je soupirai :

– Qui peut le savoir ? Il faut peut-être chercher du côté de la fraude fiscale.

J'aimais bien George. Il brûlait de nous être utile, mais il lui fallait un motif légal, à l'échelon fédéral.

– Et d'après ce que tu dis, c'était une assignation légale à laquelle il refusait de se soumettre ?

– Pour autant que je le sache. Je n'ai guère eu le temps de m'en préoccuper. Appelle donc Margaret, chez nous. Elle te dira tout sur le point de départ de toute l'histoire.

– Et je te rappellerai ensuite.

– Merci, George.

***

Il était 2 heures du matin. Les pluies avaient cédé la place à une légère bruine, mais la température n'avait pas baissé. L'humidité non plus. Un paradis pour les moustiques. J'avais fréquemment recours à la bombe insecticide, mais comme je ruisselais en permanence, l'effet répulsif du produit restait limité. Je bavardais avec Hester, venue nous rejoindre puisqu'il s'agissait d'un meurtre. On siégeait sous une vaste tente dressée sur l'ordre du capitaine. En compagnie d'Al Hummel. Le seul fait nouveau était un recensement exact des occupants de la ferme. La négociation en cours ne menait nulle part.

– C'est le vieux Stritch qui a tiré ?

– Oui, Hester. Aucun doute. C'est lui qui était dans la remise, et c'est le seul que j'y ai vu. Le seul qui a menacé de me descendre.

On avait facilement obtenu le mandat pour procéder à l'arrestation d'Herman Stritch. Rien contre le reste de la famille, excepté peut-être le jeune homme à qui j'avais parlé, et qui pourrait être inculpé d'entrave à la marche de la justice. Sans préjuger d'une inculpation multiple pour complicité passive, avant la fin de la journée.

– Je vais aller voir où en est le négociateur.

Ce serait ma première incursion au QG de campagne, et d'après le ronronnement du groupe électrogène, j'étais à peu près sûr qu'ils avaient l'air conditionné. Hester et Al promirent de m'y rejoindre un peu plus tard, pour la microconférence organisée sous l'égide de la Crim. Tout ça me convenait parfaitement.

Un jeune territorial gardait la porte de la caravane. Il me barra le passage.

– Excusez-moi, mais il s'agit d'une zone réservée.

Je lui dédiai mon plus beau sourire.

– Ça va, je suis chargé de l'affaire.

– J'en doute énormément. Circulez, je vous prie.

De ma poche revolver, je tirai mon badge et ma carte d'identité.

– Carl Houseman, officier représentant le bureau du shérif du comté de Nation chargé de l'affaire.

– Je ne suis pas au courant, dit-il sans bouger d'un pouce.

– Il y a eu beaucoup à faire dans le secteur aujourd'hui. Je suppose que personne n'a pensé à vous le dire.

– Je regrette, shérif adjoint. Je n'ai aucune instruction pour vous laisser entrer.

– Écoute, fiston. Je suis très fatigué, et je veux parler à Roger, de quelque chose de très, très sérieux. Je sais que tu fais ton boulot au mieux de tes capacités, et je ne t'en veux pas pour ça, mais ça va maintenant, OK ?

Pas de réponse. Juste cet air buté.

– Alors, dépêche-toi d'ouvrir cette porte et demande à Roger s'il veut bien me recevoir.

Après une ultime hésitation, il fit exactement ce que je lui suggérais, et dix secondes plus tard, j'entrais dans la fraîcheur artificielle du QG de campagne. J'étais complètement gelé, mais transporté d'allégresse. J'avais des visions de moustiques tombant en pluie autour de moi, foudroyés par le décalage thermique. Roger était à l'arrière, entouré d'un standard téléphonique, de trois écrans de télévision et d'un grand bol de café. Il sourit en me reconnaissant.

– Désolé que vous ayez eu un problème avec notre cerbère.

– Quoi de neuf, du côté d'Herman ?

– Pas grand-chose. Tout le monde doit dormir à cette heure. Café ?

– Bonne idée.

J'attrapai la cafetière électrique, m'en servis une tasse. La porte s'ouvrit derrière moi, et le petit palace motorisé dansa sous le poids d'Hester et d'Al Hummel. Moins par intérêt sincère que pour me tenir éveillé, je murmurai :

– *Statu quo* sur toute la ligne ?

– À peu près. Ça marche par phases successives. À ce stade, Herman doit ressentir de la frustration et du désenchantement. Rien ne se passe comme il veut, et je l'imagine épuisé. Indécis.

– Probablement.

– Il va falloir le manier avec précautions, il ne faut pas qu'il sombre dans le fatalisme et le désespoir. Ce serait dangereux.

Entre deux gorgées de café :

– Ou ça pourrait le devenir.

– Quel est le programme ?

– Essayer de l'amener à un sentiment de défaite et de faiblesse irréversible. Le stade où la seule solution, à ses yeux, sera la reddition pure et simple.

– À laquelle vous croyez ?

– Si nous nous armons de patience. Ou si quelque fait nouveau modifie son humeur.

– Par exemple ?

– Totalement imprévisible. J'ai lu quelque chose au sujet d'une affaire où un tel forcené refusait de se rendre. Puis sa mère est tombée par la fenêtre et il a immédiatement capitulé.

– Sans blague ?

– Sans blague. Et puis il y a le cas de ce suspect obsédé par l'idée que ses propres boyaux allaient lui lier bras et jambes. Lui aussi s'est rendu.

– En ressortant des chiottes ?

– Exactement. Pittoresque, non ?

– Très.

– Mais il faut être prudent. S'ils sentent qu'ils n'ont plus rien à perdre, c'est là qu'ils deviennent dangereux. Ou que leurs doutes les poussent à...

– ... discutailler ?

– Le mot exact. Alors là, il n'y a qu'à se baisser pour les cueillir.

– Fascinant.

– Plus que fascinant. Tellement révélateur de la nature humaine.

Hester coupa, nullement impressionnée :

– On attend quoi pour agir ?

– Demain matin, j'essaierai d'obtenir sa reddition. Il n'est pas très malin, vous savez. Pas idiot, mais pas un prix Nobel. Et pas un criminel endurci.

– C'est son portrait tout craché. Le tout est de savoir par quel bout le prendre.

– S'il n'a pas recours à l'alcool pour gonfler son ego, on l'aura très vite.

Frappant la couverture d'un dossier à spirale épais de quinze centimètres :

– Tout est là-dedans. Toutes les variantes imaginables.

On avait donc le mode d'emploi. Que demander de mieux ?

***

Hester, Al et moi n'avions pas fait plus de dix pas hors de la caravane lorsque je laissai tomber :

– On a tiré le gros lot, non ? C'est juste l'homme qu'il nous fallait !

L'État de l'Iowa avait trois négociateurs. Un qui enseignait en Floride, un qui était à l'hôpital, mal remis d'un récent accident de la route. Et Roger qui venait de sortir, avec son diplôme, de l'école des négociateurs.

Al rappela qu'on avait promis une déclaration à la presse, et on pataugea dans la boue jusqu'à l'endroit où nous attendaient les journalistes, sous un abri de fortune encadré de plusieurs voitures-patrouilles. La plupart n'avaient rien à foutre de ce qu'on avait à leur dire. Ils espéraient assister à une nouvelle mort violente. Un ou deux autres flics sur le carreau leur fourniraient de la bonne copie. Mais ce qu'ils attendaient surtout, c'était de voir opérer un groupe d'intervention des forces spéciales. Je repérai Nancy Mitchell et Phil Rumsford dans leur petite voiture grise. Un reporter de la télé de Des Moines, plus connu sous le nom de « Gagneur », ouvrit le bal :

– L'assaut est prévu pour cette nuit ou pas ?

– Des négociations sont en cours. Nous n'avons aucune intention de brusquer les choses. Avec un peu de temps, nous convaincrons le principal suspect de se rendre.

On peut rêver.

– Aucune chance d'un pacte suicide ? jeta la représentante d'une autre chaîne.

– Un quoi ?

– Un suicide collectif. Vous savez, quand ils...

– Je sais de quoi il s'agit. Qu'est-ce qui vous pousse à croire à une chose pareille ?

Elle ne répondit pas, mais un de ses collègues de la presse écrite prit le relais :

– Est-ce que c'est le QG d'une milice parallèle ?

– Rien ne permet de le supposer. On vous remettra dans quelques minutes une déclaration écrite.

– Est-ce qu'il n'y a eu vraiment qu'un seul mort connu ?

Encore cette expression odieuse. Je ripostai sèchement :

– Un officier que je connaissais depuis plus de vingt ans a été tué. Ça me paraît amplement suffisant. Pas à vous ?

Avec ça, je les plantai là et repartis vers la tente. Hester sur les talons.

– Hé, Carl.

– Oui ?

– Tu as besoin d'un peu de sommeil.

Je m'arrêtai et grommelai :

– Ils m'emmerdent avec leurs « morts connus ». Connus ou pas, qu'est-ce qu'on en a à foutre ? Et ce n'est pas parce que la mort d'un type connu dans le coin fait vendre davantage de papier qu'il faut...

Je laissai ma voix sombrer dans le vague.

– C'est du pur show-biz, Carl. Ne prends pas les choses tant à cœur...

Je souris dans l'obscurité. On arrivait à ma voiture quand explosa, vers la ferme des Stritch, un concert de voix excitées, assourdi par la distance. Voix masculines et féminines hurlant en chœur.

– Qu'est-ce que c'est que ce bordel ? commenta Hester.

On venait de faire demi-tour lorsque retentirent trois coups de feu, puis d'autres hurlements, plus forts que les premiers.

## 15

On avait coupé l'électricité de la ferme des Stritch et de ses dépendances. L'éclairage intérieur provenait uniquement du groupe électrogène de secours que le vieux Stritch, comme tous les fermiers, gardait en prévision des coupures éventuelles. Mais aucune lumière n'était allumée dans la maison alors que j'approchais, avec Hester, de la limite du périmètre de sécurité. Herman économisait son essence. Alimentés par un autre compresseur, les projecteurs des pompiers révélaient la façade et suscitaient des zones d'ombre particulièrement épaisses. L'humidité était si dense qu'une sorte de brume semblait brouiller le décor, dans la zone illuminée proche de la maison. Cette difficulté à distinguer clairement les détails pourrait s'avérer infiniment dangereuse. Rien ne bougeait, tous les flics se tenaient à couvert. Avec les lumières de notre côté, ils étaient invisibles, comme on l'était tous, au sein de l'obscurité. Pas un bruit, pas un éclat de voix ne troublaient un silence souligné par le concert en sourdine des divers groupes électrogènes.

On retrouva Eddie Heinz sur la gauche du chemin, derrière plusieurs mètres cubes de bois de chauffage. On s'accroupit à son côté, et Hester lui demanda ce qui se passait.

–Je n'en sais trop rien. Il y a eu des cris, une porte-moustiquaire qui claquait, juste avant ces coups de feu. Et depuis, plus rien.

Toujours pas de lumière dans la maison. Les millions de grenouilles et de grillons, dont les détonations avaient interrompu la chorale, se remanifestaient graduellement. Assez nombreux et assez bavards pour écraser les autres bruits.

Un territorial vint nous avertir que le négociateur était en contact avec l'intérieur. Il ajouta qu'Herman Stritch avait rejoint sa famille dans le bâtiment principal.

Ce n'était pas une véritable surprise. Quoi de plus facile que d'arracher deux ou trois planches et de se glisser hors de la remise ? Ce qui me contrariait, c'était que personne ne l'ait repéré lorsqu'il avait foncé ou crapahuté, en terrain découvert, jusqu'à la ferme. Ça signifiait que devant un tribunal, il aurait beau jeu de prétendre que ce n'était pas lui qui avait tiré, de la remise, sur Bud et sur Lamar. Sans compter qu'il avait rejoint une famille qui devait lui obéir au doigt et à l'œil.

Quelque chose bougeait, précisément, dans l'ombre projetée par la grange. Je plissai les paupières, sans parvenir à distinguer s'il y avait vraiment quelqu'un, ou s'il s'agissait d'un effet d'optique. Puis une petite voix jaillit des ténèbres :

– Maman, je suis toute mouillée.

Alors qu'une silhouette féminine se redressait, un enfant dans les bras.

– Ne tirez pas, je vous en supplie, ne tirez pas.

– Ne tirez pas ! hurla Hester.

J'ajoutai sans crier, quoique d'une voix forte :

– Venez. On ne tirera pas. Venez vite.

Elle courut vers nous. Je remarquai que, de temps à autre, elle jetait des regards en direction de la ferme, par-dessus son épaule. On l'attira parmi nous, derrière la provision de bois. C'était une très jeune femme, vingt-deux à vingt-cinq ans, en chemise écossaise de coton sans manches, jean et baskets. Ses premiers mots furent pour moi :

– Bonjour, monsieur Houseman. Vous me remettez ?

Bien sûr que je la remettais : Melissa Werth, Stritch depuis son mariage. Elle avait vécu la moitié de son enfance à trois maisons de chez moi, dans celle de sa grand-mère, après la mort de ses parents au volant de leur voiture. Je ne la connaissais pas vraiment, mais on échangeait toujours quelques mots quand on se rencontrait, à l'épicerie ou ailleurs. Toutes ces conneries n'étaient décidément plus de mon âge.

– Qu'est-ce qui se passe, Melissa ? Tu vas bien ?

– On va tous bien. Mais pas grâce à ce vieux salopard. Il nous a tiré dessus !

Le mieux était de les conduire à la tente, elle et son enfant, hors de vue de la ferme toujours bouclée.

– Qui ça ? Qui vous a tiré dessus ?

– Ce cinglé d'Herman !

– Herman Stritch ?

– Bien sûr.

– Mais pourquoi ?

– Parce que je voulais sortir. Parce que lui et tout le reste de la famille veulent mourir plutôt que de se rendre, et qu'on était censées faire pareil, Suzie et moi.

On arrivait à la tente et je la voyais mieux, à présent. Une très jolie fille aux longs cheveux bruns qui haletait en levant vers moi des yeux immenses :

– Vous imaginez ce vieux con, monsieur Houseman ?

– Hélas, oui. Je l'ai déjà vu à l'œuvre.

Une fois à l'intérieur de la tente, Hester ordonna à l'un des jeunes flics de service :

– Convoquez deux auxiliaires médicales féminines, voulez-vous, Mark ?

Hester pense toujours à tout.

* * *

Confiée aux bons soins des femmes de la Croix-Rouge, Melissa nous dit tout ce qu'elle savait. Herman, sa femme, Nola, et son fils, William, mari de Melissa, étaient tous les trois dans la maison. Ils estimaient qu'en tirant sur les deux officiers de police, le vieux n'avait rien fait de répréhensible, sinon défendre ses droits et ses biens contre une intervention strictement arbitraire. Seule contre tous, Melissa avait tenté de les ramener à une plus juste conception des choses.

– Tout ce que j'ai dit, c'est qu'ils devraient réfléchir un peu avant de continuer dans ce sens.

– Le bon sens, Melissa.

– Je leur ai demandé : « S'ils commencent à tirer, qu'est-ce qu'on fait ? » Et ils m'ont répondu : « On riposte. » C'est là qu'ils ont parlé de mourir pour leur cause. J'ai dit au vieux que je ne laisserais personne tuer mon bébé, même si, pour ça, lui, Herman Stritch, devait être inculpé de meurtre.

– Ils admettent qu'il s'agit d'un meurtre ?

J'étais surpris. Melissa également. Par ma question.

– Bien sûr, monsieur Houseman.

– Je croyais qu'ils avaient le sentiment de défendre leurs droits et leurs biens ?

– Oh, ça, oui. Mais je parle des autres.

– Quels autres ?

– Vous savez. Ceux du champ, en juin.

– Ceux du champ ?

– Le policier et le dealer. Pour le meurtre de qui vous êtes venu arrêter le vieux...

– C'est Herman qui les a tués ?

– Pas vraiment Herman, mais il était au courant. Il... il...

Sa lèvre tremblait. Elle allait éclater en sanglots d'un instant à l'autre.

– Bill y était, mais il n'a tiré sur personne. Il n'a jamais tué personne.

Puis elle fondit en larmes. Je crois qu'elle venait de se rendre compte qu'on ne savait absolument rien de ce qu'elle était en train de nous dire.

Tandis qu'elle pleurait dans les bras d'Hester, je ressortis de la tente en pensant très fort à une cigarette. Al Hummel arrivait à grands pas.

– Qu'est-ce qui se passe, Carl ?

– Tu ne voudras jamais le croire !

***

D'une longue conversation avec Melissa, ressortit ceci :

Le 18 juin, le jour de la fusillade dans le champ, Bill, le mari de Melissa, était sur les lieux. Il devait participer à une séance d'entraînement, avec plusieurs autres membres d'une milice civile. Bien qu'à la tête de cette milice, en compagnie de quelques autres, Herman Stritch ne participait nullement à la séance. Il avait assisté, en revanche, à la préparation de l'exercice, la veille de la fusillade. Au jour dit, Bill avait appelé Melissa de chez Herman, pour lui dire qu'ils avaient finalement dû reporter les manœuvres, sans lui préciser pour quelle raison. Surtout, pas un mot à la police. Et quand il était rentré chez eux, taciturne et préoccupé, elle avait remarqué qu'il ne portait plus aucun des insignes de la milice.

Melissa Stritch savait depuis toujours que lorsqu'il s'agissait de politique ou des affaires de la milice, elle ne devait pas être trop curieuse. Trois jours s'étaient écoulés avant que Bill ne lui confiât que l'officier de police et le petit dealer minable avaient été tués par les hommes qui l'accompagnaient ce jour-là, et dont il avait refusé de lui donner les noms. Lui-même n'avait tué personne.

Des hommes de la Crim étaient venus à la ferme, le lendemain, mais n'y avaient trouvé que l'épouse d'Herman. Pendant toute la durée de la conversation qu'ils avaient eue avec elle, Herman et Bill s'étaient tenus à l'écart, dans la grange, prêts à faire parler les fusils d'assaut, en cas d'urgence. Les gars de la brigade criminelle avaient également interrogé Melissa.

Quand Lamar et Bud s'étaient finalement présentés, le 23 juillet, Herman avait conclu qu'ils venaient les arrêter, lui et Bill, pour les meurtres du champ. Bill aurait pu raisonner Herman, dans une certaine mesure, mais Herman était seul à leur arrivée. Melissa ignorait comment la fusillade avait éclaté, mais d'une dispute ultérieure entre le père et le fils, elle avait conclu que le vieux n'avait pas voulu croire à la simple remise d'un papier officiel. Ça ne pouvait être qu'une ruse grossière. Bill s'était mis en colère, alléguant que s'ils étaient venus l'arrêter, ils auraient été plus nombreux. Et tout le monde savait, à la maison, que c'était Herman, Herman seul qui avait tué l'un, et grièvement blessé l'autre.

La petite bâillait et frissonnait à la fois. Hester lui demanda si elle voulait se reposer. Melissa acquiesça.

– On récapitulera tout ça demain matin, en présence d'une secrétaire sténo. Quand Melissa et la petite Suzie auront pu dormir et manger un morceau.

J'ajoutai aux paroles d'Hester :

– Merci. On apprécie ta franchise.

Elle eut un pâle sourire.

– Juste une chose, monsieur Houseman. Je ne suis pas une balance. Mais j'en ai tellement marre de toutes ces conneries.

– Je sais, Melissa. Si tu savais à quel point j'en ai marre, moi aussi...

***

Melissa se retira en compagnie de Diane Blakeslee, cette bonne vieille 884, qui resterait avec elle, jusqu'au matin, dans un motel de Maitland, et l'emmènerait plus tard au bureau du shérif. C'était ce qu'on pouvait faire de mieux pour les protéger, elle et la gosse, en attendant la suite. Il était 5 h 21. J'allai m'allonger dans une caravane qu'un de nos officiers de réserve avait amenée sur les lieux et cinq secondes plus tard, je dormais.

***

On me réveilla le 24 à 11 h 20. Le temps de vaquer à mes besoins personnels, d'ingurgiter deux bols de café, de lutter contre l'envie récurrente d'une cigarette, et je me sentis un homme neuf. Ou du moins apte à servir encore un bout de temps. Rien de nouveau ne s'était produit durant mon sommeil, et comme la Crim souhaitait une autre réunion au sommet, je demandai à Hester d'être de la fête.

Que la rébellion homicide du vieux Stritch fût directement liée à la tuerie du champ, nul ne pouvait plus en douter. Sitôt établi le fait que je n'étais ni ivre, ni drogué, et que je n'avais pas intentionnellement suscité la rage du vieux Stritch, les choses commencèrent à s'organiser. Ils vérifièrent le nombre de balles que j'avais tirées dans la fenêtre de la remise. S'assurèrent que mon revolver n'avait pas servi, dans les mêmes circonstances. La toile qu'une petite araignée avait tissée dans le canon y fut probablement pour quelque chose. Ces braves gens étaient obsédés par la crainte de procès ultérieurs, et même si j'avais hâte de repartir du bon pied, je m'efforçai de les satisfaire.

Ayant souscrit à toutes les formalités, j'organisai moi-même une autre conférence avec la troupe au grand complet, y compris « George du Bureau ». On savait tous qu'il glanait des infos pour sa hiérarchie, mais c'était très bien comme ça car, à l'inverse, on pouvait un jour avoir besoin des lumières et de l'assistance du FBI. George Pollard avait un nouveau coéquipier du nom de Mike Twill, qui prit rapidement connaissance de toutes les pièces du dossier. Accessoirement, il était en possession d'un mandat d'arrêt fédéral au nom d'Herman Stritch, pour refus de se soumettre à une assignation fédérale. Cette fameuse assignation était l'œuvre du Crédit agricole fédéral, victime d'opérations frauduleuses signées Herman. Une broutille en regard de ce qu'on avait, nous-mêmes, à lui reprocher, mais c'était une façon légale de tenir Herman.

Les données avaient changé. Afin de connaître l'identité des tueurs du champ, il fallait à tout prix prendre Herman et son fils bien vivants. Puis les forcer ensuite à coopérer avec nous. Un jeu d'enfant.

– Je ne dis pas que ça va être facile, admit Hester.

– Tu as le sens de l'euphémisme, s'esclaffa « George du Bureau ».

Al se racla la gorge.

– Il va falloir leur lâcher un peu de lest.

– Le vieux Stritch voudra l'absolution des péchés véniels consistant à tirer sur les représentants de l'ordre, accumuler les dettes et se livrer à diverses escroqueries ou autres activités illégales, remarqua George.

– Il va falloir lui parler, de toute façon, grogna Hester. Trouver l'argument capable d'ébranler sa paranoïa.

– On a combien de temps ?

– Pour trouver l'argument ?

À mon tour de grogner :

– Non. Pour aller le cueillir par la peau des fesses !

– Seulement en dernière extrémité, dit Al.

– C'est à moi qu'il incombera alors de prendre la décision, en l'absence de Lamar. J'ai toujours su qu'il faudrait en venir là.

– Possible, reconnut Al Hummel. Mais c'est de nous que dépendent les forces spéciales. Si vous voulez agir sans l'aide d'un groupe d'intervention, ce sera à vos risques et périls.

J'aurais préféré qu'on n'en vienne pas là, mais il n'y avait aucun moyen de faire machine arrière.

– Écoutez, Al, autant en discuter maintenant, parce que au moment crucial, il faudra sans doute faire très vite. J'ai évidemment l'intention de faire appel à votre équipe. Laissez-moi juste le temps de mettre un plan sur pied et je vous le soumettrai. Il faudra que tout soit calé au moment de passer à l'exécution.

Du pur bluff. Al n'avait pas perdu son sourire.

– Vous avez eu souvent à résoudre ce genre de crise ?

Là, il me tenait. Lui avait l'expérience de ces situations, pas moi. Tout ce que j'avais, c'étaient trois adjoints, quatre réservistes, le personnel de coordination. Et moi. Et je commençais à me demander si ma chance n'avait pas été déjà largement sollicitée, la veille.

– Alors, conclut gaiement George, prenons encore le temps d'y penser, d'accord ?

J'approuvai en silence. Hester aussi était silencieuse, depuis un bon moment. Parfait. Dans sa position, elle ne pouvait guère se ranger ouvertement de mon côté.

***

Je n'avais pas l'intention de foncer à l'aveuglette. Tous le savaient. Je l'espérais, en tout cas. Ce que je voulais, c'était tout le contraire d'un numéro de trapèze volant. Un plan d'action bien chiadé, susceptible d'être mis en œuvre à tout instant. Ce que voulait Al, c'était appuyer sur le bouton, lui et personne d'autre, au moment qu'il choisirait. Légalement, c'était mon affaire. Pratiquement, c'était la sienne.

La presse présentait un autre problème. Il me fallait quelqu'un qui leur en dise juste assez pour les satisfaire, et s'escamote en les laissant sur leur faim. Sans compromettre la suite.

– Al, voulez-vous vous charger de la presse ?

– Non.

– Pourquoi ?

– C'est votre dossier, pas le mien.

– Mais vous êtes tellement plus photogénique que moi !

Il y eut un court silence. Puis tout le monde éclata de rire. Même Al.

– Ça va, ça va, dit-il. Et si on les affrontait ensemble ?

* * *

Un petit quart d'heure plus tard, je me retrouvai seul à côté de la tente, avec la brûlure du soleil sur mon crâne en voie de désertification et mon éternel regret d'avoir renoncé aux cigarettes. Puis je constatai que les femmes de nos officiers de réserve avaient apporté des sandwichs. De bonnes grosses tranches de jambon ou de fromage sur de merveilleux petits pains à hamburger, avec du beurre et de la moutarde. Bien que mon cardiologue m'interdît plus de trente grammes de matière grasse par jour, je décidai, en m'approchant du buffet disposé sur une table pliante, de m'accorder deux sandwichs, quelques chips et une boîte de Pepsi. Le tout en souriant à Gloria Nydegger, l'épouse d'un de mes réservistes.

– Ce sera notre petit secret, Gloria.

Elle me rendit mon sourire. Elle était au courant de mon régime. Je m'en étais plaint auprès de tous ceux et de toutes celles que je connaissais.

– Deux, Carl ?

– Disons trois.

– Un peu plus de moutarde ?

Pourquoi le boulot ne fonctionnait-il pas de la même manière ?

J'attaquais le premier sandwich quand « George du Bureau » vint me rejoindre.

– Bon appétit, Carl. On vient de recevoir un drôle de coup de fil.

– Hmm ?

Pas commode d'en dire davantage avec la bouche pleine.

– Une pointure des forces spéciales est en route. Il sera là dans l'heure.

J'avalai une bouchée trop grosse.

– Alors ?

– Un type dont on dit qu'il privilégie l'action et qu'il a la main lourde. Un nommé Voloni.

– Oh, oui. Il était au meeting du groupe de travail, à Oelwein.

– Je le connais juste de réputation.

– Question stups, il s'y connaît. Je ne pense pas avoir produit sur lui une grosse impression.

Je pensais surtout à mon vieil imper promu à la dignité de pièce à conviction. George me jeta un drôle de regard alors que son portable sonnait. Il me le passa.

– C'est pour toi.

Je m'attendais à entendre quelque superviseur du FBI. Au lieu de ça :

– Carl ? s'enquit une voix étouffée, lente et curieusement pâteuse.

– Lui-même.

Trois mots incompréhensibles.

– Pardon ?

Même jeu. Lent et détaché. Et tout aussi impossible à comprendre.

– Qui est-ce ?

Un mot, cette fois-ci, parmi trois ou quatre autres :

– Lamar.

– Lamar ! C'est bien toi ?

Je devinai son « Oui » plutôt que je ne l'entendis vraiment.

– Seigneur Dieu !

Pas très édifiant, pour une première conversation, mais c'était du Lamar tout craché. Incapable de rester loin du champ de bataille. Puis sa femme le remplaça au bout du fil.

– Salut, Carl.

– Salut, June.

– Pas pu l'en empêcher, et le bureau lui a dit qu'on pouvait te joindre à ce numéro.

– Comment va-t-il ?

Elle était en rogne et fière à la fois.

– Vous le connaissez. À peine sorti de l'anesthésie...

Il m'avait appelé de sa chambre d'hôpital. Après la seconde intervention chirurgicale sur sa jambe massacrée. Il allait aussi bien que possible, mais n'avait pas encore vraiment repris conscience.

– June, vous pouvez lui demander quelque chose de ma part ?

– Je veux bien essayer, mais je ne vous promets rien...

– Demandez-lui qui lui a tiré dessus.

– D'accord.

Je l'entendis lui poser la question. Une fois. Et la deuxième fois un peu plus fort. Puis il y eut une discussion confuse et soudain, la voix de Lamar dans le téléphone :

– Ze ptain hurrmen.

– Quoi ? Je ne comprends pas, Lamar.

– CE PUTAIN D'HERMAN !

– Oh ? Merci, patron. Merci. À bientôt.

* * *

Roger Collier, le négociateur, était confronté à un problème qu'il avait soumis à son supérieur, Al, qui m'en informait à présent. Vive la hiérarchie.

– Herman veut parler à la presse.

– Nom de Dieu !

– Il tient à leur exposer son point de vue. Il dit qu'on va l'exécuter pour avoir osé défendre ses droits, et il veut que le monde extérieur en soit informé.

– C'est charmant. Je me demande...

– Il progresse, en quelque sorte. Son sentiment de culpabilité évolue. Je dirais que nous en sommes au stade du désespoir et du désenchantement. Un stade que renforcera son contact avec les médias, quand il se rendra compte que le monde extérieur n'en a rien à foutre, de ses droits !

– Où est-ce qu'il veut leur parler ? Si on peut le faire sortir...

– Oh, non. Il veut leur parler chez lui.

– Pas question !

– Réfléchissez un peu. Il se peut que ce soit la solution, pour lui comme pour nous.

– Je ne lui fournirai pas un otage.

– C'est la chose la plus stupide qu'il pourrait faire.

– Il ne s'est pas montré bien malin jusqu'à maintenant. Qu'est-ce qui vous fait penser que son attitude puisse être différente ?

– Vous voulez qu'on lui dise que c'est non ?

Le hic, c'est que je ne savais foutrement pas quoi faire, et que j'ai horreur de ça.

– Vous le préconiseriez... en tant que négociateur ?

Il parut surpris.

– Oui.

– Bon. Mais je ne veux pas de journalistes sur les bras. Cameramen et reporters, projecteurs, c'est un peu trop, vous ne croyez pas ?

– Oh, mais il ne réclame pas la télé. Il veut les journaux.

– Les journaux ?

– Il n'a pas confiance en la télé. Il dit que les fédéraux s'en servent pour faire passer des messages subliminaux qui nous asservissent.

Al haussa les épaules.

– Il y a des gens comme ça.

– Ce n'est pas simplement un fou à lier qui veut faire passer son propre message ?

– Aucune garantie.

– Est-ce qu'il réalise que nous n'avons aucune influence sur ce que les journalistes pourront écrire ?

– Il le sait parfaitement. Inutile d'insister là-dessus. C'est une ouverture et nous n'avons pas le droit de la refuser.

– Vous pensez que ça va l'aider à se montrer plus raisonnable ?

– Je dirai simplement ceci : il a peur. Il s'est mis dans un foutu pétrin et il le sait. Tout ce que nous avons à faire, c'est de le laisser s'en convaincre un peu plus. Réaliser que chaque minute supplémentaire l'y enfonce davantage.

– Mais c'est sans danger, d'après vous ?

– Absolument.

– Alors, qu'il le fasse !

– Je propose une limite de temps.

– Pour la durée de l'interview ?

– Oui. Ce serait une sage mesure. Si on veut en profiter pour le cueillir, il ne faut pas que ça traîne en longueur.

– Disons une heure ?

– Parfait. Pas d'autres questions auxquelles je puisse répondre ?

– Quel genre de questions ? Le seul problème, c'est de trouver quelqu'un d'assez téméraire pour aller interviewer le fauve dans son antre. Il veut des photos ?

– Ça, il ne l'a pas dit.

– Alors, quoi, merde, Roger. Allez le lui demander !

* * *

Un quart d'heure plus tard, Al, Roger, Hester, George et moi étions en conférence avec Nancy Mitchell et Philip Rumsford du *Des Moines Register*. Ils avaient été surpris, une fois de plus, qu'on veuille bien leur parler.

– Une minute, protesta tout de suite Nancy Mitchell. On n'introduira pas dans la ferme des micros d'écoute ou autres trucs du même genre.

– Non, non, ça ne vous sera pas demandé.

– Il veut parler à la presse écrite. Et vous êtes d'accord ?

– Exactement. On veut lui donner ce qu'il exige, et voir si ça va le rendre plus malléable pour sortir de son repaire. Pacifiquement.

Je la vis noter ce mot, et souhaitai qu'elle l'ait bien compris.

– Soulignez pacifiquement, Nancy, voulez-vous ?

Elle était totalement imperméable au charme d'un flic de campagne qu'elle soupçonnait fortement de vouloir se servir d'elle.

– Il faut qu'on mette les choses au point. Je veux savoir à quoi je m'engage avant d'entrer là-dedans.

Je débouchai une cannette de soda bien fraîche et la lui tendis.

– Tenez, buvez ça pendant que je vous expose le topo.

Mon charme était inopérant. Mais une boisson fraîche, par ce temps, c'était autre chose. J'en avalai une moi-même, avec un sandwich. Oui, un quatrième.

– Voilà ce que j'attends de vous, Nancy. Vous entrez, et vous conduisez votre histoire exactement comme ça vous chante. Mais... tenez-nous au courant. Ce que j'entends par là : nous d'abord.

– Eh bien...

– Je ne vois pas comment ça pourrait être un problème.

– Ça n'en est pas un.

Entre deux gorgées de soda :

– Il me faut des infos utiles pour que personne ne se fasse tuer. Vous voyez ce que je veux dire ?

Elle hésitait.

– Il est vraiment dans la merde, et il devra répondre de ses actes. Ça ne fait pas l'ombre d'un doute.

Je regardai la journaliste droit dans les yeux.

– Tout ce que je veux, c'est que ça ne recommence pas à canarder dans tous les sens.

Elle hésitait encore.

– Je comprends ça. Mais je ne suis pas une négociatrice.

– Je le sais. On le sait tous. Voulez-vous qu'on envoie quelqu'un d'autre ?

Mon atout maître. Elle se rebiffa :

– Qui, par exemple ?

En désignant l'enclave de la presse, que les flics appelaient « l'écurie » : la plupart de ses collègues étaient en jeans, parlaient dans des téléphones portables, pianotaient sur des ordinateurs ou prenaient des notes manuscrites. Ceux des journaux paraissaient beaucoup plus relax que ceux de la télé, et j'en connaissais la cause. C'était une question d'horaire.

– Vous avez un candidat ?

Juste histoire de l'agacer.

– Le grand à la barbe et au portable sur les genoux.

C'était celui que j'avais déjà remarqué à l'enterrement de Kellerman.

– Rédacteur en chef du *Porte-parole de l'homme libre*. Un torchon ultraconservateur d'une petite ville proche de Decorah. Il l'imprime dans son garage.

– Et il s'appelle comment ?

– Demandez-le-lui. C'est vous, le flic.

– Reçu cinq sur cinq. Non, je ne choisirais pas ce type.

– Ce qui m'étonne, c'est que le père Machin ne l'ait pas réclamé.

– Il ne sait peut-être pas qu'il est là. Gardez-vous bien de le lui dire.

Ses yeux brillaient. Elle venait de marquer un point, et elle le savait.

– C'est toujours moi qui m'y colle ?

– Je ne voudrais pas vous forcer...

On échangea un sourire. Puis on leur proposa des gilets pare-balles, mais ils refusèrent tous les deux parce qu'ils craignaient, je pense, qu'on les ait truffés de micros. Je consultai Al Hummel et il haussa les épaules. Du moment qu'ils avaient refusé, devant témoins, notre responsabilité était dégagée. La tension montait peu à peu. Phil Rumsford n'arrêtait pas de briquer l'objectif de son appareil photo, à l'aide d'une petite bombe de spray et d'une peau de chamois.

Roger rappela Herman pour obtenir son autorisation d'introduire l'équipe de journalistes dans la maison. Le soleil de l'après-midi tapait fort. Tout le monde suait à grosses gouttes. Puis Roger ressortit de la tente de communication.

– On a un nouveau problème.

Nancy et Phil semblèrent littéralement se dégonfler, comme deux vieux pneus crevés. Je m'entendis aboyer :

– Quoi encore ?

– Il ne veut qu'une seule personne. Deux à la fois, c'est trop pour sa sécurité.

Al jura. Moi aussi.

– En tout cas, c'est ce qu'il prétend, soupira Roger.

Il était visiblement à bout. Je savais quelle température régnait dans la tente de communication. Pour ne pas raccrocher au nez du vieux, il fallait des nerfs d'acier. Je me retournai vers Phil et Nancy.

– Si c'est ce qu'il veut, vous êtes toujours partants ?

Ils se regardèrent. Puis :

– On peut en parler une minute ?

– Naturellement.

Ils s'éloignèrent de quelques pas. Je demandai à George :

– Ça nous dit quoi sur son humeur ?

– Ou il a tout simplement peur de ne pas pouvoir tenir à l'œil deux personnes en même temps, ou il est complètement parano.

– Les deux, ajouta Hester. Ou ils n'ont peut-être pas assez de cordes pour ficeler deux otages.

Elle n'était sans doute pas la seule à avoir cette idée. Je pensai tout haut :

– Alors qu'un seul...

– Vous croyez vraiment qu'à deux, c'était plus sûr ?

– Non, mais j'aimerais comprendre ce qu'il mijote. Peut-être est-ce seulement pour montrer qui mène la danse.

– Pourquoi pas ?

– De toute façon, renchérit Al, il ne peut pas envisager la moindre violence. Il compte sur eux pour faire entendre sa voix au monde extérieur.

– Alors ? On les laisse entrer ?

– Je suis pour.

Al foudroya Hester du regard. Visiblement, il avait horreur que quelqu'un réponde avant lui. Surtout une femme. Mais puisque le vieux était prêt à parler, comment revenir en arrière ?

Je m'essayai dans le rôle du roi Salomon :

– On va les laisser décider eux-mêmes. S'ils veulent y aller, qu'ils y aillent. Sinon, on tentera autre chose.

* * *

Nancy et Phil nous rejoignirent.

– On est toujours partants.

– Un seul et pas deux ?

– Oui, riposta Phil. Moi. Il nous faut des photos, et Nancy, c'est pas son point fort. Je suis pas un héros, mais c'est moi qui m'y colle.

– Et toujours sans gilet pare-balles ?

– Toujours. S'il a l'intention de tuer quelqu'un, c'est sûrement pas un journaliste.

Phil avait raison. Tuer un journaliste serait la chose la plus absurde qu'un type dans la situation d'Herman Stritch pût faire. Surtout après avoir exigé de parler à la presse. Quoi de plus radical, pour se mettre à dos les médias, que de descendre un journaliste ? C'était inconcevable. Pas de tout repos, la rencontre, mais Phil ne risquerait rien, j'en avais la certitude. Ce qui ne l'empêchait pas d'être nerveux. Je rigolai, pour essayer de le détendre :

– Vous voulez qu'on vous passe une amarre à la ceinture ? Comme ça, on pourra vous ramener, s'il veut vous retenir trop longtemps.

– Non, ça va aller.

Il vérifiait son matériel pour la dixième fois. J'ajoutai :

– Ça s'est fait en douce, mais on a une équipe des forces spéciales prête à intervenir, dans les dépendances.

Rumsford bondit sur place, en jetant un regard circulaire, et je lui précisai doucement :

– C'est précisément ce qu'il ne faut pas que vous fassiez quand vous serez en présence du vieux. Quelque activité que vous puissiez repérer, dans la grange ou ailleurs, c'est les gars des groupes d'intervention. Vous ne les regardez pas. Ils ne sont pas là.

– OK.

– S'il change d'avis au dernier moment, s'il ne veut plus vous laisser entrer, n'insistez pas, d'accord ? C'est lui qui commande.

– Ouais.

Il ajusta son chapeau de pêcheur. On l'encadra jusqu'à la frontière du périmètre de sécurité, délimitée par un de nos rubans jaunes. Les pensionnaires de « l'écurie » se précipitèrent lorsqu'ils virent qui on escortait. Ils furent stoppés par deux territoriaux, à vingt mètres de la limite. Un des reporters télé nous cria :

– Qu'est-ce qui se passe ?

– Il veut nous parler, vociféra Nancy, en réponse.

Sans réussir à cacher la satisfaction intense qui l'habitait tout entière.

– À vous le scoop ! plaisanta Hester.

– Ouais, releva faiblement Phil Rumsford. À moi le scoop...

***

Selon le protocole convenu, Phil se présenterait, à 14 h 30 pile, au bout de l'allée conduisant à la maison. Mme Herman Stritch ouvrirait la porte, et si tout lui semblait conforme au programme, elle ferait signe à Phil d'avancer. J'accompagnai le photographe jusqu'à l'endroit fixé, puis reculai de quelques pas. Le temps de lever le poignet, d'un geste ostensible, il était exactement 14 h 29. Mme Stritch apparut dans l'entrebâillement de la porte, en jean et blouse verte délavée. Elle avait en main une paire de jumelles qu'elle éleva jusqu'à ses yeux pour examiner Phil Rumsford, puis me soumettre au même examen prolongé. Difficile de ne pas lui adresser un petit signe, mais j'en tuai la velléité dans l'œuf. Il m'était arrivé, dans le passé, de croiser cette dame. Toujours impeccablement coiffée. Aujourd'hui, ses cheveux trempés de sueur lui collaient au crâne. Il devait faire très chaud, à l'intérieur de la ferme. Tant mieux. Plus ils seraient physiquement mal à l'aise, mieux on s'en sortirait. Finalement, elle autorisa, d'un geste, le jeune Phil à reprendre sa marche.

Il avait à parcourir une bonne cinquantaine de mètres. Un vrai marathon, dans ces circonstances. Je remarquai le coup d'œil plein d'appréhension qu'il jeta vers la remise d'où Herman avait tiré sur les policiers. J'en aurais fait autant à sa place.

Mme Stritch leva la main.

– Stop ! Tu t'arrêtes où tu es !

D'une voix forte, mais avec calme.

Philip obéit.

Je n'entendis pas ce qu'elle lui disait, mais il se retourna vers moi.

– Elle veut que vous reculiez.

– Sans problème.

Je remontai l'allée, dans l'autre sens, alors que Mme Stritch criait :

– Quoi ?

Évidemment à l'intention de son mari ou de quelque autre interlocuteur présent quelque part derrière elle. Je louchai par-dessus mon épaule droite, et la dame n'était plus en vue. Philip Rumsford attendait, figé sur place, à moins de dix mètres du porche.

Je ressentis l'onde de choc du premier coup de feu avant même de l'entendre vraiment. D'instinct, je me jetai à plat ventre, en essayant simultanément de voir ce qui venait de se passer. Lourde erreur. J'atterris sur l'épaule gauche. Perdis le souffle et distinguai mal, tout d'abord, la silhouette du journaliste. Avaient-ils simplement tiré pour lui faire peur ?

Il se balançait d'un pied sur l'autre, comme pour se retourner. Puis il baissa la tête alors que résonnait le second coup de feu. Cette fois, il tomba comme une masse, hors de mon champ de vision, à deux pas de la première marche du porche. Sa chute déclencha la fusillade. Les gars des forces spéciales tiraient depuis les dépendances. Un tir modéré, pour commencer, mais qui s'accélérait de seconde en seconde. Tel le crépitement d'un lot de pop-corn démesurément amplifié.

De ma position couchée, où je me faisais aussi petit que possible, je voyais jaillir des éclats de bois de la maison projetés en tous sens. Le groupe d'intervention devait essayer de toucher le tireur, à travers le mur. Aussi vite qu'elle s'était déclenchée, la fusillade cessa, car personne ne ripostait. Un silence absolu s'abattit sur la ferme. J'étais presque sourd, une fois de plus, et pourtant, j'entendis bourdonner, tout près de là, je ne sais quel gros insecte. La chaleur était étouffante. Une femme criait. Deux, en fait. L'une était Hester.

– Houseman ! Tu es touché ?

Je m'assis par terre en secouant la tête. L'autre était Nancy. Je la repérai, au-delà du ruban jaune. Avec Hester qui s'efforçait de la retenir. Je ne comprenais pas ce qu'elle disait, à l'exception d'un mot :

– Phiiiil !

Je me redressai à demi. Difficile de recouvrer son souffle, quand on s'est aux trois quarts assommé. Je ne pouvais ni me redresser complètement, ni me déplacer dans cette posture, ni rester assis là indéfiniment. Tout ce que je voulais, c'était sortir du champ de vision, en même temps que du champ de tir, des occupants de la ferme. Je finis par me relever, plié en deux, et réussis à rejoindre les autres. Quelques secondes de course qui me parurent interminables. Retranché derrière une voiture-patrouille, Al me suivait des yeux. Il devait s'imaginer que j'avais perdu la tête.

Deux flics maintenaient Nancy à terre, entre deux autres voitures de police. Je m'entendis hoqueter :

– Nancy. Je n'aurais jamais cru qu'ils feraient une chose pareille.

* * *

On avait confié Nancy aux bons soins des auxiliaires médicales. Une réunion d'urgence nous rassemblait, Hester, Roger, Al, George et moi, sous la toile fixée à l'arrière de la caravane où j'avais dormi. Personne ne trouvait grand-chose à dire.

Al d'abord :

– Putain, c'est absolument incompréhensible. Ils ne peuvent rien y gagner. Rien !

– Ils ne pouvaient rien faire de pire ! approuva George.

– La plus grosse connerie imaginable ! souligna Hester.

Un silence. Qui dura une éternité. Je recouvrai, finalement, assez de force pour grincer :

– Et maintenant ? On va le chercher par la peau du cul ? Ou on ajoute encore une victime ou deux à la collection ?

– Il faut les recontacter, affirma Roger. Leur demander si on peut aller ramasser Phil Rumsford.

– QUOI ?

Je n'avais pas eu l'intention de gueuler aussi fort.

– Vous voulez leur demander l'autorisation d'aller ramasser un cadavre ? L'autorisation !

– Hé ! Ne me faites pas payer la casse !

– Mes excuses. Mais maintenant, il faut qu'ils sortent. Tout ça n'a que trop duré.

– Entièrement d'accord, dit George.

Al s'emporta :

– Vous voulez les faire sortir par la force ?

George se leva brusquement.

– Il ne s'agit pas de foncer tête baissée. Mais si on arrête la décision, j'en assume la responsabilité, avec notre propre équipe.

Ce n'était pas ce que voulait Al. Dans ce cas, il perdrait tout contrôle sur les opérations, et devrait se contenter de servir la soupe aux fédéraux.

– Al, dis-je, si vous avez peur que nos politiciens perdent des voix après cette bavure, dites-le franchement. Je leur expliquerai les choses de la vie. Je sais que personnellement vous avez envie d'en finir autant que tout le monde.

Puis, à George :

– Rien de personnel, entendons-nous bien, mais moins il y aura de fédéraux dans le casting, mieux ça se passera.

– C'est vrai, reconnut George.

– Ça n'empêche pas que s'il faut vraiment en passer par là, on y passera.

– Laissez-moi le temps de donner quelques coups de fil, dit Al.

– Naturellement.

* * *

Le problème, pour Al, c'était qu'il avait bel et bien deux patrons, le procureur général et le directeur de la Sécurité publique. Le PG était élu, le DSP nommé par le gouverneur. L'un ou l'autre, sinon l'un et l'autre, lui avaient recommandé d'éviter la violence. Pourquoi ? Parce que le bureau du gouverneur n'aimait pas voir les flics se mêler de l'activité politique. Difficile de les en blâmer. Où ils prenaient le plus de pincettes, c'était vis-à-vis des extrémistes. Surtout des extrémistes de droite. Après tout, la plupart d'entre eux étaient des fermiers. Et la plupart des fermiers connaissaient de graves difficultés financières. Je savais que personne ne serait jamais élu gouverneur, dans l'Iowa, en prêchant une doctrine de rigueur fiscale envers les fermiers pauvres, et encore moins, bien sûr, en l'appliquant aux rares fermiers riches. D'où le problème. De même que personne ne serait jamais élu procureur général sous de tels auspices.

Raison pour laquelle je me méfiais d'Al Hummel comme d'un mauvais préservatif.

***

– Pourquoi diable ont-ils descendu Rumsford ?

Problème insoluble, pour le moment. Quelque chose avait cloché, quelque part. Mais quoi ? Comment avaient-ils pu tirer sur l'homme dont ils avaient personnellement requis la collaboration ? Le seul qui pouvait présenter au grand public leur version de l'affaire ?

Je ne suis pas toujours en train de douter de moi-même. Mais je commençais à ne plus savoir sur quel pied danser. Quelles erreurs avais-je commises ? Pas une seconde, je n'avais pensé qu'ils pourraient descendre le pauvre Philip Rumsford. Mais c'était ce qu'ils avaient fait, et Phil était mort. Grande décision, et j'avais largement contribué à la prendre. Maintenant, j'estimais qu'il était temps d'aller les trouver. Si j'avais raison, ça ferait une bonne décision sur deux, ce même jour. Soit cinquante pour cent. La règle admise spécifiait qu'un responsable digne de ce nom devait avoir raison dans trente-trois pour cent des cas. Une fois sur trois. Ce n'était pas tellement rassurant. Peut-être que je n'étais pas un responsable digne de ce nom.

– Ou que je suis trop fatigué ?

– Pardon ? s'informa George.

– Oh, rien. Je parlais tout seul.

– N'en fais pas une habitude, me conseilla Hester.

Al revenait de ses coups de téléphone, le teint rouge et l'air dégoûté.

– Alors ? Quelles sont les consignes ?

– Le proc veut parler au gouverneur. Ils doivent prendre ensemble la décision. C'est politique.

– Formidable.

– Il a dit que ça pouvait demander un bout de temps.

J'inhalai un air soudain raréfié.

– Qu'est-ce qu'on décide ?

George, très contrarié, proposa :

– Vous voulez que je mette les miens sur le coup ?

– Pas encore.

Je me retournai vers la ferme.

– Revoyons un peu le terrain. Je vais peut-être avoir une idée.

L'idée, je l'avais déjà. Mais en cas de vote, elle n'emporterait pas la majorité. On marcha vers la maison. En atteignant le périmètre de sécurité, je passai outre.

– Où allez-vous ? s'inquiéta George.

– Faire le boulot. Je crois qu'il faut passer à la phase « stratégie et risque calculé ».

– Première fois que j'en entends parler, dit George.

Le fin mot, c'était tout bonnement qu'il fallait faire quelque chose. Herman devait savoir à présent qu'il ne pouvait plus rien espérer. Mais comment deviner dans quel état l'avait laissé le meurtre de Rumsford ?

– Alors, qu'est-ce qu'on fait ? insista George.

C'est Al qui lui répondit :

– Je crois qu'on va chercher Herman.

À partir de là, plus personne ne présenta la moindre objection. On dépassa le tas de ferraille et de vieux piquets de clôture. Puis les forces spéciales embusquées. Droit vers la dépouille de Phil Rumsford. Plus un seul mot ne ponctuait notre avance, mais le rythme des respirations s'accélérait peu à peu. À quelques pas du corps de Rumsford, George déclara sur le ton d'une conversation mondaine :

– J'espère sincèrement que vous savez ce que vous faites.

Quelqu'un lança, de l'intérieur de la ferme :

– Halte ! Restez où vous êtes !

Tout le monde s'arrêta. Je murmurai :

– Attendez ici. En cas de pépin, repliez-vous.

– Sûr, dit Hester.

Je criai :

– Herman ! Je vais entrer sous ton porche.

À Hester, beaucoup plus discrètement :

– Viens avec moi. Et joue ton rôle. Tu es agent d'assurance.

– Quoi ? Qu'est-ce que tu veux dire au juste ?

Je me contentai de lui sourire. On enjamba le corps de Rumsford. Il était tombé sur le côté droit, et baignait dans une large tache de sang. Son cœur avait dû battre encore pendant quelques secondes. Beaucoup de sang. Trop de sang répandu.

La peinture grise du porche était méchamment écaillée. J'avais le pied sur la première marche quand Herman m'ordonna :

– Arrête-toi là, Carl.

Sa voix, calme en apparence, trahissait une nette tension intérieure. Parfait.

– Fini les conneries, Herman. J'en ai plein le cul.

La fermeté de ma propre voix me surprit agréablement. Pas de réaction, de l'autre côté de la porte. Je poursuivis :

– J'approche, Herman. Ce que j'ai à te dire, je ne veux pas le hurler.

– Pose ton revolver.

Je l'avais oublié, celui-là. Sans intention de le cacher. Il était bien visible, dans son holster.

– Tout de suite, Herman. Si tu poses ton flingue.

J'avançai d'un autre pas. Chuchotant du coin de la bouche, à l'adresse d'Hester :

– Reste là. Et n'oublie pas que tu es un agent d'assurance.

Puis, à haute voix :

– Regarde bien ce que je fais, Herman. Et fais-en autant.

Je soulevai le rabat de mon étui, en tirai mon Smith & Wesson. Le pointai vers le ciel. En sortis le chargeur. Je le déposai soigneusement, de la main gauche, sur le plancher du porche. Tenant toujours l'arme de la main droite, j'en ouvris la culasse, de la gauche. Recueillis dans la droite la balle engagée. Un petit numéro d'adresse que j'adore exécuter. Puis, je plaçai mon arme à côté de son chargeur. Y rangeai la balle éjectée. Remis le tout à mes pieds. Me redressai :

– Pousse ton chargeur à l'extérieur, Herman.

À peine si je le voyais, au-delà du battant de treillage. Le soleil donnait sous le porche, et l'obscurité régnait à l'intérieur de la maison. Une petite minute plus tard, le chargeur d'une carabine de calibre 30 glissa dans l'entrebâillement.

– J'en ai d'autres derrière moi qui sont toujours armés.

– Moi aussi, Herman. Avec deux véhicules blindés en attente.

Après un silence :

– Tu m'entends bien, d'où tu es, Herman.

– Ouais, je t'entends.

– Parfait. Écoute-moi bien, Herman. J'en ai ras le bol. Tu comprends ce que je te dis ?

– Ouais.

– Voilà ce qu'on va faire, Herman. Tu vas sortir sous le porche. Suivi de tous ceux qui sont chez toi. Un par un. Tu m'as bien compris ?

– Ouais, mais pas question. Je marche pas dans tes combines.

– Pas de combines, Herman. Juste une façon d'éviter d'autres fausses manœuvres. On doit tout faire pour écarter les risques d'affrontement, si on veut que notre assurance nous couvre. Avant de lancer les véhicules blindés et le reste. Tu comprends ?

Nouveau silence.

– Notre assureur, c'est la Lloyds de Londres. Ils ont l'habitude de négocier avec l'IRA et tout. Ils savent qu'on fera tout ce qu'on doit faire. Ils savent que si tu refuses de sortir, ce sera l'assaut. Tu comprends ce que je te dis, Herman ?

Après une courte hésitation :

– Ouais.

– Parfait. Au bout de quinze secondes, le temps que les forces spéciales laissent aux terroristes, ou tout le monde sort, toi le premier, ou on entre. En toute légalité. Sans aucune chance de procès. Parce que je t'ai prévenu en long et en large.

Tourné vers Hester :

– Tout est correct, madame ?

Elle consulta sa montre.

– Le délai commencera à courir dans vingt secondes.

– Entendu, madame.

La surprise de la journée fut, en me retournant, de voir la porte s'ouvrir.

– On se rend. Mais je ne peux parler que pour ma famille.

Très nerveux. Il en bégayait. Bon signe.

– Ça va pour Lloyds ?

– C'est acceptable.

– Arrêtez vos conneries, dit Herman. C'est terminé.

Derrière lui, sortirent son épouse, ses deux fils, sa seconde belle-fille. Tous en noir, tendus, le visage grave. Aucune arme en vue, mais ce n'était pas le moment de faire le difficile.

– Veuillez avancer vers ces hommes, là-bas, qui vont vous conduire en lieu sûr. Faites ce qu'ils vous diront, et tout ira bien. Merci de ne pas marcher sur mon flingue.

Al et George se montrèrent à la hauteur de la circonstance, escortant le groupe familial avec une courtoisie irréprochable. Seule, Mme Stritch baissa les yeux vers Rumsford, quand ils contournèrent le cadavre. Je ramassai mon arme, remis tout en ordre et rejetai l'air bloqué dans mes poumons. Je souris à Hester qui me rendit mon sourire. Il y a tout de même de sacrés bons moments, dans la vie.

***

Notre moment de détente prit fin avec un claquement sourd, derrière la maison. Un claquement de porte. Comme si quelqu'un s'enfuyait. Herman avait dit qu'il ne se portait garant que pour sa famille. Je pris mon talkie-walkie.

– Ici, Trois. J'appelle standard.

– Oui, Trois ?

– Standard ? J'ai l'impression que des suspects quittent la ferme, vers l'ouest. Avertis les officiers présents derrière la maison.

Déjà, Hester me précédait dans la direction indiquée. Elle arriva la première et plongea immédiatement à plat ventre. J'avais suffisamment confiance en son jugement pour imiter son exemple. Du sol, je repérai un type qui disparaissait dans le maïs, suivi d'un autre en tenue de camouflage, avec le visage masqué, son fusil braqué dans notre direction.

– Dix-quatre, Trois.

Il ne tira pas. Il avait simplement voulu retarder la poursuite, et disparut à son tour dans le champ de maïs, au pied de la colline. Y en avait-il d'autres à l'affût ? Je n'avais pas l'intention de me lever pour m'en assurer. Je haletai dans ma radio :

– Ils sont armés. Dix-trente-deux.

– Dix-quatre, Trois.

Paisible. Sans passion. C'est pour ça qu'elle était payée.

Deux adjoints et deux territoriaux contournaient, au pas de course, le coin de la maison.

– Deux suspects armés, leur cria Hester. Dans le champ de maïs.

Trois membres des forces spéciales d'État arrivaient à leur tour, tout droit sortis des dépendances de la ferme. Deux d'entre eux s'engouffrèrent dans le maïs. Quelques instants plus tard, je me redressai prudemment et revins m'asseoir sur les marches du porche.

– Trop crevé pour leur cavaler derrière...

– Moi aussi, fit Hester. Mais je ne me poserai pas avant de m'être assurée qu'il n'y a plus personne à l'intérieur.

Elle avait raison. En soupirant, je repris mon talkie-walkie.

– Standard ? Trois. Envoyez-nous une équipe pour fouiller la maison.

Le chef du groupe d'intervention vint nous demander ce qu'on en pensait. Je lui conseillai de rappeler ses gars, ou tout au moins de les ralentir, car l'homme en tenue de camouflage pouvait être très dangereux.

– L'autre aussi, confirma Hester. À votre place, je demanderais du renfort.

***

Quelle que pût être leur identité, l'homme masqué et son complice se cachaient dans un champ immense, deux fois plus long que large, limité d'un côté par une colline boisée, de l'autre, par une route empierrée. À l'une des extrémités du champ, s'élevait la ferme des Stritch.

On posta des gens sur la route, ainsi que du côté de la ferme. Deux hommes gagnèrent le pied de la colline, mais on n'avait aucun moyen de déposer du monde, en vitesse, au milieu du champ de maïs.

Si les fuyards étaient toujours là, ils devaient souffrir comme des damnés de la chaleur torride et de l'humidité la plus forte que j'aie jamais eu à subir. Dans une jungle d'épis de deux mètres cinquante de haut, il n'y a pas trace d'air respirable. Les tiges vertes, gorgées d'eau, augmentent encore l'hygrométrie. Je ne pense pas qu'on puisse y mourir de suffocation, mais c'est la sensation qu'on éprouve. Surtout après une période d'exercice physique intense. On n'entend rien au-delà de trois mètres, et on ne voit rien au-delà d'un mètre cinquante. Pas un endroit fréquentable, même avec l'assistance d'un groupe d'intervention et de renforts bien entraînés.

Impossible de les retrouver.

Un hélico de la police de Cedar Rapids, avec tout l'équipement de repérage par infrarouge, vint nous prêter main-forte. Je connaissais son pilote depuis des années, mais comme il me l'expliqua :

– Pas moyen d'utiliser l'infrarouge. Ce champ aurait tout juste la gueule d'un étang en ébullition, avec des vagues. Ce soir, peut-être, s'il y a une bonne brise pour refroidir les plantes...

On fit circuler une faucheuse à maïs, pilotée par un de nos hommes, avec quatre types à bord. Pas question de récolte. Juste un maximun de bruit et d'abattage. Les passagers de l'énorme machine agricole étaient les seuls à se mouvoir « au-dessus du niveau des maïs ». Ils ne trouvèrent rien, eux non plus.

Au cours de la battue géante à travers le champ, George revint, l'air épuisé, le visage défait. Je n'avais pas vu, même de loin, le nommé Voloni, des forces spéciales, mais après la fouille de la maison, il était tombé sur George à bras raccourcis, critiquant notre approche, qualifiant de débiles les hommes et les méthodes.

Je consolai George d'une tape amicale.

– Mais ça a marché, non ?

Il n'y avait pas autre chose à dire. On savait, maintenant, que plus personne ne se dissimulait dans la ferme. Et comme l'avait souligné Hester, c'était bien là l'essentiel.

* * *

Crevés ou pas, il importait de ne pas laisser au vieux Stritch le temps de respirer, et de le cuisiner dans les règles avant que son futur avocat ne lui conseille de la fermer. On l'interrogea dans la caravane, Hester, George et moi. Une conversation plus qu'un interrogatoire. Après lecture de ses droits, auxquels il choisit de renoncer.

La chose à ne pas oublier, c'est qu'au sortir d'un meurtre, le ou les coupables éprouvent une propension presque irrésistible à se confesser. Pas, comme le prétendent certains avocats, en avouant des crimes qu'ils n'ont pas commis, mais parce qu'un tel fardeau devient trop lourd à porter. Il suffit, alors, d'écouter ce qu'ils disent.

– Herman, qu'est-ce qui s'est passé au juste ?

Puis, devant son mutisme :

– Herman, pourquoi as-tu tiré sur Lamar et sur Bud ? Ils n'avaient pas l'intention de te nuire.

Il haussa les épaules.

– À part me chasser de ma ferme ! Je pouvais pas accepter ça.

– Ce n'était pas leur intention.

Je parlais aussi doucement que possible.

– Ils avaient juste un document à te remettre. Tu pouvais te défendre de bien d'autres façons. Toutes légales.

– Trop tard pour ça. Là, c'était la goutte d'eau...

– Après quoi ?

– Après tous les autres papelards.

Buté. Définitif.

Il s'avéra que Stritch n'était déjà plus propriétaire de sa ferme. Lourdement surendetté depuis cinq ans. Prêts non remboursés. Échéances sur échéances dont il pouvait tout juste régler les intérêts. Pas le capital. Après bien des batailles juridiques, il avait obtenu cinq ans d'extension de crédit. Puis il avait décidé, sur le conseil d'un ami dont il refusait de donner le nom, de ne plus rien payer du tout. Un refus basé sur le caractère inconstitutionnel de la loi fédérale. Tel était le point de départ de ses derniers ennuis. Il avait fait ériger, à l'entrée de son domaine, ce fameux écriteau interdisant à tout représentant du gouvernement de pénétrer sur son territoire, sous peine de mort. Avait-il cru vraiment rester dans son droit ?

– Je regrette, pour Bud et Lamar, mais en tant que libre citoyen, je pouvais répondre à la force par la force. C'était clairement affiché.

– Ça ne marche pas comme ça, Herman, dit Hester. Affiché ou non, ce n'est pas aussi simple.

– Vous autres, les femmes, vous vous croyez tellement instruites ! Tellement intelligentes ! Alors que vous n'êtes que des femmes. Les servantes des hommes.

Je crus qu'elle allait le tuer, mais elle se borna à secouer la tête, et je continuai d'observer Herman, par-dessus les verres de mes lunettes de lecture. Près d'une minute s'écoula sans autre bruit que celui des respirations et de la clim.

– Vous n'avez pas l'air de comprendre, reprit-il au bout d'un moment. On vient vous voler votre terre. Les Juifs, les banquiers, toute la clique. On voit les hélicoptères noirs. On les voit.

– Les hélicoptères noirs ? releva Hester.

Bon Dieu ! J'étais sûr qu'il faisait allusion à l'hélico de la garde nationale utilisé pour la surveillance du champ de cannabis. Pas noir du tout. Vert olive. Il avait pas mal survolé la zone, durant presque un mois, quand on avait repéré le champ.

Autant en avoir le cœur net :

– Il y a longtemps que ça dure ?

– Un mois. Peut-être plus.

– C'était nous, Herman. Un hélico vert. Qui a pu te sembler noir, à plus de deux cents mètres, sur le fond bleu d'un ciel très ensoleillé.

Non, pas la peine de discuter, il était sûr de la couleur. Même quand Hester lui expliqua :

– Mais, Herman, si ce que tu crois était vrai, ils n'iraient pas le peindre en noir pour le planquer ! Ils le peindraient en blanc et en bleu, avec des grosses lettres du style « Baptême de l'air » ou « Balades aériennes » sur l'habitacle. Ça tombe sous le sens !

Pas le sien ! Et l'apparition de l'hélico avait contribué à faire monter la pression et l'angoisse, jusqu'au jour de la fusillade. Le genre de truc qu'il est impossible de prévoir.

– Vous ne vous rendez pas compte qu'ils sont en train de tout prendre. Les Juifs et l'ONU. Ils sont en train de tout prendre en main.

Quelqu'un, ajouta-t-il, lui avait montré une carte des États-Unis, avec ce qu'il appelait les zones d'occupation soigneusement circonscrites. Je ne pouvais en croire mes oreilles.

– Herman, tu n'as pas pu gober ça !

– Oh si. On est en zone cinq, nous et le Minnesota, le Wisconsin et l'Illinois. Pour l'ONU. C'est l'armée belge qui va occuper la zone cinq quand tout sera prêt.

– L'armée belge, Herman ?

– Vous verrez. Les Juifs s'infiltrent partout, et préparent le terrain. Vous verrez !

– Quels Juifs, Herman ?

– Ils sont partout. Aux yeux de qui sait voir.

Jamais son regard n'avait été aussi glacial.

– Toi aussi, Carl, tu te fais avoir !

***

Une heure après la fin des recherches dans le champ de maïs, Art, notre adjoint-chef, fit son entrée. De retour d'une longue partie de pêche dans le Wisconsin, il était de nouveau là, et n'entendait pas nous le laisser oublier. Je me demandai quel connard avait bien pu lui demander d'écourter ses vacances annuelles.

J'entendis stopper une voiture. Puis la voix de ce cher Art que je reconnaîtrais entre mille.

– Où est Houseman ? Trouvez-moi Houseman !

– Par ici, Art !

– Houseman ! C'est moi qui commande, maintenant. Tu es relevé de tes fonctions intérimaires. J'assume toute la responsabilité du dossier.

– Très bien, Art.

– Il y a eu assez de morts comme ça.

– Très bien, Art. Je vais à la prison, avec la Crim, pour commencer à interroger nos prisonniers.

– Et les deux suspects du champ de maïs ?

– À toi de les trouver, Art. Pour moi, c'est terminé.

– Terminé ?

– Jusqu'à preuve du contraire, il n'y a plus personne dans le champ de maïs. En ma qualité d'enquêteur, il faut que je procède aux interrogatoires.

Il ne lui vint aucune réponse.

– À propos, Art, on attend les gars du labo de la Crim. Qu'il va falloir accueillir, protéger, seconder...

– Et toi, tu vas où ?

– Je rentre, je te l'ai dit.

Sur le chemin de ma voiture, Hester exprima le verdict que j'attendais :

– Toujours le même trou du cul !

– Pas de problème tant qu'il reste égal à lui-même et qu'on ne commet pas l'erreur de le prendre au sérieux.

La presse occupait le terrain. Après le départ de la famille Stritch dans trois voitures-patrouilles, un imbécile quelconque avait apparemment conclu qu'il était inutile de les garder sous cloche. Hester les aperçut la première.

– Je vais m'en occuper, gloussa Hester. Reste un peu à la traîne.

Puis, désignant Art qui pérorait là-bas derrière.

– C'est lui qui reprend le dossier. Il vous dira tout ce que vous avez besoin de savoir.

La voix claironnante d'un des journalistes me parvint alors que tous se ruaient sur l'adjoint-chef :

– Ça fait deux morts connus, avec Phil Rumsford, non ?

Je gardai tant bien que mal le silence. Puis :

– Bravo et merci, Hester.

– Pas de quoi.

En parvenant à ma voiture :

– Une dernière chose, Carl.

– Quoi donc ?

– Tu n'as pas oublié ton imper ?

## 16

Le samedi 27 juillet, tout le monde s'arrachait ce pauvre Herman. Sachant qu'il était impliqué, d'une façon ou d'une autre, dans le meurtre de leur homme, Bill Kellerman, les Stups faisaient valoir leur droit prioritaire à son interrogatoire. À leurs yeux, il s'agissait d'une affaire de drogue et pas question de les en faire démordre. Dommage pour eux qu'ils n'aient aucune autorité sur les enquêteurs de la brigade criminelle d'État. Évidemment, la mort d'un officier fédéral pesait beaucoup plus lourd dans la balance que celle d'un misérable petit adjoint de province ou de tout policier du comté de Nation qui avait commis l'imprudence de se placer dans la trajectoire d'une balle perdue. Et la mort de Kellerman restait l'élément central de l'affaire. Non seulement parce qu'il avait été le premier « mort connu », mais parce que tout, en somme, était parti de là. Une façon de voir comme une autre, même si de nombreux points demeuraient obscurs.

Le bureau du procureur général nous envoya deux de leurs meilleurs éléments, plus deux greffiers, avec mission d'assister aux interrogatoires. Le proc du comté, surmené autant que sous-payé, mettait du cœur à l'ouvrage, mais le FBI ne lâchait rien. Désormais considérées comme deux « otages », Melissa et sa fille jouaient les vedettes. Et tout le dossier serait parti en morceaux si, sur le plan individuel, dans les relations interservices, la plupart des gens concernés ne s'étaient sincèrement efforcés de collaborer pour le bien de tous.

Notre première initiative fut d'organiser une conférence entre les « officiers actifs ». Elle se déroula dans la cuisine du commissariat, comme d'habitude, avec la participation d'Hester, de George, de l'agent Bob Dahl, du patron d'Hester, Al Hummel, et de Sally, notre standardiste, chargée d'assurer la coordination entre les différents enquêteurs. Pas d'hommes de loi. Les choses étaient assez compliquées comme ça. J'avais invité Art, mais il s'était déclaré « trop occupé ». À quoi, je préférais ne pas me le demander.

Les crimes ayant eu lieu dans notre comté, j'étais président de séance. Un rôle que je tiens à merveille. Je passai à la boulangerie, en vue des petits déjeuners, fis le café moi-même et prononçai l'ouverture de la session :

– Alors, qu'est-ce qu'on décide ?

Bonne question, non ? Comme je l'ai dit, c'est un rôle que je tiens à merveille.

Il fut rapidement établi qu'on s'occuperait en priorité, Hester et moi, de déterminer qui avait tué Phil Rumsford et pourquoi. Bob Dahl redescendrait dans la rue pour tenter d'établir si Herman Stritch était mouillé ou pas dans le trafic de drogue. Quant à Hummel et à la brigade criminelle, ils travailleraient sur le meurtre de Bud et la blessure de Lamar, un boulot qui leur revenait, de toute manière. En essayant de relier cette fusillade à l'autre. George se chargerait de creuser l'aspect extrémiste. Le FBI était réellement efficace dans ce domaine. Enfin, Sally se chargerait des recherches informatiques au sens le plus large, y compris le National Crime Information Center ou NCIC, l'Interstate Identification Index ou « Triple I », et autres banques de données. Elle assurerait également la communication entre les différents services. Le tout sous le sceau de la plus grande discrétion. J'aurais à régler, avec Art, le problème de ses heures supplémentaires.

On se réunirait tous les trois jours, avec ou sans nécessité. La seule façon de continuer à envisager notre affaire comme un tout, et non comme des dossiers séparés. Avec la collaboration intelligente et fédératrice de George.

Toutes ces mesures étant désormais au point, il n'y avait plus qu'à les mettre en œuvre, et ce ne serait peut-être pas le plus facile.

***

Au rang des difficultés, figurait l'antagonisme virulent qui opposait Art à Sally. Plusieurs années auparavant, elle avait refusé de faire pour lui quelque chose qui sortait totalement de ses attributions. L'animal ne le lui avait jamais pardonné, et refuserait à coup sûr d'assouplir ses horaires. Un réel problème, car nous savions tous que Sally était la seule à pouvoir assumer ce qu'il lui serait demandé de faire.

Le tout était de trouver la bonne méthode. Une heure après la fin de notre réunion, Hazel Murphy, la secrétaire, transmit à Art un appel du directeur de la Sécurité publique de Des Moines, qui informa notre valeureux adjoint-chef, avec tous les égards dus à son rang, que d'après les rapports des agents en fonction, la présence d'une spécialiste expérimentée de la communication en temps de crise était présentement nécessaire. Après consultation des états de service, à Des Moines, c'était Sally qui, pour sa compétence reconnue, son sang-froid inébranlable, était nommée à ce poste, sans limitation de temps et au plein tarif des heures supplémentaires. Si, bien entendu, monsieur l'adjoint-chef approuvait cette nomination sans réserve.

Art convoqua Sally et la mit au courant. Elle protesta. Il y avait trop de choses qu'elle ne trouvait pas le temps de faire, à la maison. Art se fit un devoir d'insister, et Sally « céda ». Une affaire réglée.

Mais Art avait plus d'un tour dans son sac. Il savait combien j'estimais Sally. La possibilité d'une recommandation de ma part, auprès d'un haut fonctionnaire que je connaissais depuis longtemps, n'était donc pas exclue. Alors que je parlais à Hazel, dans le hall de réception, il me frappa sur l'épaule.

– Tu en as fait un paquet, toi, d'heures sups, depuis des jours.

– Ben... oui, pas mal.

– Mais comme tu faisais fonction de shérif, elles ne te seront pas payées.

– Quoi ?

– Tu peux faire une croix sur tes trente-sept heures de rab.

Quelque mille deux cents dollars partis en fumée. Mais l'incident ne fit que renforcer ma résolution de confiner Art dans du travail de bureau. Strictement administratif. Et pour nettement plus de trente-six heures. Une bonne revanche. Pas une consolation.

Du côté de la presse, ce n'était toujours pas la joie. Normalement, l'incarcération des « coupables présumés » aurait dû nous valoir un répit. Surtout après la mort d'un des leurs. Ce pauvre Rumsford était en passe de canonisation dans la profession. Ils l'auraient nommé pour le Pulitzer s'ils avaient pu dénicher quelque texte signé de sa main. Impossible. Alors, ils assiégaient la prison. Ils erraient dans les rues de Maitland, avides d'interviewer quiconque ne courait pas assez vite pour leur échapper. Le moins qu'on puisse dire est qu'ils obtenaient bien rarement ce qu'ils voulaient.

* * *

Ils n'en récoltèrent pas moins quelques morceaux d'anthologie. Dont un pur joyau, énoncé par un certain Harvey Tinker, qui fumait cigare sur cigare et portait, en permanence, un pantalon gris, une chemise blanche et des bretelles bleues. Sans oublier sa vieille cravate d'universitaire. Réalisée devant le bâtiment du tribunal, l'interview passa le jour même à la télé.

Le journaliste était jeune, blond et plein d'éloquence.

– Permettez-moi de vous présenter Harvey Tinker, résident depuis toujours de la ville de Maitland. Dites-moi, monsieur Tinker, que pensent de toutes ces horreurs les citoyens de votre belle ville ?

Ôtant son cigare de sa bouche, Tinker articula fermement :

– Qu'on ne devrait jamais tirer sur la police.

– Vous voulez dire que le meurtre de ces officiers révolte la conscience civique de vos concitoyens ?

– Non, je veux dire simplement que c'est stupide de tirer sur la police.

– Voilà, chers téléspectateurs et spectatrices, quelle est l'opinion spontanée, prise sur le vif, d'un vieux citoyen de la ville de Maitland.

***

La presse ne cessait pas de nous exaspérer, à l'exception d'une équipe canadienne qui publia un joli cliché, très bucolique, de notre prison locale sous un soleil qui la baignait d'une lumière orangée, avec un daim campé à l'arrière-plan.

Histoire de couronner le tout, l'extrême droite fondit sur Maitland. Pas d'armes en vue. Ni milices ni groupes paramilitaires. On n'eut pas cette chance. Non, plutôt les politicards. Ceux qui étaient convaincus de faire ce qu'il fallait, et offraient leurs services à Herman et à sa famille. Des gaillards aux ego surdimensionnés, capables de vous rendre, à coups de beaux discours, aussi stupides qu'eux-mêmes. Surtout le nommé Wilford Jeschonek, qu'on appelait W. J. On ne le connaissait pas encore lorsqu'il se présenta à la prison, se prétendit avocat et demanda à parler à la famille Stritch.

Je le découvris alors qu'il tentait de convaincre Norma, la gardienne de jour, qui refusait de le recevoir sans un ordre du tribunal.

– Qu'est-ce que c'est que ce trou du cul ?

Ma question ne s'adressait à personne en particulier, mais c'est Al qui me répondit :

– Un de ces malades d'extrême droite. Il veut les faire libérer sous caution en échange d'une lettre de crédit, ou quelque chose dans ce goût-là.

W. J. avait pensé qu'on mordrait à son bluff. Sa voiture ne comportait aucune plaque minéralogique. Il conduisait sans permis. Il avait annulé son numéro de Sécurité sociale, et déposé au greffe du tribunal un document déclarant nulles et non avenues sa date de naissance, celle de son mariage et sa qualité de ressortissant des États-Unis. La seule citoyenneté qu'il reconnût, en fait, était celle de la république libre et souveraine de l'Iowa.

Pourquoi pas ?

Sally pianota pendant quelques minutes et nous sortit son pedigree : « Jeschonek Wilford Frederick. Né le 19 mars 1940. Taille : 1,67 m. Poids : 80 kg. Yeux marron. Cheveux bruns. » Une centaine d'infractions au code de la route, depuis les excès de vitesse jusqu'au défaut de ceinture de sécurité, pas de plaque, pas de papiers du véhicule, etc. Une interpellation pour port d'arme prohibée, dans le Minnesota, voilà deux ans, une inculpation d'abus sexuels sur mineur dans le Wisconsin en voilà quatre, deux rixes en état d'ivresse et autres perturbations de l'ordre public dans notre État.

– Merci, Sally.

Qu'est-ce qu'on ferait sans elle ?

– Recherche le nom de sa femme, tu veux ? On ira peut-être l'interviewer, un de ces jours.

Elle consulta sa feuille.

– Martha June. Domiciliée à Oelwein.

Exhaustive, Sally. Et rapide. S'il avait divorcé, ou même s'il était simplement séparé de sa femme, elle nous renseignerait sans doute sur ses relations. George s'en occuperait avec Sally. Et peut-être en apprendrions-nous alors davantage sur les relations existantes entre W. J., Herman et les groupes paramilitaires.

# 17

Notre principal problème, c'était que pas un de nos prisonniers ne crachait une syllabe.

Herman Stritch, le chef de famille sinon le chef tout court, et son fils aîné, William, n'étaient pas logés dans la même cellule. Pas plus de quatre mètres, toutefois, ne les séparaient, de telle sorte que s'ils avaient envie de communiquer, ce n'était pas une bien grande entreprise. C'était pour cette raison que la télé de la cellule centrale, fief de William, restait allumée à plein volume, vingt-quatre heures sur vingt-quatre. Si Herman voulait lui parler, ce serait en hurlant, et son fils ne serait pas seul à l'entendre.

Mme Nola Stritch, la fidèle épouse d'Herman, occupait une cellule éloignée d'une bonne dizaine de mètres des quartiers réservés à son mari et à son fils. Elle ne pouvait les voir, d'où elle était. Eux non plus. Pas de communication visuelle.

Leur attitude commune, face à la justice, était caractéristique de l'extrême droite. Ils déniaient catégoriquement toute autorité au gouvernement américain, mais n'exigeaient pas moins, en cas de controverse, l'application stricte des droits constitutionnels édictés par ce même gouvernement. À leurs yeux, la combinaison idéale. Mais on n'était pas obligé de partager leur opinion.

Nola Stritch était unique. Au moins dans son groupe. Douchée, recoiffée, affublée d'une tenue orange toute fraîche, modèle carcéral, elle se révéla très, très attrayante. L'orange était peut-être la couleur qui lui convenait le mieux. Avec ses longs cheveux poivre et sel noués en queue-de-cheval, et l'uniforme de la prison converti en coquet tailleur deux-pièces par le simple expédient de relever les jambes du pantalon, de rouler les manches de la veste et d'en nouer les pans au-dessus du nombril, elle était plus sexy que tout ce qu'on avait jamais hébergé dans notre palace.

Pas bête, avec ça. Les questions qu'elle posait étaient intelligentes. Elle demanda deux livres de sa bibliothèque, et quelqu'un alla les lui chercher, à domicile. L'un était un recueil de poèmes de

Walt Whitman, l'autre un ouvrage intitulé *Calcul d'une variable*. Elle suivait un cours de maths par correspondance et pratiquait Walt Whitman pour se relaxer. Les employés préposés à sa surveillance, par le truchement des caméras, la trouvaient fort studieuse et remarquablement calme. Elle entretenait aussi sa forme physique en pratiquant quotidiennement pompes et abdominaux.

Herman, en revanche, passait le plus clair de son temps à regarder la télé ou à rêvasser, les yeux dans le vague. Il refusait toute lecture, mangeait bien, dormait de même et ne trahissait aucun signe de dépression croissante. Lors de la promenade, sous étroite surveillance, il s'entraînait, avec une belle énergie, au maniement du bâton. Et William, son grand fils, rappelait en tout point son père.

S'il sautait aux yeux que Stritch était le « cerveau » du groupe, il n'était pas moins évident que, d'une façon ou d'une autre, quelque part, son épouse avait son mot à dire. Sans exercer, pour autant, des fonctions de « chef ». Intéressant.

* * *

En notre qualité d'équipe chargée d'élucider le meurtre de Rumsford, Hester et moi, on avait un sérieux problème. On savait que les coups de feu avaient été tirés de la maison, mais on n'en connaissait pas l'auteur. Les résultats de l'autopsie ne nous seraient pas transmis avant un jour ou deux, mais d'après le premier examen superficiel, on savait qu'il avait été touché deux fois en pleine poitrine, probablement par du calibre 7,62. Il suffirait d'opérer la comparaison balistique avec toute arme du même calibre découverte sur place. Parfait... si la perquisition n'avait pas débouché sur la liste suivante, dûment paraphée et jointe au dossier :

Pièce saisie 212/217 : Six (6) fusils chinois SKS, calibre 7,62.
233/235 : Trois (3) fusils chinois AK-47, calibre 7,62.
249 : Un (1) fusil Dragunov SVD de fabrication russe, calibre 7,62.
255 : Un (1) fusil à répétition allemand Heckler et Koch automatique, calibre 7,62.
258 : Un (1) fusil US M-14, calibre 7,62.
261 : Un (1) fusil US MJ Garand, calibre 30 (virtuellement 7,62).
270/272 : Trois (3) fusils US Colt AR-15, calibre 5,56.
388 : Un (1) fusil Remington à un coup, chargement par la culasse, calibre 22.

Treize armes du bon calibre, plus une au moins qui avait quitté la maison avec les deux fuyards non identifiés du champ de maïs.

– Tu crois qu'ils avaient assez d'armes ?

Je parlais pour moi autant que pour Hester.

– Si j'étais d'extrême droite, je serais considéré comme un patriote par mes pairs ?

– Naturellement.

– Alors, pourquoi toutes ces armes étrangères ? Tous ces engins militaires fabriqués dans des pays de l'ancien bloc soviétique ?

– Bien meilleur marché.

– Sûr. Excepté le Dragunov. Mais ça ne t'étonne pas que ces pays bradent leurs fusils d'assaut sur le marché US, dix fois moins cher que les armes américaines ?

– Si.

– Mais pas eux ?

Elle réfléchit une seconde.

– Trop idiots pour s'en étonner ?

Une explication rassurante. Et peut-être un moyen de mieux comprendre William Stritch. Si je pouvais lui parler. D'ici là, on avait autre chose à faire.

D'abord comprendre pourquoi ils avaient buté Phil Rumsforf. On n'en avait toujours aucune idée, et le plus simple serait d'en rediscuter avec Nancy Mitchell. On prit rendez-vous au bureau, à 13 h 25. Je me réjouissais de la revoir, parce que je me reprochais toujours ce qu'ils avaient fait à Rumsford. Irrationnel, je sais. Mais c'était un peu comme si je l'avais personnellement envoyé à la mort.

***

On commença par lui expliquer que si nous pouvions imaginer le mobile de ce meurtre, on pourrait peut-être remonter jusqu'à l'identité du coupable. Elle se montra très coopérative, eu égard aux circonstances.

– Je n'en ai pas la moindre idée. J'aimerais vous aider, et Dieu sait si j'y pense tout le temps, mais non, je ne vois pas...

Elle regardait par la fenêtre, sans voir ses collègues qui se demandaient : « Pourquoi elle et pas nous ? »

– À part ça, comment avance votre enquête ?

Question délicate, venant d'une journaliste. Mais elle avait vu mourir son coéquipier sous ses yeux, avec notre approbation, en quelque sorte.

– Vous n'allez pas aimer ça, Nancy, mais pour l'instant, on piétine.

Elle frottait distraitement les genoux de son pantalon beige.

– J'ai rédigé l'article sur la mort de Phil, vous savez.

– C'est votre droit, dit Hester.

– Je n'y ai rien mis qui puisse vous nuire. J'ai précisé, simplement, qu'il pouvait s'agir d'extrémistes de droite. J'espère que vous ne m'en voudrez pas.

– Difficile d'y échapper.

– J'ai toujours voulu faire un papier sur eux. Je n'en avais pas eu l'occasion, jusque-là.

Hester se renversa sur sa chaise, les doigts croisés sous sa nuque.

– J'ai horreur de rabâcher, mais pourquoi ont-ils tué la personne qu'ils avaient réclamée, et qui pouvait les aider ?

Je suggérai sans y croire :

– Est-ce que quelque chose a pu leur faire croire qu'il s'agissait d'un flic ?

Toutes deux secouèrent la tête.

– Si ma mémoire est fidèle, rappela Hester, Mme Stritch avait une sorte de conversation avec quelqu'un à l'intérieur de la ferme.

– Oui, dit Nancy. Elle parlait à quelqu'un alors que Phil lui parlait.

Je rappelai à mon tour :

– Ce n'était pas vraiment une conversation. Disons qu'elle recevait plutôt des ordres.

– Puis elle a disparu à l'intérieur de la maison.

– Et puis ils ont tué Phil, soupira Nancy.

J'essayai de clarifier mes idées :

– Était-ce prévu au départ ou lui annonçaient-ils quelque chose d'imprévu qu'ils venaient de repérer ?

Hester jouait du sourcil, symptôme incontournable, chez elle, d'une certaine perplexité.

– Tu veux nous décrypter ça ?

– Savait-elle d'avance qu'ils allaient le tuer ?

– Je ne crois pas, s'exclama Nancy.

– Pourquoi ?

– Je ne sais pas. Attendez que je récupère mes photos. Je me suis concentrée sur elle pendant que Phil lui parlait.

Mon sourcil imitait celui d'Hester.

– Téléobjectif ?

– Cinq cents millimètres. On a carrément le nez dessus.

– Parfait. Ça ne vous ennuie pas qu'on les examine avec vous ?

On n'est jamais trop poli avec la presse.

– Il va falloir que j'y réfléchisse, mais je ne vois pas ce qui pourrait poser problème... à condition que vous me donniez votre parole que si quelque chose en sort, vous me laisserez une demi-journée pour le publier en priorité.

– Un gentleman dirait oui, approuva Hester.

– Un flic désespéré, aussi. Vous avez ma parole, Nancy.

– J'ai donc un droit d'exclusivité sur ce que je vous aurai aidé à découvrir ?

– Oh, oh, voilà qui ressemble beaucoup à du chantage.

– Ça s'exprime en deux mots. Donnant, donnant.

Elle souriait. Un sourire forcé, mais un sourire.

On la regarda quitter le bureau.

– Une belle suite dans les idées, non ?

– Et sans doute aussi sa manière de faire face, conclut Hester avec indulgence.

Sitôt après le départ de Nancy, je demandai aux secrétaires si nous avions des nouvelles de Lamar. Il subissait en ce moment une lourde intervention chirurgicale. J'espérais qu'ils n'auraient pas besoin de l'amputer, mais son pied esquinté m'avait fait une sale impression. Les filles promirent de me tenir au courant.

***

On réintégra la cuisine pour y manger un morceau tardif. Hester avait un bagel accompagné de dinde émincée, et j'avais apporté mes habituels petits pains de régime, avec *hot dogs* sans gras et tranches de fromage maigre que je passai au micro-ondes pendant trois minutes.

– C'est pas un peu long ? s'inquiéta Hester en disposant soigneusement sur la table son set de papier, son assiette en carton et son couvert en plastique.

– Non. Il faut les réchauffer jusqu'à ce que tu entendes la vapeur s'échapper en sifflant.

– Tu rigoles ?

– Oh, non, c'est leur façon de m'appeler. Comme la langouste au court-bouillon, quand tu la choisis dans le vivier d'un restaurant.

– Manger maigre te monte à la tête, remarqua-t-elle en remplissant son gobelet d'eau minérale.

Elle avait sans doute raison, mais que faire quand on a tendance à prendre du poids rien qu'en respirant l'odeur d'un rôti ?

Je branchai la cafetière, après le repas, et la conversation revint sur Nancy, Herman, le merdier actuel.

– Tu crois que ces types qu'on a manqués, ceux qui se sont enfuis dans le maïs...

– Oui ?

– ... ce sont eux qui ont décidé de ne pas laisser Rumsford entrer dans la maison ?

J'encourageai Hester, entre deux gorgées de café :

– Continue.

– Comme s'ils ne voulaient pas être vus. Pour ne pas être reconnus ?

C'était plus que probable. Herman avait dû donner son feu vert, pour la visite du journaliste, sans consulter les autres. D'où le drame. Ce qui signifiait qu'on avait peut-être laissé filer un tueur et pas seulement un quelconque tordu qui partageait les convictions de la famille.

– Rien pour étayer cette possibilité ? demanda Hester.

– Rien. Alors, on garde ça pour nous... provisoirement.

– Ouais. Inutile de déclencher la panique.

Restait néanmoins que nous aurions aimé en savoir davantage sur ces deux types que personne n'avait vus. Ni revus depuis. Une seule personne voudrait bien nous en dire un peu plus : Melissa.

* * *

Elle arriva pile à 16 h 45, avec sa fille et sa mère.

On installa grand-mère et petite-fille à la réception, et Melissa dans le bureau du fond, avec nous. La mère semblait se méfier d'on ne sait quoi. Elle ne voulait pas quitter sa fille, mais Melissa était adulte. Elle n'avait plus besoin de la protection maternelle.

Exonérée de toute culpabilité, la jeune femme était plus que disposée à nous raconter sa vie. Le FBI avait déjà essayé de lui faire dire qu'elle et sa fille avaient été kidnappées ou prises en otages. Elle avait maintenu sa position quant à sa présence volontaire sur les lieux, puis sa décision tout aussi personnelle de les évacuer quand les choses s'étaient gâtées. Oui, Herman avait tiré, lors de sa « trahison ». Sans doute en l'air, ou il ne l'aurait pas ratée. Il aimait beaucoup sa petite-fille, ainsi que sa belle-fille. C'était ce que pensait Melissa, et ni Hester ni moi n'avions aucune raison de penser le contraire.

– Il y avait trois autres types dans la maison, quand je suis sortie. Dont Bob Nuhering, le voisin, celui de la ferme proche du fleuve.

– Je vois qui c'est.

Bob Nuhering ne m'était pas inconnu, loin de là.

Melissa ne nous avait pas parlé plus tôt de ces visiteurs, sans doute par peur de représailles.

– Les deux autres, se remémora Melissa, étaient du Wisconsin. Un grand gaillard d'une cinquantaine d'années avec une coupe en brosse. Il portait des vêtements de camouflage, un chapeau et des bottes. Tout le monde l'appelait Gabe, mais je suis à peu près sûre que ce n'était pas son vrai nom.

– Pourquoi ? s'étonna Hester.

– Leur façon de lui adresser la parole vous voyez ? « Gabe... Gabe... » Plutôt comme un surnom. C'est un truc qu'on sent.

– Je vois ce que vous voulez dire.

– Et l'autre ?

– Il était avec Gabe. Venu avec lui, vous voyez ? Habillé pareil, sauf qu'il avait une chemise blanche, sous sa tenue de camouflage. Et Gabe lui reprochait que le blanc de sa chemise pouvait se voir à cinq cents mètres.

– Amusant !

– Lui, ils l'appelaient Al ou Albert. Son vrai nom, je crois, pas comme l'autre qui...

– D'accord.

– Ils avaient tous les deux des carabines d'attaque.

– Des fusils d'assaut ? rectifia Hester.

– C'est ça.

J'intercalai :

– Qu'est-ce que tout le monde avait l'air de penser d'Al et de Gabe ?

– Côté respect ? Trucs comme ça ?

– C'est bien ce que je veux dire.

Melissa ne paraissait pas plus de quatorze ans lorsqu'elle s'exclama :

– Oh, le Gabe... C'était le bon Dieu, vous voyez ?... Tout ce qu'il disait, ils l'avalaient comme des petits pains !

La suite confirma que Gabe était bel et bien le leader du groupe. C'était lui qui avait convaincu toute la famille, sauf Melissa, que l'heure était venue de mourir pour la cause. Quelle cause, la jeune femme n'en avait qu'une idée très vague, mais Herman y croyait dur comme fer, et son fils *idem.* Nola paraissait beaucoup plus réticente, surtout en ce qui concernait sa belle-fille et sa petite-fille. En fait, elle avait aidé Melissa à quitter la maison. Sans envisager, pour elle-même, ce genre de retraite. Particulièrement, d'après Melissa, à cause de Gabe.

– Je crois qu'ils en pincent méchamment l'un pour l'autre.

– Qui ça ?

– Nola et Gabe.

Melissa s'était forgé cette opinion en observant les regards qu'ils échangeaient, les choses qu'ils se disaient, le ton sur lequel ils se les disaient. Apparemment, Herman ne s'en souciait pas.

– Lui, c'est Gabe qu'il a dans la peau. Différemment, bien sûr. Pour lui, comme j'ai dit, c'est Dieu et tous les saints. En plus, ils n'arrêtaient pas de communiquer avec l'extérieur.

Je m'étranglai :

– Comment ? On leur avait coupé le téléphone !

Il ressortit des explications embrouillées de la petite que Gabe avait connecté le modem de l'ordinateur à un téléphone cellulaire. Naturellement. Il avait donc reçu des tas de messages auxquels il avait pu répondre sans se gêner.

– Il pianotait des tas de trucs. Et puis, il nous parlait de la mission.

– La mission ? Quelle mission ?

Hester haussait le sourcil. Moi aussi. Quelle mission, Melissa n'en avait aucune idée, mais ça devait être très important, car tout le monde se taisait chaque fois que l'orateur pérorait.

– Tu avais déjà entendu parler de cette mission, auparavant ?

– Oui, monsieur Houseman. Plutôt dix fois qu'une.

– Et Gabe, vous l'aviez déjà vu avant ?

Hester ne voulait pas laisser Melissa perdre le fil de ses pensées.

– Oui, madame. Une fois, vers la mi-juin.

Chez Herman. Il repartait alors qu'elle arrivait dans la camionnette, avec un chargement de vieux pneus. Gabe conduisait une Ford bleue, toute neuve, et n'était pas seul. Une femme occupait le siège voisin. Il était en jean et en chemise blanche, mais elle était sûre qu'il s'agissait bien du même homme. Sa belle-mère, Nola Stritch, lui avait dit qu'il était agent d'assurances.

– Et la mission ?

– Ah, oui.

Elle en avait entendu parler fin mai ou début juin. Par Herman et Bill, son mari, un soir où ils recevaient le vieux, et sans s'y intéresser vraiment, elle avait surpris des trucs, au sujet d'une « mission » imminente. Ils étaient excités, tous les deux, comme des mômes à la veille d'une grande partie de cache-cache. En fait, ils parlaient de la mission sans arrêt, avant et après la tuerie dans le champ. Elle en était parfaitement certaine.

– Vous nous avez dit hier matin que Bill n'avait pas tiré.

– Je le confirme.

– Et Gabe ?

– Je l'ignore, mais il était là, pas vrai ? Bill m'a dit, après coup, que le colonel en avait gros sur la patate.

Levant soudain des yeux immenses :

– Je vous ai déjà dit qu'ils l'appelaient aussi le colonel ?

– Non, soupira Hester, mais voilà qui est fait.

– D'après Bill, il était dans une rage folle.

Ça, je le croyais sans peine.

– Et il a dit pourquoi ?

– Je ne connais pas les détails, mais il paraît qu'il gueulait comme un âne et qu'il parlait de bordel et de saloperies d'enculés...

Sans cligner d'un cil. Je doutais que Sally ou Hester, par exemple, eussent répété ces mots en public, du moins, pas sans une petite moue d'excuse. Melissa, non.

– Et puis il a dit qu'ils allaient attirer sur eux une attention dont ils avaient pas besoin. En tout cas, c'est ce que Bill m'a dit.

– Aucune raison de douter de sa parole ?

– Bien sûr que non.

On parla de Bill, que toute cette « merde politique », comme il la qualifiait, ne passionnait pas outre mesure. Il recherchait les fusils, qu'il achetait un par un, au gré des occasions, et c'était un de ses sujets de conversation favoris avec d'autres collectionneurs passionnés. Il les briquait amoureusement et tirait une balle ou deux, après le travail de la ferme. Une ou deux fois, Melissa lui avait reproché l'argent qu'il dépensait ainsi, mais s'était calmée en apprenant qui payait le plus gros des armes et des munitions. Herman. Et le temps que Bill consacrait à cette marotte ne semblait guère avoir constitué, dans le ménage, un gros sujet de controverse. Moins que le manque de petits gestes affectueux, avant comme après la naissance de cette enfant venue trop tôt, de toute manière. Le vrai problème, c'était que Bill était cloué à cette ferme.

Avec ces considérations sentimentales et matrimoniales, l'interrogatoire perdait beaucoup de son intérêt. Melissa enchaîna :

– En plus de ça, il fallait qu'on aille aux meetings.

– Meetings ?

– Ouais. Un peu partout. Quelquefois tout le week-end. Il tenait à ce que je l'accompagne. Souvent, sinon toujours. Et c'était tellement chiant...

– Où ça, un peu partout ? questionna Hester.

Un peu partout dans le Minnesota, le Wisconsin, l'Illinois, le Missouri, tout autour de l'Iowa. Sans négliger notre État, bien sûr. Quand il s'agissait de week-ends, ils logeaient chez de la famille ou des amis, plus rarement dans un motel. D'autres voyageaient en caravane. Parfois, il n'y avait pas plus d'une douzaine de personnes. Mais parfois aussi, deux à trois cents. En moyenne ? Disons vingt-cinq à cinquante. Une seule fois, la réunion s'était passée en plein air, dans un parc. Autrement, c'était dans des locaux loués pour la circonstance qui pouvaient aller de la grange à la salle de conférence de quelque motel. Et toujours le même genre d'assistance. Énervés, illuminés, hurluberlus et compagnie.

Et les prospectus ! Chaque fois la même merde. Avec des petits changements, comme les noms des personnes exploitées. Mais toujours le même refrain.

– Les mêmes arguments ?

– Ouais. Comme les hélicoptères noirs et le reste. Les mêmes arguments.

– Ils parlaient des hélicoptères noirs ?

– Je pense bien. Certains en voyaient tous les jours, qu'ils disaient. Envoyés par un gouvernement étranger, pour les espionner.

– C'était leur explication ?

– Sûr. Mais tout le monde était censé le savoir. Quelqu'un en parlait, et les autres faisaient oui de la tête, vous voyez ? Un vrai délire. Même les gens les plus gentils, même les vieilles dames étaient dans le coup, ou faisaient comme si. Cette histoire d'hélicos les excitait comme vous pouvez pas savoir.

Elle-même s'était trop ennuyée, à ces meetings, pour prêter attention aux orateurs, aux organisateurs ou aux distributeurs de prospectus. À part un type qui déjeunait souvent à la table des Stritch. Un nommé Wilford Jeschonek, du Minnesota. Qui se présentait comme un homme de loi.

– Il donnait des tas de conseils à Herman et aux autres, pour placer leur argent.

Hester eut un léger sursaut.

– Herman l'a chargé d'investir pour son compte ?

– Sûr. Il a vendu sa troisième ferme, vous vous souvenez ?

Elle s'adressait à moi, et j'approuvai d'un signe. L'affaire avait fait la une de la presse locale, car Herman avait chanté partout qu'il était dépouillé de sa ferme par les vautours du Crédit agricole fédéral. Un mensonge, naturellement. Il leur devait trop d'argent. Quoique nettement moins, si ma mémoire était bonne, que ne lui avait rapporté la vente de la ferme.

– Après la vente, il a emprunté tout ce qu'il pouvait sur les deux autres fermes, et il a acheté des tas de... comment vous appelez ça ?

Je lui montrai mes deux mains ouvertes.

– Tu peux préciser ?

– Comme quand vous achetez des petites parts de quelque chose, avec des tas d'autres gens...

– Des actions ? proposa Hester.

– Des actions, c'est ça. Sur un tas d'or conservé bien au chaud dans un pays étranger...

– ... et pour lequel on lui a délivré des certificats spécifiant qu'il était propriétaire de telle ou telle quantité d'or, garantie par telle ou telle banque d'Amérique du Sud. Et qui lui serait rachetée, au bout de quinze ans, à dix fois sa valeur nominale, s'il laissait fructifier ses investissements jusque-là.

– C'est ça, c'est ça. Comment vous le savez, monsieur Houseman ?

– Ce n'est pas la première escroquerie de cette sorte, Melissa.

– Escroquerie ? Vous ne voulez pas dire qu'il n'y a rien derrière ?

– Les « investisseurs », entre guillemets, ne revoient jamais leur argent. Il disparaît, pour la bonne raison qu'il n'y a jamais eu la moindre parcelle d'or au départ.

Ses traits se crispèrent. Son visage perdit toute couleur. Mais il était trop tard pour amortir le choc.

– Melissa. Toi et Bill, vous n'avez pas...

Elle rougissait à présent, les yeux pleins de larmes.

– Si. Tout ce qu'on avait gagné en trimant dur à la ferme...

Non sans un long soupir, elle montra la robe qu'elle portait.

– Voilà pourquoi je suis toujours attifée comme ça... pourquoi on roule dans une vieille camionnette pourrie...

– Désolé, Melissa, je ne pouvais pas savoir...

– Cet enfoiré d'Herman...

Comment ne pas être d'accord avec elle ? Non seulement il lui avait tiré dessus, mais il avait jeté leur argent au ruisseau, avec le sien. Si elle avait escompté recevoir un jour les trois fermes en héritage...

Il fallut la laisser se reposer un long moment, avec sa mère, en attendant de pouvoir reprendre la conversation. En son absence, je chargeai Sally de découvrir où était notre agent du FBI favori. En fait, sur le chemin de Maitland. Avec une poignée de nouvelles informations. Excellent. Je voulais que lui aussi bavarde avec Melissa. Surtout des aspects financiers de sa mésaventure, toutes choses dans lesquelles il était beaucoup plus versé que nous ne l'étions, Hester et moi.

Je rappelai la petite, en dépit de la réprobation ouverte de sa mère, encore plus virulente qu'à leur arrivée. Elles avaient dû se chamailler, toutes les deux, au sujet de ce mari stupide que la belle-mère n'avait probablement jamais apprécié.

Il s'avéra que Melissa disposait, à la maison, de pas mal d'infos sur les investissements de la famille, adresses et raisons sociales de diverses compagnies, etc. Elle détenait, aussi, une jolie petite bombe :

– Je viens d'y repenser, monsieur Houseman. À ces meetings, il nous a été conseillé, plus d'une fois, d'investir dans la marijuana. Avec le prix de vente aux camés, on était sûrs de se faire de gros bénéfices ! Pourquoi les laisser plumer par les dealers étrangers, au lieu de garder l'argent chez nous ?

– Vous croyez qu'ils parlaient sérieusement ? s'étrangla Hester.

– J'ai cru qu'ils rigolaient... jusqu'à ce que ce policier se fasse descendre.

On la renvoya chez elle avec la mission précise de nous rapporter un maximum de documents, tandis que sa fille resterait auprès de nous avec sa grand-mère. L'arrangement plut à Melissa et quand elle revint, George était parmi nous. Après la bagarre autour de son prétendu kidnapping, on appréhendait un peu la réaction de la jeune femme, en présence d'un nouvel agent du FBI, mais notre inquiétude était sans objet. Elle sourit à George avant de lui confirmer :

– Je n'ai jamais été kidnappée ni séquestrée. Dépouillée, si. Jusqu'à l'os ! Et c'est de ça qu'il faut qu'on s'occupe.

Elle rapportait de chez elle une liasse de documents dans un sac d'épicerie. Une épaisse liasse de documents.

– J'ai pris tout ce qui pouvait vous intéresser.

Je décrochai le téléphone.

– Sally, on a besoin de toi... Tout un tas de trucs à photocopier...

Puis, avec un temps de retard :

– ... si tu es d'accord, Melissa.

– Naturellement.

Étant donné le boulot qui pesait déjà sur ses épaules, Sally n'était pas enthousiaste, mais elle ferait ces photocopies tellement plus vite que n'importe lequel d'entre nous...

* * *

– Vous savez, reprit Melissa, quelques minutes plus tard, je regrette que la loi ne me permette pas de témoigner contre Bill.

– Aucun problème ! se récria Hester.

– Mais je croyais...

– On ne peut pas vous forcer à témoigner contre lui. Mais si vous voulez le faire de votre propre gré... C'est comme ça que les femmes battues peuvent témoigner contre leurs époux.

– Sans blague ?

Tout juste si l'on ne voyait pas les petites ampoules s'allumer dans ses yeux.

Je me penchai vers elle, armé de mon styto-bille.

– Revenons à cette mission, Melissa, ou quel que soit le nom qu'ils lui donnaient.

En réglant mes lunettes de lecture afin de pouvoir la regarder par-dessus la monture :

– Tu as une idée de ce qu'ils entendaient par là ?

– Sincèrement, monsieur Houseman... aucune !

– Hmm ?

– Non, non, sans rigoler. Juste qu'il s'agissait de quelque chose de très proche dans le temps.

– Pour quelle raison ? insista Hester.

– Comment ça ?

– Pour quelle raison pensez-vous que c'était imminent ?

– Eh bien, Herman disait des choses comme : « Il faut qu'on soit prêts » ou « Ça peut venir d'un jour à l'autre ».

Hester m'interrogeait d'un regard qui disait : « On creuse cet aspect du problème ou on essaie autre chose ? » Il y a des stades, dans un interrogatoire, où de la poursuite ou de l'abandon d'un aspect du problème peut dépendre le succès final. Le danger, c'est de retomber de la technique de l'interrogatoire à la simple conversation. Un danger toujours latent, avec Melissa.

– Comment Herman s'y est-il préparé ?

– Il a acheté les masques de ski et les tenues de camouflage, pour Bill et pour lui. Ils parlaient des « stoppeurs » et des « avants », comme au foot.

– Des hommes chargés de barrer la route, traduisit George, les yeux fixés sur les documents fournis par Melissa.

– C'est ce que j'ai cru comprendre.

Elle me regardait, fière d'elle, et George choisit ce moment pour me signifier, d'un regard, qu'il était temps de marquer une pause. Je déclarai :

– Melissa, tu nous as été très utile.

Et là-dessus, on lui donna congé avec sa mère et sa fille. Non sans qu'elle nous eût promis de revenir aussitôt que possible, avec d'autres documents.

La discussion qui s'ensuivit roula sur ce que George avait pu décrypter, d'après les documents, et sur la « mission » envisagée, et sur le lien possible entre Herman et la culture de cannabis.

– Cette histoire de mission m'inquiète. Quelle qu'en soit la nature, le rapport n'est pas évident avec ce foutu champ d'herbe.

– J'allais le dire, affirma Hester.

On se tourna tous les deux vers George, attendant de lui quelque déduction miraculeuse. Mais il dit simplement :

– Oui, tout ça me fout un peu la trouille.

– C'est pas ce qu'on attendait, gémit Hester. Plutôt le genre « rien de sérieux derrière tout ça », ou quelque chose dans le même goût.

– Je sais, reconnut George. Mais ces « stoppeurs » correspondent à ce qu'en argot militaire on appelle une force de dissuasion. Ce type qui a disparu dans le champ de maïs, je crois bien que je l'ai trouvé ici, grâce à ce document, lui ou tout au moins sa trace.

Il nous tendait une lettre circulaire, polycopiée, avec le nom et l'adresse du destinataire imprimés en caractères plus nets que le reste d'un document à l'en-tête des forces armées de réoccupation gouvernementales. Agrémentée d'un dessin représentant un personnage coiffé d'un tricorne, porteur d'un mousquet et d'un petit drapeau. Très proche du symbole de la garde nationale, en dehors du fait qu'à l'arrière-plan, se dressait une vague reproduction d'un Capitole au toit effondré. Plus une bannière flottant au vent qui disait « Liberté blanche ». Le texte informait ses destinataires d'une nouvelle rencontre à laquelle devait participer tout membre de « l'unité » digne de ce nom. La date remontait au 14 avril, et le point de ralliement était une ville du Minnesota dont je n'avais jamais entendu parler. Quant à la signature, celle d'un certain colonel Edward Kilgore, elle se composait d'un G majuscule suivi de deux ou trois caractères déformés par un large paraphe.

– Eh bien ?

– La signature ! Regardez la signature !

– God ?

– Non, non. Gabe.

– Gabe !

On avait tous besoin de café. Tout comme Sally, quand elle revint avec ses photocopies.

D'une étude approfondie des documents fournis par Melissa, il ressortit que l'escroquerie dont les Stritch, père et fils, avaient été victimes se référait à un stock d'or entreposé à Belize et manipulé depuis San José, Costa Rica, par la PM Corporation, une compagnie possédant de nombreuses succursales à San José, Portland, Corpus Christi, au Texas, et Saint Paul, au Minnesota. PM, semblait-il, signifiait *precious metals*[2].

Le processus était le suivant : l'action de la PM coûtait cinq cents dollars, prix d'une once de métal jaune marquée à votre nom et remboursable sans délai si le gouvernement des États-Unis s'écroulait ou s'il y avait un « soulèvement mondial » suivi d'un krach à l'échelle planétaire. Si rien de cette sorte ne se produisait, d'ici à 2015, l'heureux porteur de ces actions recevrait cinq mille dollars par unité souscrite. Comment souhaiter davantage ? La PM acceptait tout virement bancaire ou tout chèque tiré sur un compte courant dûment approvisionné. Une belle preuve de confiance !

– Pas possible que des gens puissent être assez cons...

Ce n'était pas mon premier contact avec le monde des magouilleurs patentés, mais jusque-là, j'avais cru que les fermiers de l'Iowa seraient toujours assez astucieux pour cracher sur les dépliants, si luxueux qu'ils fussent, et s'en défier comme des derniers arracheurs de dents. Herman, semblait-il, n'avait pas eu assez de salive pour cracher, ni assez de neurones pour s'en tenir à l'écart. Les fonds qu'il avait empruntés pour souscrire ces actions donnaient le vertige.

– Le FBI, dit George, a déjà eu maille à partir avec cette « corporation des métaux précieux » et ses attaches d'extrême droite. Ces

2. Métaux précieux *(N.d.T.)*.

gens-là peuvent même justifier, sur demande, de l'existence d'un certain stock d'or. Vous en avez sûrement entendu parler.

Eh bien, non. La PM recouvrait, en fait, plusieurs petits groupes de néo-nazis domiciliés au Costa Rica, qui soutenaient les groupes de néo-nazis implantés sur le sol américain. L'argent qu'ils ratissaient réintégrait les États-Unis et s'engrangeait dans les coffres de groupes militants qui l'utilisaient pour acheter des armes et financer leurs programmes de propagande. Une bonne partie trouvait également le chemin des poches d'un certain nombre d'individus privilégiés.

– Vous savez, dit George, que c'est un des aspects les plus bizarres de tout ce business. La plupart des gens qui s'emplissent les poches ont des partisans acharnés, voire fanatiques. Presque tous exhortent leurs ouailles à ne pas payer d'impôts, mais eux-mêmes remplissent des déclarations de revenus en bonne et due forme. Histoire de sauver la face aux yeux de leurs partisans, ils prétendent le contraire. Pittoresque, non ?

– Pittoresque, c'est le mot. Qui veut du café ?

– Moi, implora Sally.

– Moi aussi.

– Puis-je poser une question idiote ?

On travaillait tous depuis trop longtemps avec Sally pour savoir que ses questions n'étaient jamais idiotes.

– La femme d'Herman, Nola. Qu'en pensait-elle ? Est-il possible qu'elle n'ait jamais songé à partir en guerre contre les initiatives de son époux ?

Je n'avais jamais considéré cet aspect du problème.

– À mon avis, elle n'envisageait pas, ou pas encore, de s'opposer à lui dans aucun domaine.

– Moi, j'aurais commencé par là.

– Mais tu n'es pas la femme d'Herman ! Ils ont près de trente ans de mariage. Ils ont connu bien des vicissitudes. Ils connaissent les mêmes gens. Et sans doute se ressemblaient-ils déjà beaucoup, au départ.

– Alors, tu crois qu'elle l'approuvait sans réserve ?

– À moins qu'elle n'ait été à l'origine de toute l'affaire. Ce ne serait pas la première fois...

– Mais un investissement pareil...

– En réalité, trancha « George du Bureau », c'était moins un investissement qu'une sorte d'engagement.

– Engagement ? Comme une sorte de promesse ?

– En quelque sorte, approuva Hester. Le cas pas si rare d'un couple partageant la même foi en leur Église ou religion commune. C'est arrivé bien souvent, parfois même en l'absence de tout profit ultérieur.

– D'un autre côté, amorça George.

– Non !

Protestation synchronisée d'Hester et de moi-même. Eu égard à sa formation juridique, George était capable de prolonger à l'infini ce genre de controverse.

– Navrée d'avoir soulevé ce lièvre, s'excusa Sally. Mais il arrive parfois que la femme soit moins stupide que le mari, et je me demandais si...

On se demandait tous un peu qui était réellement Nola Stritch. C'était l'une des inconnues de l'équation qu'on avait à résoudre.

– Je vais m'occuper d'elle, conclut Hester. Merci, Sally.

– Pas de problème. Dommage que le flic le plus intelligent ne pense jamais à considérer l'influence des femmes.

Là-dessus, elle nous tira la langue et retourna torturer sa photocopieuse.

***

George en profita pour nous parler des ordinateurs, au nombre de trois, saisis par le FBI et la Crim chez les Stritch, avec une quantité de disquettes.

– On pense qu'ils correspondaient largement par mails.

– Formidable, grommela Hester. Il va falloir tout collationner ?

– Ça n'ira pas sans problème. Nos experts vont s'y atteler, mais il y a pas mal de matériel crypté, dont une partie risque de s'autodétruire si on va trop vite.

– M'étonnerait que Stritch ait été capable d'élaborer ce genre de sauvegarde.

Normalement, je n'aurais pas voulu risquer de détruire des preuves, mais d'après George, il faudrait environ trois semaines pour que les infos nous reviennent des labos du FBI.

– En tout cas, ils ne sont pas près de nous transmettre les données concernant, entre autres, la PM Corporation. S'ils en trouvent, elles seront aussitôt classifiées, en tant qu'éléments majeurs d'une enquête fédérale, et jamais on n'en entendra parler.

George ne fit aucun commentaire. Qu'eût-il pu nous dire, à ce stade ?

– Et pour nous, ce sera exactement comme si beaucoup de choses avaient été détruites par inadvertance. N'avaient jamais existé, en fait, sinon pour Sa Majesté le bureau fédéral !

– C'est vrai, souligna Hester. Qu'ils détruisent ou qu'ils gardent pour eux des informations décisives, aucune administration n'aura jamais le pouvoir de s'en prendre aux fédéraux !

Il y eut un silence lourd.

– C'est terrible ! commenta Sally, revenue de la photocopieuse avec une nouvelle liasse de documents.

Le silence qui suivit était encore plus lourd. Je relançai prudemment :

– On est bien d'accord pour admettre que ces machines contiennent certainement des données indispensables à notre enquête ?

– Difficile de prétendre le contraire, admit « George du Bureau », sans enthousiasme.

J'articulai, avec la même prudence :

– On peut affirmer, cependant, que le vieux Stritch n'a jamais été un expert en informatique. Et même si l'on considère que sa femme est dix fois plus intelligente, il devait malgré tout rester en mesure de régler ses problèmes sans risquer de commettre à tout bout de champ des erreurs irréversibles.

On était tous d'accord.

– Alors, jusqu'où a-t-il pu crypter ses données ? En utilisant des mots de passe probablement très simples ?

– Son nom, par exemple, dit Sally.

J'avais presque oublié sa présence. Mais elle avait sans doute raison.

Le silence retomba. S'éternisa.

– Et si on allait dîner ?

– Vous ne pensez vraiment qu'à bouffer ? commenta « George du Bureau ».

## 18

On dressa un plan de campagne. Quand ils arriveraient, les deux agents auraient plusieurs priorités. À commencer par leur repas, et leur chambre réservée dans un motel. George, en sa qualité d'agent résident du FBI, les emmènerait dîner dans un bon restaurant. Étant donné l'infiltration quasi générale de la presse, ils ne laisseraient sûrement pas dans leur voiture le matériel confisqué. Au motel encore moins. Surtout après que George leur aurait transmis l'information cruciale, au sujet des extrémistes notoires certainement compromis dans l'affaire. Où laisseraient-ils donc ledit matériel, sinon chez nous, au bureau du shérif ?

L'attitude de George était ambiguë. Il n'arrêtait pas de lâcher des phrases telles que : «Je ne peux pas croire que vous allez le faire vraiment» et «Je ne peux pas croire que je vais me mouiller là-dedans» et bien d'autres choses encore. Mais sa propre curiosité acheva de le pousser dans notre camp, et les gars du labo n'y virent que du feu. De mon côté, je leur facilitai le travail au maximum, en dressant avec eux l'inventaire exhaustif des pièces transférées.

– Leur arsenal informatique n'était pas exactement de la dernière génération !

Le plus jeune des deux fédéraux me regarda. Mal à l'aise qu'un flic de province le regarde opérer, et ne semble pas totalement dépassé par ce qu'il était en train de faire. Ces gars-là ont un peu trop tendance à nous considérer tous comme des analphabètes.

Prévoyant que la présence d'Hester risquait de nous valoir une invitation, on prit soin de sous-entendre qu'on avait déjà dîné. Une fois leurs ordinateurs bouclés dans notre « chambre forte », une petite pièce très ordinaire, mais munie d'un cadenas dont Lamar et moi étions seuls à posséder les clés, ils partirent pour se restaurer avec la tranquillité des hommes de devoir conscients d'avoir fait au mieux dans le meilleur des mondes. Pendant qu'ils mangeraient, puis iraient dormir, nul n'aurait accès à toutes ces infos.

Sauf nous.

* * *

Une petite heure après leur départ, Sally, à qui j'avais confié la clé du cadenas, m'enferma avec Hester dans le réduit hermétique. En cas de besoin, on communiquerait avec elle par talkie-walkie.

Notre premier travail fut de prendre trois photos Polaroid de la disposition exacte des ordinateurs tels que les fédéraux les avaient placés. Il fallut ensuite brancher les rallonges nécessaires pour alimenter les machines, sans parler de la nécessité d'opérer assis par terre, car il n'y avait ni table ni chaises dans le local en question. Je commençais à regretter mon initiative.

On imprima ainsi de nombreux documents. Dont une liste de près de six cents adresses e-mail et de sites consultés ces trois dernières semaines. Un code protégeait la boîte e-mails. J'essayai « Herman », puis « Nola », et c'était aussi simple que ça. On avait là tous les messages qu'ils avaient envoyés ou reçus depuis le 11 avril 1995. Je lançai notre petite imprimante, silencieuse à souhait.

Pendant ce temps-là, je consultai les messages reçus. Ils remontaient du plus récent au plus ancien, et le troisième dans cet ordre disait exactement :

DE : BRAVO6@XII. COMON.COM
À : STRITCHHERMAN@WIDETALK.COM
SUJET : VOTRE HÔTE
DATE : MERCREDI 24 JUILLET 1996 14 h 31.

NE LE LAISSEZ PAS ENTRER. IL A UNE BOMBE.
SÉCURITÉ D'ABORD.
TUEZ-LE.

On échangea un regard. Je retrouvai, le premier, l'usage de la parole :

– Nom de Dieu !

– Nom de Dieu de nom de Dieu ! approuva Hester, suffoquée. Mercredi, 14 h 31. Compte tenu du décalage...

– L'heure à laquelle ils ont flingué Rumsford.

– Rappelle-toi. Nola a parlé à quelqu'un, dans la maison. Et puis ils l'ont tué.

– C'est exactement ça.

– Quelqu'un qui venait de recevoir ce message.

– Il faut qu'on remonte plus haut, haleta Hester.

C'est alors qu'on entendit des voix dans le corridor. Des collègues. Impossible de sortir de notre placard avec plusieurs personnes de l'autre côté de la porte. D'accord, c'étaient *nos* collègues et nous étions les plus haut gradés, mais de quoi aurions-nous l'air, sinon de nous être enfermés dans cette pièce pour y batifoler ensemble à l'abri des regards ? Pas moyen de trahir notre présence sans avoir l'air coupables à deux cents pour cent. L'incident s'ébruiterait, les fédéraux nous tomberaient dessus comme deux sacs de briques et ce serait la débâcle. À tout hasard, j'éteignis la lumière.

– Merde ! chuchota Hester.

Elle éteignit le moniteur en cours d'utilisation.

Lorsque les hommes de l'équipe de nuit repartirent enfin, après avoir bu un café, discuté base-ball et politique internationale, en tapant un ou deux rapports sur des accidents de la route, on avait perdu deux bonnes heures dans l'obscurité de la « chambre forte ». Hester dormait, allongée par terre. Conséquence probable de l'inaction forcée et de l'air raréfié.

J'appelai Sally. Pas de réponse. Je récidivai. Sans plus de succès. Hester se réveilla en sursaut, quand je rallumai la lumière.

– Un problème ?

– Sally ne répond pas.

Hester consulta sa montre.

– C'est pas possible !

– Si !

– J'ai dormi longtemps ?

– Oh, une petite demi-heure.

– Désolée.

Je rappelai de nouveau Sally.

– À l'écoute !

– Plus de dix-six pour Trois, mon ange.

Dix-six étant le code pour « occupé ». Dix secondes plus tard, la clé grinça de l'autre côté de la porte et le battant s'écarta.

– Tout va bien pour vous ?

– Ça va, merci. Je t'ai appelée deux fois et...

– J'étais au petit coin.

– Vous avez terminé ?

– Pas tout à fait.

– Savez-vous que George et les deux fédéraux sont revenus après que je vous ai bouclé là-dedans ?

– Quoi ?

– J'ai cru mourir sur place.

– Quand ? demanda Hester.

– Pas plus d'une demi-heure après votre mise au placard. Tout juste si George a pu les garder au chaud dans la cuisine.

Une main sur la poitrine :

– Heureusement que je ne suis pas cardiaque. Je ne savais pas si je devais essayer de vous prévenir...

– Bravo pour ne pas l'avoir fait, la félicita Hester en se dirigeant vers la réception. Pause-pipi au programme.

– Et George ? Il est toujours dans nos murs ?

Sally vérifia l'heure à sa montre-bracelet.

– Plutôt dans sa voiture, en route vers chez lui.

George était effectivement dans sa voiture. Et faillit se planter dans le décor quand on lui parla du message.

– Qui l'a envoyé ?

Je lui lus l'adresse e-mail.

– OK, je vais m'en occuper. C'est l'une des choses que je sais faire.

– Bon courage, dit Hester.

– Juste le temps de rentrer au bureau...

Après une courte pause :

– Plus jamais je ne me prêterai à un truc pareil. Plus jamais, vous m'entendez ?

– Prends la chose du bon côté, George. Si ça s'ébruite, tu n'en auras plus jamais l'occasion.

***

On passa une partie de la nuit à trier et imprimer sans relâche. Chaque document qui nous paraissait important, intéressant ou simplement bon à garder en archive, Sally nous le photocopiait en deux exemplaires. Ce qui ne nous empêchait pas de gamberger.

– Qui diable peut être Bravo6 ?

– À peu près n'importe qui sur cette planète !

– Oui, mais quelqu'un qui connaissait Herman, qui savait ce qui se passait, qui pouvait communiquer avec lui, et qui savait que Rumsford allait pénétrer dans la maison, vers 14 h 31.

– Une seconde, protesta Hester. Pas quelqu'un qui savait que Rumsford allait entrer. Personne ne le savait, sauf nous. Et Nancy Mitchell. Mais elle ne nous a pas quittés une minute.

– Pour autant que je m'en souvienne.

– Non. Le quelqu'un en question savait que Rumsford était sur le point d'entrer dans la maison. Il était au courant du programme...

Le 24, ils avaient reçu plusieurs messages de Bravo6. Plus deux le 23. C'était tout ce qu'on avait, dans l'ordre chronologique.

Le plus ancien remontait à 12 h 55 le 23. Juste après qu'on eut évacué Lamar et Bud. Il disait :

MESSAGE REÇU. VOUS TIENDRAI INFORMÉ.

Le suivant avait été reçu le même jour, à 14 h 19 :

IL VOUS CONTACTERA DANS QUINZE MINUTES.
SERAI SUR LA ROUTE.
VOUS APPELLERAI DÈS QUE JE SERAI PRÈS DE VOUS.

Le troisième à 19 h 50 :

IL EST LÀ. JE SUIS EN POSITION.
24 FLICS EN UNIFORME ET 8 EN CIVIL.
JE NE RECONNAIS AUCUN DE NOS AMIS.
PAS D'OISEAU EN VUE POUR LE MOMENT.

Le quatrième à 2 h 28 le 24. À peu de chose près l'heure de la sortie désespérée de Melissa :

QU'EST-CE QUI SE PASSE ?

Le cinquième à 2 h 41 :

POUVEZ-VOUS ME RÉPONDRE ?????

Le sixième à 3 h 09 :

ELLE EST SOUS UNE TENTE AVEC LES GRADÉS.
JE NE PEUX PAS ENTENDRE CE QUI SE DIT.

Le septième à 12 h 20 :

LES GARS DU GSO SONT LÀ. UN OISEAU.
PRESQUE BLANC VU D'ICI.
UN APPAREIL DE L'ONU VOUS CROYEZ ??????

Et naturellement, l'avant-dernier, celui qui leur disait de tuer Rumsford.

– Quand il dit que Melissa est sous une tente avec les flics, y avait-il à ce moment-là des reportages télévisés en cours de diffusion ?

– Tu devrais être flatté, dit Sally, puisque qu'il parle de gradés. Mais non, je ne crois pas que ce type ait pu le voir à la télé. Il y avait continuellement des flashes d'infos, mais rien de pris sur le vif.

– Les gars du GSO sont là, déchiffra Hester. Et je ne peux pas entendre ce qui se dit. Ce type était sur le terrain, pas de doute.

– C'est quoi, le GSO ? demanda Sally.

– Gouvernement sioniste d'occupation. Autrement dit, notre gouvernement, pour les gens d'extrême droite.

– Sioniste ?

– Ils n'arrêtent pas de répéter que le pays est gouverné par les Juifs.

– Et pourquoi l'ONU ?

Hester s'exclama :

– Un autre de leurs refrains favoris. La prise en main des États-Unis par l'ONU. Les hélicos blancs sont des oiseaux de l'ONU, les noirs du GSO. Celui de la chaîne d'infos est blanc avec des motifs bleus.

J'expliquai à Sally comment les appareils de l'armée, d'un beau vert olive, pouvaient paraître noirs, vus de loin à contre-jour.

Le tout dernier message disait :

VOUS FERIEZ BIEN DE MONTER JUSQU'ICI.

Sans qu'il nous soit possible d'en interpréter le sens. Il avait été reçu à 12 h 39, après que les renforts eurent investi la maison.

– Celui-là ne provenait pas de Bravo6. Probablement de quelqu'un de beaucoup plus proche de nous. Un « ami de la famille ».

Il était 1 heure du matin quand on en termina avec ce boulot fastidieux, mais nécessaire. On remit tout en l'état et je rangeai le gros tas de papier dans ma propre « chambre forte », mon vestiaire personnel, avant de rentrer à la maison.

Relevé à 7 heures, je branchai la cafetière, puis appelai le bureau pour avoir des nouvelles de Lamar. Ils avaient sauvé sa jambe. Un tour de force. J'arrivai au bureau à 8 heures, en même temps que George, Hester et les deux fédéraux. Qui nous remercièrent, très gentiment, d'avoir gardé leur récolte sous clé, à l'abri des regards. À 8 h 20, les deux gars étaient en route pour l'aéroport de Cedar Rapids. À 8 h 25, on entama de concert, George, Hester et moi, l'examen de notre propre récolte de la nuit.

– Est-ce qu'on ne devrait pas, suggéra George, faire ça d'une manière beaucoup plus méthodique ?

– Non. Je veux qu'on commence par la mort de Rumsford. Ensuite, on verra.

– Et cette adresse e-mail, George ? rappela Hester.

– Bravo6 est l'adresse e-mail d'un nommé Adam A. Freeman, détenteur d'une boîte postale à Harmony, Minnesota. Évidemment pas son véritable nom.

– Et le vrai ?

– Gregory Francis Borcherding, Preston, Minnesota.

– Je crois, précisa Hester, qu'on doit prononcer Bor-ker-ding. Pour le cas où vous feriez sa connaissance.

– Borker et pas Borcher ?

– Je crois.

Toujours méthodique, George en prit note.

– Eh bien, qu'est-ce que ce type a à voir avec Herman Stritch et consorts ?

George l'ignorait. Rien d'étonnant à cela. Les fédéraux connaissent rarement qui que ce soit, avant qu'il ne leur soit présenté par les autorités locales. Mais Hester et moi avions quelque chose de plus que le FBI. On était en cheville, à Preston, avec un shérif adjoint particulièrement sympathique. Je dis au standard de l'appeler en urgence.

– Quel que soit le rapport entre ce type et Herman Stritch, se remémora George, il savait que Rumsford allait entrer dans la maison.

Puis le standard me passa le shérif adjoint Jack Kline, de Preston, Minnesota.

– Salut, Houseman, comment vas-tu ?

– Mal, merci.

– Ouais, j'ai entendu parler de vos emmerdes. C'est moche.

– Plus que moche. Tu connais un mec chez toi qui s'appelle Gregory Francis Borcherding ?

– Ce connard ! Qu'est-ce qu'il fout dans votre coin ?

– On se pose la question. Il fait quoi, dans la vie ?

– J'en sais trop rien. Il dirige un torchon qui ne doit pas lui rapporter grand-chose, s'il ne lui coûte pas même de l'argent.

Je bavardai un instant avec Kline. J'avais pressé le bouton du haut-parleur. Les deux autres entendaient tout ce qui se disait. J'avais à peine raccroché que George s'exclamait :

– C'est pas celui dont Nancy Mitchell nous a fait remarquer la présence, à la ferme ?

– Il était aussi à l'enterrement de Kellerman.

– Et il avait un ordinateur portable sur les genoux. Alors, avec un modem et un téléphone cellulaire...

– Il pouvait directement communiquer avec l'ordinateur d'Herman. Les bienfaits de la technologie...

– Pourquoi Herman aurait-il fait ce qu'un type comme Borcherding lui disait de faire ? Surtout tuer quelqu'un. Et pourquoi ce type aurait-il dit quelque chose d'aussi incroyablement stupide que : « Il a une bombe » ?

– Je propose, dit George avec un enthousiasme qui n'était pas dans sa manière habituelle, qu'on l'arrête vite fait et qu'on lui pose deux ou trois questions.

Debout près de la fenêtre, Hester eut un curieux rire de gorge.

– Rien de plus facile. Je ne crois pas me tromper en affirmant qu'il est là, dehors, avec d'autres représentants de la presse.

Elle ne se trompait pas. Ils étaient une demi-douzaine sur le parking, patients, buvant du café dans des gobelets de carton. Bon sang, on était vendredi et la première comparution d'Herman, Bill et Nola devant le tribunal était prévue pour ce matin, 10 heures. C'était assez inhabituel, mais il serait question, entre autres choses, du montant de leurs cautions. L'audience s'ouvrirait à 10 heures.

– Comment se fait-il qu'ils n'attendent pas plutôt autour du tribunal ?

Les yeux toujours fixés sur Borcherding, à travers les vitres, Hester haussa les épaules.

– La sortie de taule des prévenus leur fournira des meilleures photos que leur entrée au tribunal. Notre homme trimbale un bel appareil en sautoir. Avec téléobjectif et tout.

George, naturellement, faisait déjà machine arrière.

– Il vaudrait peut-être mieux y aller un peu plus doucement...

– Non sans d'excellentes raisons, dit Hester. Si on l'arrête maintenant, votre hiérarchie va se demander d'où nous est venue cette intuition.

– Voilà, triompha George.

Je leur concédai :

– Pas de précipitation. Nancy Mitchell est-elle aussi là, dehors ?

– Non, dit Hester. Elle se sert d'une plume, pas d'un appareil photo, sauf circonstances exceptionnelles.

On la fit appeler, pour l'informer qu'on avait besoin de l'interroger, une fois de plus, en sa qualité de témoin du meurtre de Rumsford.

– Je viendrai vous voir après l'audience.

– Écoutez, Nancy, soyez là dans quelques minutes, et je me débrouillerai pour que vous puissiez échanger quelques mots avec un des Stritch, quand ils vont quitter la prison. D'accord ?

George, quand je raccrochai, était nerveux.

– Je ne suis pas chaud pour négocier avec cette journaliste.

– Oh, George, gémit Hester, sincèrement exaspérée. Le FBI ne le ferait pas, ça, c'est sûr, mais nous autres qui n'avons pas les mêmes ressources, on est obligé de recourir à ce genre de méthode, de temps à autre.

– De temps à autre ?

Je posai sur l'épaule de George une main rassurante.

– Disons souvent, mon ami. Souvent.

* * *

George aimait si peu nos méthodes qu'il refusa de participer à la rencontre. Il retourna se pencher sur les papiers tandis qu'on recevait Nancy dans le bureau du shérif.

En pantalon vert olive, blouse blanche à manches courtes et veste grise, Nancy Mitchell entra tout de suite dans le vif du sujet :

– Alors, quand est-ce que je leur parle ?

– J'ai dit un des trois, Nancy. Et seulement quelques minutes. Asseyez-vous. Ils passeront par cette pièce.

Elle s'assit. Nous de même. Sur nos lourdes chaises de bois. Un héritage du tribunal, quand on avait repeint la salle d'audience.

– Qu'est-ce que je peux faire pour vous ?

– On a un petit problème, dit Hester. On va vous demander d'être gentille avec quelqu'un, pour notre compte.

– Quelqu'un qui n'est sûrement pas mon genre !

– Non. Du moins, je l'espère pour vous.

J'intervins avec tact :

– Quelqu'un de votre profession. Ce type qui dirige un canard d'extrême droite, dans le Nord.

– Pas Borcherding ? Oh non, pas lui. Plutôt faire le trottoir.

– On ne vous demande pas de coucher avec lui, dit Hester.

– Vous ne le connaissez pas ! Cet abruti se considère comme un cadeau du bon Dieu à toutes les femmes qui l'approchent. Toujours les mains qui traînent. Une vraie pourriture.

Elle était lancée. On s'abstint de l'interrompre.

– En plus, c'est un dingue, avec ses sionistes et autres « cliques » dont il vous rebat les oreilles. Il est dangereux. Pour tous ceux qui goberaient ses divagations. Il arriverait à faire tuer des gens...

Silence. On attendait la suite.

– Pas Borcherding, implora-t-elle.

Je la contredis d'un signe de tête. Elle bougonna :

– Comment pourrait-il être mouillé dans tout ça ?

– C'est là qu'on entre dans le confidentiel, Nancy. Top secret.

– Avec une histoire à la clé ?

– Absolument. Sans doute une très grosse histoire.

– Exclusive ?

– Ça, déclara Hester, c'est ce qu'il nous reste à mettre au point.

– Autrement dit, si je fais ce que vous attendez de moi, avec Borcherding... excepté baiser avec lui, bien sûr...

– Voilà, reconnut Hester, souriante.

– Si vous me demandez de faire ami-ami avec ce minable, c'est que vous avez une bonne raison ?

– Excellente.

– Alors, je vous écoute.

J'essayai de minimiser la portée de ce que j'allais lui dire.

– Ce qu'on veut, c'est savoir qui il fréquente, avec qui il parle, ce genre de chose...

– Oh, non. C'est aller à l'encontre des lois sur la liberté de la presse. Désolée.

J'échangeai, avec Hester, le signe convenu. Elle puisa, dans un tiroir du bureau, un gros stylo-feutre noir. Je lui tendis la liste des e-mails. Elle en caviarda la provenance et remit la feuille à Nancy.

– Lisez ça.

La journaliste s'exécuta, et pâlit à vue d'œil.

– L'ordre de tuer, en bonne et due forme, souligna Hester.

– Qui a envoyé ça ?

Puis, après un temps, en nous regardant alternativement l'un et l'autre :

– Vous êtes sûrs ? Oui, vous êtes sûrs, c'est ça. Et ce serait cette espèce d'enculé, là, dehors...

– Nous en sommes sûrs, Nancy.

– Alors, foutez-le au trou !

– Doucement, trancha Hester. C'est là que vous pouvez nous aider.

Nancy respira bien à fond. Deux fois de suite.

– Pourquoi est-il encore en liberté ? Pourquoi ne pas l'arrêter maintenant ?

– Du point de vue d'un bon avocat, la façon dont nous avons obtenu ces messages constituerait un vice de forme qui les ferait recaler par n'importe quel juge...

Ce n'était pas vrai. Pas au sens étroit de l'inadmissibilité d'une preuve, en matière de police pénale. C'était nous qui ne pouvions pas nous vanter du mauvais tour que nous avions joué au FBI. Mais ça, Nancy n'avait pas besoin de le savoir.

Elle nous regardait toujours, incrédule.

– Vous rigolez ?

– On ne pouvait pas faire autrement.

– J'espère que vous savez où vous allez. Parce qu'ils ont tué Phil. Et je ne les laisserai pas s'en tirer comme ça.

Sous-entendu : « Puisque vous n'avez pas été foutus de garder mon copain en vie. » Et selon les suites éventuelles, son journal ne nous ferait sûrement pas de cadeaux. Mais ce serait de bonne guerre, après tout.

– Il nous reste moins d'une heure. Juste le temps qu'il faut pour nous mettre d'accord...

Après avoir repassé, très vite, les détails en revue, on demanda à Nancy ce que Phil avait pu dire ou faire pour qu'on pût le soupçonner de transporter une bombe. Tout d'abord, elle sécha autant que nous. Puis elle se souvint de l'eau minérale que Phil aimait boire glacée, en toutes circonstances. Il avait l'habitude de la trimbaler dans un de ces cylindres isolants qui servent surtout pour la bière, et qu'il avait modifié pour l'adapter au format de sa bouteille d'eau. Le cylindre noir, pourvu d'une étiquette jaune à lettres noires, d'un côté, avait une largeur à peine supérieure à celle d'une cannette de bière, sur vingt-cinq centimètres de longueur. Une capsule à vis de couleur blanche en assurait l'étanchéité.

– Il l'avait laissée dans ma voiture. Et puis il s'est aperçu qu'il l'y avait oubliée. Un policier est allé la lui rechercher... *et Borcherding était là, près de ma voiture.*

– Je sais, Nancy. Vous nous l'aviez montré, d'une certaine façon.

– Il a dû le voir. Et quand le flic l'a rapportée à Phil, le pauvre l'a collée dans son sac, sans chercher à la cacher.

Elle réfléchit une seconde.

– Il avait un téléphone raccordé au modem de son ordinateur.

– Borcherding ? Vous êtes sûre ?

– Certaine. Je me souviens d'avoir dit à Phil que j'allais m'en payer un pareil.

– Alors, Borcherding n'a pas inventé cette histoire de bombe. Il a simplement commis une erreur.

– Non, l'enfoiré ! On est *absolument* sûrs que c'est lui ?

Nos regards se croisaient, et je savais que le mien exprimait une certitude *absolue*.

– Oui, Nancy. On sait que le message est venu de son adresse e-mail. Qu'il n'a pu être envoyé que par quelqu'un qui se trouvait là, sur place. Et que pas une des chaînes ne filmait, à ce moment-là.

– Non. Ils ne se sont mis à filmer qu'à la mort de Phil, pas avant. J'en suis sûre.

– On n'a aucune raison, spécifia Hester, de supposer qu'il ait pu prêter son matériel à quelqu'un, juste à ce moment-là... Il y aurait eu un problème, avec son code et son serveur.

– Oh, non, grogna Nancy, il en est assez fier, de son matériel. Il fait partie de ces dingues qui passent leur temps à vous accabler de leurs connaissances techniques, et que leur portable, avec toutes ses extensions, fait bander pire qu'un DVD porno. C'est lui qui a pris l'eau minérale de Phil pour une bombe, et qui a passé le tuyau à ceux de la ferme ! Un pourri doublé d'un connard, c'est insoutenable !

Elle était mûre pour faire ce qu'on attendait d'elle. Rien de dangereux, pas question de courir des risques, mais de se servir de ses oreilles et de ne rien laisser passer de significatif, sans jamais avoir l'air de le chercher.

– Soyez tranquille, je marcherai sur la pointe des pieds. Et je vous remercie de me donner quelque chose à faire pour débarrasser le plancher de cette pourriture !

***

Une promesse est une promesse, et Nancy put bavarder librement avec Nola Stritch. Avant de nous l'amener, nos deux réservistes lui avaient fait passer un gilet pare-balles qui, sur elle, semblait plutôt incongru. Il était beaucoup trop grand, de couleur blanche, et ressemblait davantage à un tablier de cuisine, avec ses brides passées sous la ceinture du pantalon. Je fis semblant d'être ému, quand Nancy rappela ce que Phil avait été pour elle, un ami très cher, mais ni ma petite comédie ni l'attitude de Nancy n'impressionnèrent l'épouse d'Herman.

– C'est tout de même odieux qu'on ne puisse même plus faire confiance à la presse !

Déjà, elle repartait vers la porte quand Nancy la rappela.

– Madame Stritch, qu'est-ce que vous avez voulu dire ?

– Vous savez très bien ce que je veux dire ! Même les journalistes, aujourd'hui, sont à la solde des Juifs et du cryptogouvernement mondial. Vous le savez. N'essayez pas de le nier.

Quand la porte claqua, Nancy constata :

– Pour l'approche sympathique et compréhensive, c'est raté. Mais là, je vois vraiment où vous voulez en venir et ce que je peux faire pour vous. Donnez-moi deux ou trois jours.

Et elle passa la porte.

J'étais crevé. Hester également. On échangea un nouveau regard avant de conclure :

– Espérons qu'on a fait le bon choix.

– Ne t'en fais pas, Carl. Tu t'inquiètes trop. Tu commences à ressembler à George. À propos, on devrait peut-être le tenir au courant ?

Très juste. Parce qu'en dernière analyse, George avait accès à des infos et à des ressources qui nous faisaient cruellement défaut. En le retrouvant dans la pièce du fond, je lui lançai :

– Alors, espèce de sioniste à la manque !

Il releva les yeux.

– Je le savais. Maintenant, tu vas vouloir voler dans mon hélico noir ! Comment les choses se sont-elles passées ?

Je m'assis en face de lui, à la table encombrée de paperasse.

– Sais pas trop. Bien, je pense. Elle le connaissait. Et elle ne peut pas le sentir.

– Elle va ouvrir grands les yeux pour nous, dit Hester. On va voir.

– Pendant que vous prépariez vos sales coups, je crois que je suis tombé sur quelque chose de très sérieux.

* * *

Ce que George avait déterré, c'était une autre série de messages échangés entre l'Idaho et l'Iowa.

– Herman Stritch semble avoir des relations très intéressantes.

Il désigna la liste manuscrite posée devant lui, sur la table.

– Quelques-unes de ces organisations recoupent les noms de celles dont j'avais entendu parler, voilà trois mois, lors d'un important briefing.

Le FBI n'avait pas attendu cette histoire pour travailler sur les groupes connus de trafiquants d'armes. Abus de pouvoir, fraudes bancaires et pose de bombes n'étaient que quelques-uns des délits précédant et préparant casses, hold-up et autres effractions à main armée. Toutes choses qui me disaient que le FBI avait infiltré plus d'un de ces groupes.

– Pourquoi ces bombes miniatures ? s'étonnait Hester.

– Ces engins de taille réduite démontrent l'efficacité de leurs mécanismes. Très sophistiqués, m'a-t-on dit. Mais surtout, ils prouvent que leurs équipes sont capables de toucher n'importe quelle cible... avec des engins de n'importe quelle taille.

Un beau sujet de réflexion.

– Et quelle sorte de cibles ? voulut savoir Hester.

– Par exemple, des archives personnelles d'enquêteurs chevronnés, riposta George.

Inutile de le nier, je pensais à ma propre « boîte aux lettres ».

– En réalité, expliqua George, ils s'introduisent dans les domaines gouvernementaux les plus fermés afin d'y déposer leurs foutus gadgets. Pas seulement dans des propriétés fédérales, mais également dans des locaux régionaux et municipaux, fiefs de la police urbaine et territoriale, deux ou trois bureaux de poste, un des QG de la garde côtière et pas mal d'autres administrations.

– Quelque chose à voir avec les récentes bombes en Oklahoma ?

– Rien, apparemment. Jusque-là, je n'ai entendu parler d'aucun blessé grave.

– Juste leur façon de montrer ce qu'ils pourraient faire, s'ils le désiraient.

– Ce qu'ils pourront faire, quand ils le voudront. Mais ce n'est pas l'essentiel de ce qu'ils ont en tête.

Non sans hausser les épaules :

– D'après mes sources, tout au moins.

Sources issues de Washington DC, auxquelles on pouvait se fier. Les coupables fourbissaient leurs armes. Mettaient au point leurs méthodes. Des douzaines d'attentats dont la modestie n'avait d'égale que l'efficacité, dans toutes sortes d'endroits théoriquement bien gardés. Ils s'entraînaient. Ils se faisaient la main. Ils perfectionnaient leur formation technique. Mais en vue de quels objectifs ?

– Si quelqu'un le savait, lors de ce briefing, personne ne nous l'a dit.

– Et Herman Stritch correspondait avec ces gens-là ?

– En tout cas, avec les organisations existantes.

– Dans la mesure où..., amorça Hester.

– ... où rien n'est jamais tout à fait cohérent, où tout demeure dans une espèce de flou artistique.

J'essayai de ramener la discussion du général au particulier.

– Que pouvait leur apporter Herman ?

– Un terrain d'entraînement. Qu'ils ont d'ailleurs accepté. Aussi simple que ça.

Le message révélateur remontait au 3 juin, et déclarait qu'ils seraient heureux d'utiliser la zone d'entraînement proposée. Avec la participation et sous la supervision des autochtones. D'autres contacts directs étaient inscrits au programme.

– Message signé pour, mais non par, un certain Gabriel... dont Gabe serait le diminutif.

J'évoquai, mentalement, le grand gaillard au fusil debout à l'orée du champ de maïs.

– Notre colonel favori. Il faudrait que quelqu'un informe les Stups que tout ça n'avait rien à voir, finalement, ni n'aura jamais rien à voir avec la drogue.

– Maintenant, conclut Hester, souriante, on va pouvoir récupérer l'intégralité de notre dossier.

Elle avait le génie du mot juste.

# 19

Restait un gros problème à résoudre. Compte tenu de la façon dont nous avions obtenu nos infos, comment pourrions-nous les soumettre aux supérieurs de George ? Surtout quand ils disposeraient des données que nous avions déjà. Et qu'ils en tireraient des tas de recoupements qu'on n'avait pas les moyens d'exploiter. Notre meilleure chance, à ce stade, était de nous concentrer sur le colonel Gabe. Ou plus exactement sur ceux qui, pour l'instant, pouvaient nous conduire jusqu'à lui – peut-être –, Herman, Nola et William, leur fils. Ils connaissaient, au moins en partie, les réponses aux questions posées par les meurtres du champ et, plus récemment, ceux de la ferme.

Voie d'autant plus prometteuse que, jusqu'à preuve du contraire, la fusillade du champ n'était pas leur œuvre. Sans doute auraient-ils moins peur de nous en dire plus là-dessus et finiraient-ils par accepter certains arrangements qu'on serait en état de leur proposer. Juste pour assurer nos arrières, on fit faire tous les tests balistiques concernant les armes de calibre 5,56 découvertes à la ferme. Les plus fortes probabilités ne remplacent pas une bonne certitude, et s'ils n'avaient pas tiré eux-mêmes, rien ne prouvait qu'une de leurs armes n'avait pas servi ce jour-là.

Toute la famille demeurant impliquée dans les violences perpétrées contre Bud, Lamar et Rumsford, il faudrait attendre, bien sûr, le résultat de cette première comparution devant le tribunal pour les interroger.

Alors qu'on nous servait, au restaurant, entrèrent des hommes et des femmes d'un certain âge, qui s'attablèrent autour de nous. Plutôt endimanchés, dans l'ensemble, pour un vendredi. Ils parlaient, à voix haute, de « ces maudits fédéraux » et de ces « salauds de juges » et de tout un tas de « conspirations » nébuleuses. Supporters des Stritch, à n'en pas douter. Le plus curieux, c'est que je ne connaissais, ne reconnaissais aucun d'entre eux. Ce qui n'aurait pas été le cas, dans une assemblée de cette taille et de cette classe d'âge, s'il s'était agi de gens du coin.

On mangea en silence au sein de l'excitation générale. Un grand type encore plus fort en gueule que les autres proclama que les fédéraux étaient partout, et qu'il fallait faire attention à tout ce qu'on disait. Personne ne baissa la voix pour autant. George, qui avait pris le plat de poisson, faillit s'étrangler avec une arête.

En partant, je notai les numéros des voitures garées sur le parking. Elles venaient, pour la plupart, du nord de l'Iowa et du sud du Minnesota. Aucune plaque locale.

* * *

En rentrant au bureau, on apprit que les Stritch avaient souhaité choisir leurs représentants parmi des avocats de la région non spécialisés dans le droit pénal, et qu'à juste raison, le président du tribunal avait refusé de le leur accorder. Il avait nommé, lui-même, trois hommes de loi chargés de représenter, chacun, un des trois inculpés. La famille les avait récusés. Bilan provisoire : trois prisonniers en rogne, trois avocats aux mains liées, et trois flics contrariés par ces retards. Comme me l'exposa l'un des avocats :

– Si je leur conseille de vous parler, ils m'attaqueront en justice. Si je leur conseille de ne pas vous répondre, ils m'attaqueront en justice. De toute façon, ils me feront recaler par la cour pour incompétence, et je serai contraint de me retourner contre vous.

Un des deux autres, qui ne manquait pas d'humour, me demanda :

– Si je vous autorise à interroger mon client, vous lui présenterez ma note ?

Ce n'était pas comme ça qu'on risquait de progresser...

Puis il y eut ce coup de téléphone. Quelqu'un, me dit la standardiste, qui désirait parler « au flic chargé de la fusillade dans les bois ». Je pris la communication.

– Ici, le shérif adjoint Carl Houseman.

– Vous êtes bien le flic qui s'occupe du meurtre de la petite balance minable et du flic tués dans le champ ?

Une voix mâle, plutôt grave, et qui allait droit au but. Je me dépêchai de brancher le haut-parleur, à l'intention d'Hester et de George.

– L'un d'eux. Je vous écoute.

– On veut juste que vous sachiez, pour votre gouverne, qu'on s'occupe du mec qui les a descendus.

– Oh ? Vous le recherchez ?
– Non, mon vieux. On l'a trouvé.
– Où est-il ?
– Dans une ferme abandonnée, à trois-quatre kilomètres de Jollietville, près de l'autoroute 433. Adresse exacte 23224 Willow Lane. L'ancienne ferme des Harris.

Puis on raccrocha.

Jollietville est dans le Wisconsin, juste de l'autre côté du fleuve. J'appelai le shérif du comté de Conception afin de lui transmettre le message. Lui recommandant de faire vite.

Puis on parla du coup de fil. Le terme « balance » sentait son implication crapuleuse. Et l'expression « le mec qui les a descendus » ne correspondait guère à la réalité. On était absolument sûrs qu'il y avait eu plus d'un coupable.

L'enquêteur-chef du comté de Conception, Harry Ullman, que je connaissais depuis des années, nous rappela sur son portable, au bout d'un petit quart d'heure.

– Carl Houseman ?
– Lui-même. Tu as dégoté quoi, Harry ?
– Un pendu dans une vieille ferme.

* * *

On prit la voiture de George. Ceux du FBI peuvent passer les frontières d'État plus facilement que le commun des flics. Dès qu'on sort de l'État, notre assurance ne nous couvre plus. L'ennui, c'est que George était au volant, et que je n'ai jamais rencontré, sous l'égide du FBI, un seul conducteur digne de ce nom. Le trajet dura un bon quart d'heure.

Histoire d'oublier les virages à la corde et les dérapages plus ou moins contrôlés, on spéculait sur l'identité du mort et la préférence allait au compagnon de Gabe, quand ils avaient évacué la ferme des Stritch, l'homme au T-shirt blanc, le second fuyard du champ de maïs. Bien sûr, il y avait d'autres possibilités, mais de toute façon, la rencontre promettait d'être intéressante. La vérité, c'était surtout que nous n'avions aucune idée, ni de l'identité du pendu, ni de celle du type qui nous avait dit où le trouver.

Le chemin qui conduisait à la ferme était non seulement très étroit, mais semé de nids-de-poule très profonds et très rapprochés les uns des autres. Avec George, c'étaient les pneus de gauche ou les pneus de droite dans le trou, jamais l'esquive intégrale. Je respirai quand il stoppa derrière une ambulance à l'arrêt, non loin d'une grange au toit crevé. En plus de l'ambulance, s'alignaient trois autres voitures, dont celle du shérif. Plusieurs personnes discutaient près des fondations béantes de ce qui, jadis, avait dû être une ferme. Le temps de mettre pied à terre, et Harry Ullman accourut à notre rencontre.

– Par ici, Carl. Tu vas adorer, je te jure !

On fendit les hautes herbes peuplées d'un million de sauterelles qui jaillissaient et rebondissaient en tous sens. Il faisait chaud, très chaud, et très humide. On s'intégra au petit groupe, et je tombai en arrêt au bord d'un ancien sous-sol désormais ouvert à tous les regards. En contrebas, accroché à une ancienne poutre de soutènement qui ne soutenait plus rien, surtout pas le mur écroulé autour d'elle, je vis le pendu. Nu. De sexe mâle. Avec un écriteau accroché au cou qui le qualifiait de « RAT D'ÉGOUT », en capitales d'imprimerie. D'où j'étais, les autres mots étaient indéchiffrables.

Il n'était pas vraiment pendu au sens strict. Pas au bout d'une corde, en tout cas. Une de ces énormes vis à tête carrée appelées tire-fond, qui servent à fixer les rails de chemin de fer aux traverses, lui perçait la poitrine et lui maintenait le dos plaqué contre la poutre verticale. Son visage convulsé portait les traces d'un tabassage en règle. La langue, bleue, sortait de la bouche. Visiblement, ses tortionnaires l'avaient étranglé avant de le clouer au mur. La marque qui s'étendait d'une oreille à l'autre disait qu'il s'en était fallu de peu que le garrot ne lui coupât carrément la tête.

– Et merde, Harry...

– Tu en vois rarement, des comme ça, hein ? Tu le connais ?

– Non. Je peux descendre ?

– Sûr. Fais gaffe où tu mets les pieds. Y a quelque chose sur le pan de mur qu'il va falloir qu'on récupère.

Il s'agissait d'un vêtement, maintenu en place par un bloc de ciment. Du tissu bleu, peut-être du velours côtelé. Une petite taille. Avec un motif ou quelque chose dans ce goût-là. Plus je le regardais de près, plus ce truc ressemblait au dos d'une veste barrée d'un logo.

– Je te promets de ne pas marcher dessus.

Je m'approchai du cadavre, bras étendus comme un funambule pour ne pas perdre l'équilibre sur ce sol chaotique. À condition de chasser l'essaim de mouches et malgré tout ce qu'il avait subi, ce masque de cauchemar conservait quelque chose de vaguement familier. J'avais déjà vu ce type quelque part, quand il avait encore figure humaine, mais impossible de préciser davantage. Les mouches n'y mettaient pas du leur qui, à peine dispersées, revenaient se poser sur leur terrain d'élection. La mort ne devait pas remonter à plus de quelques heures.

– Non, je ne vois pas qui ça peut être.

– Oh si, tu le vois. Regarde encore.

Hester. Que je n'avais pas entendue approcher. D'une drôle de voix due sans doute à l'horreur du spectacle, mais avec une nuance de conviction totale.

– Je ne vois toujours pas.

Mais je savais qu'elle avait raison. Hester n'était pas femme à parler au hasard. Je devais connaître ce type.

– C'est Johnny Marks.

* * *

On rejoignit Harry. On lui raconta Johnny Marks, sa vie, son œuvre. Et comment les gens des Stups lancés sur sa piste n'avaient pas été en mesure de lui mettre la main dessus. Je suggérai à mon collègue d'appeler la Brigade, en priorité.

– Ceux qui l'ont arrangé comme ça ne sont pas des tendres.

– Tu as lu les petites lettres, au-dessous des mots RAT D'ÉGOUT ?

En fait, non. Je n'avais pas pu m'approcher suffisamment pour y parvenir, sans lunettes.

– Tu veux qu'on aille voir ?

– Pas la peine.

– C'est signé « Les Mort vivants ». Et au-dessous, encore plus petit... ça dit : « A tué un flic dans les bois, le 19 juin, dans le comté de Nation, Iowa. »

Ces « Morts vivants » ne nous inspiraient rien, ni à George, ni à moi. Mais à Hester, si.

– Un gang de motards de l'Ohio. Spécialisés dans le commerce de la méth.

– Ouais, souligna Harry. Dans la méth et dans l'herbe. Je crois bien que c'est leur logo, sur la veste. On saura ça dès que les gars du labo...

– Ça explique leur « on s'est occupés de ce mec », au téléphone.

– Occupés, le mot est faible, releva Hester.

De nous trois, c'était George le plus pâlot. Le FBI se consacre rarement aux homicides. Il ne posa qu'une seule question :

– Est-ce qu'ils ont toujours le visage aussi... livide ?

Je lui expliquai qu'on avait enfoncé l'énorme vis à travers la cage thoracique, après la mort, d'où cette lividité accusée. En remarquant au passage que le garrot avec lequel on l'avait étranglé avait disparu. Un indice de moins.

– Imagine qu'ils se soient servis d'une ceinture, répliqua George. Pas question de la laisser traîner. Ils ont effacé toutes les traces.

***

Il fallut qu'on s'arrête au bureau du shérif pour signer nos dépositions concernant le coup de fil reçu et l'identification du corps. Je m'engageai à leur faire parvenir le témoignage de notre standardiste et tout ce dont ils auraient besoin pour boucler leur enquête. En prenant bien garde de ne leur donner que le strict nécessaire. Il y a toujours de gros inconvénients à dévoiler, sans raison impérieuse, tous les détails d'une affaire en cours.

On s'arrêta, ensuite, dans une cafétéria du Wisconsin où Hester et George prirent un grand café, moi *idem*, avec une paire de doughnuts au chocolat.

L'exécution de Johnny Marks nous posait un problème, un de plus. Selon tous les éléments dont nous disposions, Johnny Marks n'avait tiré aucun coup de feu dans les bois, ce jour-là. Les tireurs faisaient partie d'un groupe paramilitaire, ce n'étaient pas des dealers. Pour ce qu'on en savait, du moins. Sans parler de cette connexion supplémentaire avec un gang motorisé de trafiquants de méthamphétamine. Aucune connexion apparente, en revanche, entre Marks et la famille Stritch, non plus qu'avec le mystérieux Gabe et les siens. Mais Johnny n'en avait pas moins exploité, avec Howie-Turd, le fameux champ d'herbe. Même s'il n'en avait pas été l'heureux propriétaire.

Bien sûr, certains des extrémistes de droite avaient songé à se lancer dans la dope, pour le double motif d'emmerder les fédéraux et de se faire un peu de pognon. En regagnant la voiture, on parvint tout de même à une conclusion provisoire. Il allait falloir déterminer qui nous menait en bateau... Melissa Stritch ou les auteurs du meurtre de Marks.

– Si on passait voir Howler, dis-je, c'est sur notre chemin.

***

Cette fois, c'est Nan qui vint nous ouvrir la porte. Elle ne respirait pas la joie de vivre, cette fille. Elle nous pria d'entrer, et Howler sortit, en désordre, de sa chambre. Il était d'une maigreur quasi squelettique. Pas un gramme de graisse en vue, tandis qu'il enfilait son T-shirt, mais un grand tatouage sur la poitrine. Une toile d'araignée, avec une locataire aux grands yeux rouges, plus un crâne et deux tibias croisés. Il avait l'air d'une pub ambulante pour un exterminateur de blattes, souris et autres vermines.

– Putains de flics, vous voulez me faire repérer ? 'scusez, m'dame... et qui c'est, çui-là ?

– FBI, dit George en montrant sa carte.

Les yeux de Howler s'écarquillèrent. C'est toujours l'effet produit par ce genre d'annonce.

– Est-ce qu'y faut que j'appelle mon avocat ?

Je secouai la tête.

– Du calme, Howler. On a juste quelques petits trucs à te signaler.

– Ouais.

Il fit signe à Nan de se retirer dans la chambre. Elle obéit à contrecœur. Avec quelque raison, puisqu'il était chez elle.

– De quoi il s'agit ?

On lui parla de Johnny Marks. En lui décrivant d'abord le cadavre, puis en lui disant de qui il s'agissait.

Howler tirait sur le roux. Il avait donc le teint naturellement pâle. C'est la seule personne au monde que j'aie jamais vue, dans ces conditions, pâlir encore davantage. Puis rouler les yeux, battre des paupières comme oriflamme au vent et chanceler sur place. Je voulus l'attraper au vol, mais heurtai la table roulante, culbutant une bouteille de bière, et Howler tomba sur le plancher avec un bruit sourd. Nan arriva en courant.

– Qu'est-ce que vous lui avez fait ?

Elle écarta George pour s'agenouiller auprès de Howler.

– Parle-moi ! Parle ! Dis quelque chose.

J'essayai de la rassurer.

– Il s'est évanoui, c'est tout. Rien de grave.

– Vous l'avez frappé, j'ai tout entendu.

– Mais non, j'ai juste bousculé la petite table, en voulant le rattraper.

– Putains de sales putains de flics !

Howler revenait à lui. Il vit Nan et lui sourit.

On l'aida à s'allonger sur le divan. Il tremblait. Il regardait Hester sans avoir l'air de la voir vraiment, mais gémit dans sa barbe :

– 'scusez, m'dame, mais vous auriez pas un petit joint ?

Peu à peu, la conversation s'organisa. Howler jurait que le meurtre de Johnny Marks était l'œuvre du gang des motards. Il en aurait mis sa main au feu. C'était avec eux que Johnny était en cheville, même s'il ne le lui avait jamais dit aussi précisément.

– Obligé, mec. Obligé !

Convaincu. Donc, convaincant. On lui demanda, de cinquante façons différentes, s'il avait aperçu Johnny en compagnie de types d'allure militaire ou portant des tenues de camouflage. Jamais. Là encore, il n'avait aucune hésitation. Ça ne tenait même pas debout, pour autant qu'il le sache. Et il avait une telle trouille au ventre. Car le prochain sur la liste, c'était lui.

– Y vont m'avoir, mec. Aussi sûr que deux et deux font quatre. Je suis mort. Pouvez préparer ma couronne.

– On peut surtout vous aider à disparaître de la circulation, lui proposa George.

Howler le contempla d'un œil vague avant de déclarer faiblement :

– Ça vaudrait peut-être mieux, mais je sais pas...

Il se savait très mal parti. Pas d'armes. Nulle part où aller. Et son boss à la morgue, en instance d'autopsie. On pouvait difficilement être plus seul.

On laissa Howler réfléchir à ce qu'il devait faire. Ce fut finalement Nan qui eut le dernier mot. Il était hors de question qu'elle aille pourrir dans une planque protégée. Et, pour l'instant, Howler préférait rester avec Nan. Le sexe, pour Howler, passait avant tout. Même sa propre sécurité.

* * *

Un message de Voloni nous attendait au bureau. La famille Stritch allait être transférée au pénitencier fédéral de Cedar Rapids, sous inculpation de kidnapping aggravé.

Ce n'était pas une bonne nouvelle. Cette décision unilatérale plaçait les Stritch définitivement hors de notre portée. Plus de conversations avec aucun d'entre eux. À moins d'aller à Cedar Rapids, de remplir tous les formulaires et de les rencontrer, séparément, dans une salle d'interrogatoire, sous la surveillance des fédéraux.

– Et si on leur expliquait qu'il n'y a jamais eu de kidnapping !

– On peut essayer.

George était en liaison avec son bureau. Alors qu'il allait demander à son supérieur comment joindre Voloni, l'éminente personnalité rangeait précisément sa voiture sur le parking voisin. Sous les yeux d'Hester, debout près de la fenêtre.

– Hé ! Le voilà qui rapplique, votre Voloni !

Je remarquai que George avait ôté veste et cravate et, enfoncé dans son siège, semblait peu disposé à se laisser marcher sur les pieds.

– Tu connais la raison de sa visite ?

George ne prit pas la peine de me répondre. Hester suggéra :

– Il va remettre à George un blâme officiel pour mauvaise conduite. Au volant, je veux dire.

– Ou à moi. Perte d'imperméable ayant entraîné des conclusions erronées.

Un pied sur son bureau, l'appareil téléphonique coincé entre sa tête et son épaule, George ironisa :

– Irrésistibles, les comiques !

– Ravi de vous trouver de si bonne humeur, agent Pollard, déclara Voloni en poussant la porte.

* * *

L'événement nouveau ayant motivé le retour offensif de Voloni n'était autre que la mort de Johnny Marks, dûment signalée au FBI par Harry Ullman. Informé de la présence de l'agent George Pollard dans l'État de Wisconsin, sur le territoire fédéral de Madison, Voloni avait aussitôt couru à sa voiture. Avant même d'avoir toutes les informations sur ce nouveau meurtre. J'appréhendais, pour ce cher George, une brutale suspension, voire une mise à pied pure et simple, mais Voloni s'intéressa tout particulièrement à l'état du cadavre, et George le lui décrivit avec un luxe de détails frisant la complaisance. C'est probablement ce qui lui épargna le pire.

– Et vous, shérif adjoint Houseman, que pensez-vous de tout cela ?

Cette façon d'appeler tout le monde par grade ou fonction, agent Pollard, shérif adjoint Houseman, avait quelque chose de crispant.

– Ça ne tient pas debout, agent spécial Voloni. On est tous d'accord sur ce point.

– Ce n'est pas tout à fait mon avis.

On s'en serait douté ! Mais il entreprit de nous démontrer sa thèse. En partant de la possibilité que certains extrémistes de droite aient décidé de se lancer dans le commerce du cannabis. L'éventualité paraissait lui plaire. Après tout, Herman Stritch avait terriblement besoin de fric, et le lieu de résidence de Johnny Marks n'était pas tellement éloigné de la ferme. Les deux hommes avaient dû faire connaissance. Peut-être par l'intermédiaire d'un des deux fils. Puis quelque chose avait foiré, quelque part, et ils avaient décidé, avec Marks, de leur tendre une embuscade. De moissonner l'herbe le même jour et de disparaître sans laisser de traces. Peut-être Marks lui-même avait-il porté les coups fatals ? Ainsi pouvait s'expliquer toute l'affaire. Ensuite, eh bien, ensuite, les acheteurs potentiels, alias les « Morts vivants », se seraient payés sur la peau de Johnny Marks. Mais puisqu'il nous restait les Stritch, nous pourrions bientôt boucler le dossier. Point final.

Je le laissai aller jusqu'au bout avant de le contredire.

– J'aimerais que ce soit aussi simple et bien organisé, mais je n'y crois pas une seconde.

Le temps d'une brève récapitulation, et je lui rappelai que rien ne nous permettait de penser que Johnny Marks eût jamais mis les pieds dans le champ et dans les bois.

– C'est vrai, admit-il. Mais tout nous porte à penser qu'il est mort pour avoir suscité la fureur de ceux dont il gérait l'investissement dans la dope. Selon moi, il était bel et bien dans le secteur, ce jour-là, ainsi que la famille Stritch, travaillant de concert.

– Je n'y crois pas.

– Pour quelles raisons ?

– J'ai besoin d'y réfléchir.

***

Voloni resta inflexible sur les accusations de kidnapping et de séquestration qui pesaient sur la famille Stritch. Pas moins de huit voitures-patrouilles de la police d'État envahirent le parking, peu de temps après nos débats contradictoires. Une petite armée de territoriaux fit évacuer tous les véhicules, y compris les nôtres, créant pour les prisonniers un couloir de sécurité bien étanche. Puis trois autres voitures arrivèrent. Des *marshals* fédéraux chargés de convoyer les Stritch, à raison d'un inculpé par véhicule. Durant trente minutes, nos deux gardiens de prison furent plus occupés, et plus houspillés qu'ils ne l'avaient été de toute leur vie. Enfin, pourvus de gilets pare-balles, sous leurs uniformes orange, les prisonniers soigneusement encadrés gagnèrent les voitures qui démarrèrent aussitôt, avec les *marshals*, la petite armée de territoriaux...

Et George.

Laissés pour compte, les trois avocats n'en revenaient pas. Aucun de nos juristes locaux n'était habilité à plaider devant une cour fédérale. Ce qui voulait dire que d'ici quelques heures, trois autres avocats seraient pressentis pour assurer la défense des Stritch. Désormais, ces derniers ne nous seraient pas plus accessibles que s'ils avaient été transportés sur la Lune.

De surcroît, l'initiative de Voloni avait créé une situation qui obligeait la presse à suivre le mouvement. Y compris Borcherding et Nancy Mitchell, qui déciderait elle-même si elle devait donner suite à notre petit arrangement. De mon côté, je serais bien incapable désormais de lui ménager une autre rencontre « accidentelle » avec l'un ou l'autre des prisonniers, comme promis.

– Dieu du ciel, Hester, pourquoi s'acharnent-ils tous à nous coller des bâtons dans les roues ?

***

Le lendemain, samedi 27, aurait lieu l'enterrement de Bud, que les travaux de médecine légale avaient différé. Encore une perte de temps, au sein d'une agitation qui repousserait d'autant des choses plus urgentes. Celui de Phil Rumsford, à qui Nancy Mitchell ne connaissait aucune famille, aurait lieu le 29. Au Canada. Il était donc d'origine canadienne. Mais qui diable avait pu demander son retour au pays ? Un mystère que je n'avais ni le temps ni l'envie de creuser. Mais je regretterais toujours de n'avoir jamais vu les séquences filmées par l'équipe de journalistes canadiens chargée du reportage bucolique.

***

Que tenter à présent pour faire avancer les choses ?

– Et si on expédiait un message bidon au colonel Gabe ?

– Comment ça ? demanda Hester.

– Par e-mail. Lui faire croire qu'il vient d'Herman Stritch sera un peu plus délicat.

– Mais on a le *droit* de le faire ? Ce ne serait pas un peu comme une écoute téléphonique ?

En parfaite synchronisation, on consulta George du regard.

– Eh bien, au sens le plus strict du terme... et même à tous les autres, d'ailleurs... je crois que la cour apprécierait beaucoup qu'on en demande l'autorisation... d'abord !

– Tu crois qu'on pourra l'obtenir ?

Il s'agissait, bien sûr, d'un mandat fédéral. Juridiquement parlant, l'État de l'Iowa n'avait aucun pouvoir pour délivrer de telles autorisations.

– Si je faxe tout de suite la demande, dit George, on l'obtiendra très vite. Mais Voloni sera mis au courant.

– Tout de suite ?

– Oh, sans doute pas, mais le proc, si. Et il transmettra l'info, tôt ou tard. Ce qui nous laisse largement le temps d'agir.

***

Condition essentielle, dans tous les cas de figure : prendre toutes les précautions pour ne pas commettre la moindre erreur. C'était vraisemblablement Bill Stritch qui s'occupait des e-mails échangés avec Gabe. Il faudrait le vérifier, auprès de Melissa. Et sans doute faudrait-il aussi pleinement accréditer l'origine du message.

Notre système informatique était des plus rudimentaires et il était impossible de trouver à Maitland les extensions qu'il nous fallait.

« George du Bureau » avait quelque peu changé son fusil d'épaule, depuis la visite de Voloni. On savait, tous les trois, qu'il ne pourrait éviter de répondre à certaines questions, si elles lui étaient posées, mais on n'avait pas l'intention de le pousser à franchir la ligne. Après avoir faxé la demande à son coéquipier de Cedar Rapids, il poussa une pointe jusqu'à Dyersville ou il acheta un modem et des logiciels, pour notre compte. Une fois le modem connecté à notre PC, j'exploitai les infos concernant le serveur de Herman, que j'avais téléchargées la veille au soir. On avait en main tous les paramètres, et c'était une simple question de patience. Et de concentration. Aussi épuisant qu'un quatre cents mètres haies, pour quelqu'un comme moi qui n'étais pas un Einstein de l'informatique.

J'appris, de la bouche d'un gars que je connaissais, au bureau du shérif du comté de Linn, les numéros accessibles aux pensionnaires de la prison de Cedar Rapids. Il restait, à présent, à transférer la communication sur la ligne adéquate, et à contacter le colonel Gabe. Dès que Melissa m'aurait rappelé pour me confirmer l'identité du maître informaticien de la famille Stritch.

Pas un instant, je n'avais imaginé que Nola pût être la virtuose du clavier. C'était pourtant le cas.

Dix minutes plus tard, le coéquipier de George nous rappela à son tour. Nous avions l'autorisation sollicitée.

***

Il était 17 h 50 et les Stritch occupaient désormais leurs nouveaux quartiers, à la prison de Cedar Rapids. Tranquilles de ce côté-là.

Lorsque les Stritch voulaient contacter Gabe, ils passaient toujours par l'intermédiaire de Borcherding. Et le colonel leur répondait d'une adresse e-mail à chaque fois différente, piratée le plus souvent.

On décida de jouer au plus fin. À l'instigation de George.

–Je crois qu'il ne faut pas mettre Herman dans le coup. C'est plutôt quelque chose que Nola ferait seule, vous ne croyez pas ?

Difficile de le contredire. On discuta brièvement du scénario. Nola n'allait pas tarder à conférer avec son nouvel avocat nommé d'office par la cour fédérale. Celui-ci aurait son portable. Nola profiterait d'une courte absence de l'avocat pour enregistrer un message, espérant qu'il serait transmis, en bloc, avec ceux de l'avocat lui-même, lorsque celui-ci se connecterait. L'essentiel du scénario était signé Hester. Il nous restait à trouver une adresse d'expéditeur.

Ce fut celle du beau-frère de George, à Marion, Iowa. Tout près de Cedar Rapids. Il se chargea de transmettre.

Voici quel était ce premier message :

DE : KLINEB@LAWNET.COM
À : BRAVO6@XII. COMON.COM
DATE : VENDREDI 26 JUILLET 1996 18 h 11.

INCARCÉRÉS À CEDAR RAPIDS. MON AVOCAT
A UN PORTABLE. IL N'EST PAS AU COURANT.
QUE GABE ME CONTACTE À L'ANCIENNE ADRESSE.
QUELQUE CHOSE LEUR A ÉCHAPPÉ LORS DE LA FOUILLE.
NOLA.

Ce qu'on ne pouvait pas savoir, c'était si le portable de l'avocat avait un correcteur d'orthographe automatique. George en était convaincu. Inutile, par conséquent, d'incorporer des fautes de frappe à ce message censé avoir été improvisé très vite, en cachette.

« Quelque chose leur a échappé » représentait ma contribution personnelle. Lors de toute perquisition, est délivré un reçu comportant la liste des documents saisis. Nola, ayant maintenant accès à son dossier, avait donc en main celle des éléments relevés dans les ordinateurs. Le vieux modèle au rancart ayant été négligé dans nos rapports, c'est donc lui qui nous aurait « échappé » parce que supposé hors d'usage.

Il ne fallut pas attendre bien longtemps la réponse.

Le message émanait de Bravo6, en d'autres termes Borcherding. Notre plan fonctionnait.

JE VAIS M'INFORMER.
TOUT VA BIEN POUR VOUS ?
QU'EST-CE QUI LEUR A ÉCHAPPÉ ?
POURQUOI ÊTES-VOUS À CEDAR RAPIDS ?
AVEZ-VOUS PARLÉ ?
DINGER.

* * *

Deux de nos adjoints de réserve étaient encore de faction sur place quand on entra dans la ferme à 21 h 30.

Je les informai qu'on ramenait un truc qui ne fonctionnait plus, inutilement saisi par le FBI. Ils s'en foutaient ouvertement. Avec l'aide d'Hester, je trimbalai le gros carton contenant l'ordinateur. L'imprimante exigea un deuxième voyage. Je rétablis toutes les connexions nécessaires pour remettre le système en état de marche.

– Il va lui falloir combien de temps pour s'apercevoir qu'il n'est pas vraiment en liaison avec Nola, demanda Hester.

– Reste à espérer que Nola ne trouve pas d'ici là un autre moyen d'entrer en contact avec Gabe.

* * *

Dernière nouvelle : Lamar avait décidé d'assister, le lendemain, à l'enterrement de Bud. En ambulance, et bien sûr, il faudrait le transporter à l'intérieur de l'église. Et le surveiller de très près. À la moindre hémorragie, à la plus légère menace de syncope, on le rapatrierait vite fait. Ce n'était guère prudent, mais Lamar était coriace. Le plus surprenant, c'était que les médecins lui aient donné le feu vert. La bonne nouvelle, c'était qu'ils l'en aient estimé capable. Ça, c'était bon signe.

# 20

Je vous ai déjà dit combien je haïssais les enterrements. Surtout les enterrements de flics. Celui de Bud ne faisait pas exception. Il y eut néanmoins quelques images fortes.

Celle de Lamar, par exemple, quand on poussa son fauteuil roulant dans l'église, Art et moi. On était tous les trois en grand uniforme, de rigueur pour l'enterrement d'un flic. On causa une certaine sensation, bien qu'on ait tout fait pour l'éviter, en empruntant l'allée latérale. Pas commode de passer inaperçus, avec l'infirmière en remorque et tout le bazar.

Tous les flics impliqués, de près ou de loin, dans notre enquête, étaient là. Y compris Nichols et Voloni. Pas sur le même banc, mais bien là. Même si je ne pouvais toujours pas les encadrer, leur présence atténua ma haine à leur égard. Ils auraient pu s'épargner cette corvée.

On pouvait aussi noter la présence de Borcherding. Dans le fond, à l'écart, en compagnie de Nancy Mitchell. On chargea deux spécialistes de les prendre en photo, mine de rien, eux et les personnes qui leur parlaient.

Autre temps fort, et meilleure nouvelle de la journée, on nous épargna la prière spéciale pour le repos de l'âme des flics : « Le Seigneur est mon berger, Il part avec moi en patrouille. » J'ai toujours eu le sentiment que celui qui l'avait rédigée avait voulu se foutre de notre gueule.

* * *

On évita de parler de l'affaire à Lamar. Ordre des médecins. Durant tout l'office, il essaya de nous tirer les vers du nez, mais ne nous arracha que des monosyllabes accompagnés d'un index en travers des lèvres pour lui rappeler qu'on était dans une église et pas au bureau. Il accusait réception du message, mais récidivait dix secondes plus tard et finalement, nous embarqua, Art et moi, dans son ambulance, pour une engueulade de dernière minute.

– Putain, vous allez me dire ce qui se mijote ou vous allez vous retrouver dans la rue, comme deux putains de flics au chômage...

Et d'autres aménités du même style. D'autant plus difficiles à encaisser que le moteur de l'ambulance tournait déjà et que le personnel d'accompagnement, impatient de reprendre la route, nous assassinait du regard. On lui en dit le moins possible, mais il parvint à nous soutirer l'essentiel et repartit un peu moins frustré.

En agitant la main pour faire au revoir à l'ambulance, Art s'épongea le front.

– Sauvés par le gong !

– Pour aujourd'hui.

– On s'en est tirés à bon compte, non ?

– Jusqu'à ce qu'il découvre ce qu'on lui cache.

On ne s'entend pas toujours très bien, tous les deux, mais on se connaît depuis près de vingt ans. Ça crée des liens. Je grognai :

– Et lundi, c'est l'enterrement de Rumsford.

– Pourquoi un tel délai ?

– Sais pas trop. Mais je crois qu'il leur a fallu tout ce temps pour trouver quelqu'un qui le touchait d'un peu près... à part sa coéquipière.

– Oh, c'est moche !

– Oui. Mais c'est la vie.

S'il apprenait que ça se passerait au Canada, j'étais sûr qu'il serait du voyage. Histoire de ne pas manquer une occasion de se distraire.

Le buffet rituel était copieux. Tout le monde sur son trente et un. Poli et souriant. Même Voloni me fit compliment sur ma façon de porter l'uniforme.

***

X1 m'attendait au bureau, avec son portable. Je lui dis qu'on le garderait tout le week-end, peut-être même jusqu'au lundi, et que je mettrais Nichols au courant, si nécessaire. Il n'en avait strictement rien à foutre.

J'emportai l'engin dans l'arrière-boutique et l'allumai. Arrivée dix secondes plus tard, Hester s'informa :

– X1 ?

– Oui. Ça devrait coller.

– Fais attention. Nichols et Voloni sont ici, avec George.

– Il a répondu !

Ce n'était pas grand-chose, mais tout de même mieux que rien.

DE : UNHOMMELIBRE@XII. COMMON.COM
À : STRITCHHERMAN@WIDETALK.COM
SUJET : RÉPONSE
DATE : SAMEDI 27 JUILLET 10 h 21
OUI ?
GABRIEL.

***

Avant de passer sa tête dans l'entrebâillement, Voloni frappa à la porte ouverte.

– Je peux entrer ?

C'était déjà mieux que la veille.

– Bien sûr. Asseyez-vous.

En repliant l'écran du portable.

George le suivait, apparemment très mal à l'aise.

– Toi aussi, George.

– Messieurs, je crois que je vais vous laisser, dit Hester.

– Oh non, s'exclama Voloni. Restez, je vous en prie.

Voloni fit signe à George qui ferma la porte, puis se percha sur le coin du bureau, derrière son supérieur.

– J'ai cru comprendre, amorça Voloni, que vous aviez quelque idée de la « mission » en cours, lorsqu'ils ont tué ces deux hommes, dans le champ.

Le visage de George affichait une bonne dose de culpabilité. On avait toujours su que tôt ou tard, il devrait répondre à certaines questions de sa hiérarchie. Le problème, c'est qu'on ignorait l'étendue de ce qu'il s'était trouvé contraint de leur lâcher.

– On peut le dire comme ça.

– Je fais partie des services de recherche antiterroriste, vous savez.

– Hester et moi avons construit un scénario, à partir des preuves matérielles...

J'essayais de gagner au moins le temps de réfléchir.

– Racontez-moi simplement votre version des faits. On parlera ensuite des preuves matérielles. Si nécessaire...

Il s'adressait à nous comme à des enfants coupables. Intentionnellement, bien sûr. Pour nous pousser à nous justifier, à montrer l'étendue de notre talent, bref à en dire plus que ce que nous voulions. Il était bon dans sa branche.

George levait et baissait alternativement les yeux. Il me fallut une longue seconde pour comprendre qu'il s'agissait là d'un signe affirmatif.

– OK, voilà ce qu'on pense. Il y avait là-bas un groupe de mecs d'extrême droite qui s'entraînaient à la guérilla. Ils ont pris les hommes des Stups pour, disons des agents fédéraux chargés de les surveiller. Ils les ont délibérément pistés, le lendemain. Un petit dealer du nom de Turd a involontairement mis le feu aux poudres, et ils se sont vus contraints de l'abattre. Puis ils se sont retournés contre les officiers de police, trop proches de l'événement. Ils avaient préparé une embuscade classique en L, mais pas eu le temps de la mettre en œuvre.

La gymnastique oculaire de George était toujours affirmative.

– Vous avez identifié, continua Voloni, le groupe qui s'entraînait sur le terrain, ce jour-là ?

Les globes oculaires de George allaient maintenant de droite à gauche et de gauche à droite. Je secouai la tête.

– Aucune certitude.

– Des soupçons ?

La gymnastique oculaire de George était si frénétiquement négative que je me demandai comment Voloni pouvait ne pas la remarquer.

– Pas vraiment.

Il était temps que ça cesse ou je finirais par éclater de rire. Pas Voloni.

– Je vous trouve très évasif.

– Impossible de faire autrement.

– Je ne peux vous forcer à faire quoi que ce soit, reconnut-il. Ni ne le voudrais si j'en avais le pouvoir. Mais à quoi bon garder sous le coude une partie de vos infos ? Jouez franc jeu, je ferai de même, et nous y gagnerons tous les deux.

George frisait l'apoplexie, mais je ne pouvais rester indéfiniment évasif.

– Je peux vous dire au moins une chose... Bud et Lamar se sont fait flinguer parce que Stritch s'est imaginé qu'ils venaient l'arrêter pour le meurtre de l'officier Kellerman et de Turd.

– Vraiment ? Comment diable êtes-vous arrivé à une telle conclusion ?

Penché en avant, Voloni attendait la suite avec un intérêt passionné, voire sincère.

– William Stritch était dans les bois, lui aussi, vraisemblablement en tant qu'observateur.

George se frottait le nez entre pouce et index, baladant toujours ses yeux de droite et de gauche en secouant la tête aussi délicatement que possible.

– Observateur ? répéta Voloni, ébranlé.

– D'après sa conscience politique.

– Sa conscience politique ? C'est-à-dire...

Plus fort que moi. George me tournait le dos. Je ne recevais plus ses vibrations négatives.

– Ils l'appellent Gabriel, mais je doute que ce soit son véritable nom.

George toussa dans son poing. Voloni s'informa :

– De quelle source tenez-vous ce nom ?

Je le regardai droit dans les yeux.

– D'une source hautement confidentielle, que je ne puis vous révéler à présent.

Et brusquement effrayé par ma propre audace :

– D'ici à quarante-huit heures, peut-être...

– Je vois. Quels sont exactement vos objectifs ?

Il commençait à me fatiguer.

– Mes objectifs, comme vous dites, sont les suivants. Je veux celui qui a flingué Bud, Lamar et Rumsford. Celui ou ceux, au pluriel. Car il n'y a peut-être pas eu qu'un seul tireur. Je veux celui ou ceux qui ont tué Kellerman et Turd, dans les bois.

Je m'écartai de la table.

– Voilà ce que je veux. Voilà quels ont toujours été mes objectifs.

– Je vois, répéta Voloni en se levant. Nous allons faire en sorte que vous puissiez les atteindre. J'ai le regret de devoir vous quitter...

À l'adresse de George :

– Puis-je vous parler un moment ?

Dès qu'ils furent sortis, je me tournai vers Hester.

– Tu parles qu'il va nous aider !

* * *

Quoique d'une importance primordiale, la réponse à Gabriel n'était pas trop pressée. On pouvait prendre le temps de la fignoler. Après tout, Nola n'aurait pas accès tout de suite au portable de son avocat. Ou à tout autre portable.

– Il faut qu'on pense à une autre façon plausible de mettre un ordinateur à sa portée. Si on veut que les messages se succèdent à une cadence rapide.

– À concurrence de trois ou quatre, maximum. Et n'oublions pas que c'est Nola, notre cible. Ni Bill, ni Herman.

– Tu as raison. Elle est intelligente.

– Et si on la revoyait ? Tu crois que Voloni nous le permettrait ?

– Si on fait vite. Avant qu'il ne s'avise que c'est sans doute elle, la clé. On va la revoir. Si elle veut bien nous recevoir.

– Je me demande ce qui retient George...

On s'attela à la rédaction de cette fameuse réponse, en essayant de déterminer ce que Nola pouvait attendre, ou s'imaginait pouvoir attendre de Gabriel. Ce qu'il fallait, aussi, c'était pousser l'homme à réagir, si possible.

DIS À HERMAN DE SE TENIR TRANQUILLE.
MON MENTEUR PARLE DE CONCLURE UN MARCHÉ.
JE N'AI PAS MES ADRESSES MAIL.

« Menteur » était le terme d'extrême droite pour avocat. Une façon d'exprimer le peu de confiance que leur inspiraient les institutions. L'absence d'adresses était une idée d'Hester. Cela nous permettrait d'en demander une, au prochain message.

Sous-entendre que Stritch pouvait avoir envie de parler pousserait sans doute Gabriel à renouer le contact, pour le rassurer comme pour lui conseiller de fermer sa gueule. Un coup de fil à Melissa nous confirma que d'après elle, Herman n'avait jamais eu le moindre lien avec le cannabis. Elle n'en serait pas moins très heureuse de revenir bavarder avec nous. Je pris rendez-vous avec elle pour le lendemain.

Avec la permission d'Art, je repassai de mon uniforme à mon jean, mon pull-over et mes baskets, et filai vers la prison du comté de Linn, à Cedar Rapids, le pénitencier fédéral le plus proche de Maitland. Après cette visite, Hester rentrerait chez elle, moi chez moi, dans le comté de Nation. D'où les deux voitures. Le seul inconvénient, en plus du coût de l'essence payée par les contribuables, c'était qu'on ne pourrait continuer à échanger nos idées, en attendant de rencontrer Nola. J'ai toujours peur, dans ces cas-là, d'avoir une inspiration géniale, et de l'oublier sans avoir pu la mettre à l'épreuve. Un risque mineur, mais jamais totalement nul.

Un nommé Victor Miller, avocat, nous rejoignit presque tout de suite dans la salle d'interrogatoire de la prison de Cedar Rapids. Il avait l'air malheureux d'être là, mais il y était. Le « menteur » de Nola. S'il possédait un ordinateur portable, il ne l'avait pas avec lui.

Un gardien nous amena Nola, resplendissante dans l'ensemble orange fourni par l'administration. Le seul visage qui lui était familier, c'était le mien. Un léger avantage. Peut-être. Je lui présentai Hester.

– Avant de dire quoi que ce soit, intervint Miller, je veux que Nola sache bien qu'elle n'est pas obligée de répondre à vos questions.

Nola approuva d'un signe de tête.

À mon tour de gagner du temps :

– Je suppose que vous désirez ces questions écrites noir sur blanc, pour pouvoir indiquer à votre cliente si elle doit y répondre ou pas ?

– Je le préférerais, en effet.

– Inutile, trancha Nola. Je ne répondrai à aucune question.

– Attendez une minute.

Je levai la main.

– Hester va en rédiger cinq ou six. Je ne les poserai pas tout de suite. Tout ce que je veux, c'est informer Nola de ce que je sais. Pour déblayer le terrain, en quelque sorte.

– Cela, dit Miller, me paraît acceptable. À moins qu'il ne s'agisse d'une tactique d'intimidation. Et ce serait la fin de cet entretien. Inutile également de nous relire l'acte d'accusation. Ce serait du temps perdu.

– Entièrement d'accord.

À force de fermer la bouche, Nola n'avait plus de lèvres. Quoi qu'il pût arriver, désormais, elle resterait persuadée que son « menteur » était d'accord avec nous pour travailler contre elle. Ce qui ne nous arrangeait pas.

J'adoptai un ton aussi impersonnel, aussi dépourvu que possible de toute trace d'émotion :

– Nola, je veux que vous sachiez exactement où en sont les choses. De telle sorte que si nous revenons vous voir, dans quelques jours, vous ayez une idée précise des sujets que nous pourrons aborder.

– Pour commencer, articula l'épouse d'Herman, sarcastique, j'aimerais savoir ce que cette « agente d'assurances » fout ici !

Hester, ancienne courtière des Lloyds de Londres ! Je l'avais déjà présentée en tant que membre de la Crim, et Nola avait vu sa carte professionnelle.

– C'était une ruse autorisée, Nola. Pour tenter de sauver des vies. La vôtre aussi bien que la mienne.

– Une minute ! gémit Victor Miller.

Il en fallut deux pour lui préciser mon point de vue.

– Je veux que Nola sache tout ce qui se passe. Je l'aurais déjà fait, si la possibilité m'en avait été offerte. Et si vous croyez que je mens, pourquoi aurais-je amené Hester avec moi ?

Peut-être pensait-il : « Parce que vous êtes idiot », mais il se serait trompé. Négligent aurait été un mot plus juste. J'y avais songé en route. Ainsi qu'à tout un tas de choses.

Un peu plus en paix avec moi-même, j'enchaînai :

– Nola, je vous dis tout ce qu'on sait...

Et je m'y employai de mon mieux, à partir des séances d'entraînement sur le terrain et de l'embuscade envisagée, le tout fondé sur les constatations du légiste. Miller m'écoutait avec attention. Nola, c'était moins sûr. Elle avait d'immenses yeux bleus, totalement inexpressifs en la circonstance. Afin de souligner les points importants, j'essayai d'intercepter son regard. Sans pouvoir écarter la pensée que dans un temps pas tellement reculé, quand ses cheveux étaient noirs, elle avait dû être d'une beauté frappante. Comment avait-elle pu accepter d'épouser un type comme Herman Stritch ? Encore une pensée qui n'éclaircissait pas ma compréhension de l'affaire.

J'en arrivai aux événements qui s'étaient produits dans sa propre maison. En partant du fait que Bud et Lamar leur apportaient simplement un papier qui n'avait rien à voir avec la tuerie du champ. C'était bien Herman qui les avait descendus. Sans insister trop lourdement, je voulais la convaincre que jusqu'à preuve du contraire, nous pensions tous qu'elle n'avait tué personne.

Puis j'abordai le meurtre de Rumsford, et vis son regard s'animer. Je lui dis que la reconstitution n'était pas encore parfaite, mais que selon nous, le premier coup de feu était venu du premier étage, et le second du rez-de-chaussée. Où elle se trouvait alors.

À ce stade, elle prit la parole et je levai la main avant que son avocat pût intervenir.

– Personnellement, je pense que, là non plus, ce n'est pas vous qui avez tiré.

En la regardant droit dans les yeux :

– Mais je ne puis en être sûr, alors nous allons laisser de côté, pour l'instant, cet aspect de l'histoire. Je tiens à vous dire certaines choses qu'on sait, et que vous imaginez sans doute qu'on ignore. Juste pour que vous sachiez vraiment où nous en sommes.

J'attrapai, derrière moi, le vieil attaché-case en cuir aux coins carrés, cadeau de ma grand-mère à mon entrée au collège. Il avait beaucoup servi, mais il tenait toujours le choc, et c'était, de loin, mon préféré. J'en tirai quelques feuilles de papier, ainsi que mes lunettes de lecture. Avec un petit paquet de Kleenex.

– Juste une seconde, le temps que je puisse vous lire tout ça...

L'ensemble, nettoyage de mes verres compris, constituait une menue tactique qu'il importait de ne pas prolonger outre mesure. Calmer le jeu, mais ne pas agacer.

Je chaussai posément mes lunettes.

– Nous y voilà.

Nola Stritch ne m'avait pas quitté de l'œil.

– On sait que Bill, votre fils, était avec l'équipe dans le champ, en qualité d'observateur. Mais ça, vous le savez déjà. On sait également tout, au sujet de Borcherding...

Je la regardai par-dessus ma monture.

– ... que vous connaissez aussi, je crois, sous l'étiquette de « Bravo6 ».

Elle avait nettement accusé le coup. Je me reportai à mes papiers. Un petit truc pour rester le patron de l'entretien en cours.

– Ce qui nous amène au colonel Gabriel.

Même réaction. Légère, mais incontestable. Conscient du fait, Miller objecta :

– Bon, je crois qu'on en a assez entendu pour le moment... et que derrière vos propos, apparaît une nuance de menace caractérisée...

J'ôtai mes lunettes. Il venait de me sauver la mise, car je ne savais pas vraiment où j'allais, en introduisant Gabriel dans la conversation.

– C'est votre point de vue. Si Nola désire me poser quelques questions...

Elle le désirait effectivement. Elle n'avait toujours pas confiance en moi, mais elle savait, maintenant, que je ne parlais pas au hasard. Même si ce n'était pas tout à fait vrai. Elle avait encore moins confiance en Victor Miller. Elle s'imaginait que lui et moi avions partie liée, ce qui était aussi loin de toute réalité que la

Terre de la Lune. Mais ses raisons de se tracasser, du moins, étaient solidement fondées. Même une femme aussi intelligente ne discerne plus le vrai du faux, quand la paranoïa s'en mêle. Pathétique, au fond.

– Mon Bill n'a jamais tiré sur personne. Ni dans les bois. Ni à la ferme. Personne.

– Je veux bien vous croire.

– Ce que fait Herman, c'est pas mes oignons. Mais il n'a jamais tiré sur personne, dans les bois.

– J'en prends acte.

Miller ouvrit la bouche, mais elle lui fit signe de la boucler.

– Bill sait que son père a tiré sur Bud et sur Lamar. Lui seul a pu le faire.

Elle avait appelé Bud et Lamar par leur nom. Conséquence directe de la vie dans une petite communauté. Mais elle avait raison. Seul, Herman avait pu le faire. Elle enchaîna sur son élan :

– Mais ce n'est pas lui qui a tiré sur le journaliste.

– Je veux bien le croire, Nola. Ne serait-ce que parce que son arme n'avait pas le calibre voulu. Quand vous avez reçu le message, Gabriel était forcé de tirer.

Pas de commentaire.

– Au moins une fois. Je sais qu'il a tiré au moins une fois. Mais il ne pouvait pas être au premier étage et au rez-de-chaussée au même moment. Rappelez-vous que Rumsford n'est pas tombé tout de suite. Seulement après le second coup de feu, tiré du premier étage. Sincèrement, j'ai cru tout d'abord que c'était Bill...

– Jamais de la vie !

– Alors, le type qui accompagnait Gabriel.

– Wittman, dit-elle, impulsivement.

Merci, mon Dieu !

– Parfait ! protesta l'avocat. Cet entretien a assez duré. Je déconseille absolument à ma cliente de parler davantage.

– Ce qu'elle dit ne la compromet en aucune façon, intercala Hester, mais si c'est là ce que vous préconisez...

– Absolument ! confirma Miller.

– Je n'aurais jamais dû donner le nom de Connie, c'est ça ? s'inquiéta Nola, accablée.

Connie. Connie Wittman. Je m'inclinai courtoisement.

– Merci à vous deux. Mon but n'est pas d'impliquer qui que ce soit. S'il vous manque certaines infos, n'hésitez pas à nous consulter.

Je m'adressais à Nola, mais tout autant à Miller. Il allait avoir besoin de notre collaboration.

***

Alors qu'on se dirigeait vers la sortie, j'aperçus Herman Stritch qu'un gardien escortait jusqu'à une autre salle d'interrogatoire où l'attendaient Voloni et un autre type. Je ne résistai pas à l'envie de leur adresser un petit signe de connivence. Après tout, on était censés travailler en bonne harmonie.

Nouvel objectif : Connie Wittman. On appela le bureau du shérif du comté de Nation et on tomba sur Sally, Dieu la bénisse. Première mesure à prendre, lancer un simple avis de recherche, à l'échelle nationale, aux services des permis de conduire et autres documents relatifs à l'usage d'une automobile. On ne disposait que d'un nom incomplet, Connie pouvant être le diminutif de Constantin. Hester, la seule à l'avoir bien vu, l'espace d'une seconde, lui attribuait une taille d'un mètre soixante-quinze, dans le genre poids léger. Entre vingt et soixante-cinq ans.

– Vous rigolez ou quoi ? s'informa Sally. Vous ne pourriez pas être encore un peu plus vagues ?

– Je regrette, mais c'est tout ce qu'on a. Jusqu'à ce qu'on rentre au bureau et que je puisse bavarder avec Melissa.

– Avec toutes ces précisions, ironisa Sally, je vais me faire jeter dans les cinquante États.

– Dis-leur bien qu'il s'agit d'une enquête criminelle.

– D'accord. Si je peux obtenir un chef de service.

– Fais ce que tu peux. Je serai là dans deux ou trois heures.

– Le temps de manger un morceau ?

– Mêle-toi de ce qui te regarde.

On comptait sur Sally et sur nos ressources personnelles, parce qu'en s'adressant au comté de Linn, on aurait presque infailliblement mis Voloni sur le coup.

J'étais si content du résultat de notre démarche que j'invitai Hester à dîner. On mangea dans un petit resto qui servait d'excellents fruits de mer.

Je me sentais plus détendu que je n'avais été depuis des mois.

– Va savoir pourquoi, j'ai l'impression qu'on progresse à pas de géant.

–Je me le demande, murmura Hester en éliminant les petits champignons de sa salade verte. J'en serai convaincue quand je saurai pourquoi Johnny Marks a été tué, et par qui.

Bon repas, dans l'ensemble. Alors que j'essayais de décider si le gâteau chocolaté au fromage blanc s'imposait ou non, Voloni vint nous rejoindre. Il avait de la suite dans les idées, c'était une justice à lui rendre. Il se glissa sur la banquette, à côté d'Hester. C'était donc à moi qu'il voulait parler.

–Je vois que vous appréciez la cuisine locale.

C'était une affirmation, pas une question. Mais dans les deux cas, j'étais tout disposé à lui répondre.

– On se demandait justement si on devait prendre le gâteau au chocolat.

– Êtes-vous en train d'essayer de brouiller les pistes, intentionnellement ?

–Je pourrais vous poser la même question.

– On ne communique pas très bien, tous les deux, non ?

La serveuse choisit cet instant précis pour me demander si nous avions pris une décision, au sujet du gâteau.

– Trois parts. Ce monsieur est notre invité.

Voloni ouvrit la bouche pour protester. Je lui coupai la parole.

– Vous voulez la paix. Alors, acceptez de fumer le calumet.

J'y mettais du mien. Il daigna sourire.

– Alors, en plus, ce sera un café.

– Et je peux rengainer mon flingue ? s'enquit Hester.

Juste avant l'arrivée du dessert, Voloni demanda :

– Quel est le problème ? Sincèrement, j'aimerais le savoir.

–Je vais vous le dire.

Léger temps pour permettre au gâteau de se poser sur notre table.

– Vous n'avez pas juridiction, en ce qui concerne les meurtres. S'il n'y avait pas eu le meurtre d'un officier des Stups, jamais je ne vous aurais eu dans les jambes. Et, à cause de ce simple fait, vous vous permettez d'entraver mon enquête et de me cacher certaines infos.

–Je vois.

Entre une gorgée de café et une bouchée de gâteau au chocolat :

– Ce que vous ne semblez pas soupçonner, shérif adjoint Houseman, c'est combien l'endroit où vous mettez les pieds est dangereux.

– Vous auriez dû le dire à Bud et à Lamar.

Déloyal, sans doute. Mais vrai.

Je repris :

– Vous avez des infos sur Gabriel, des infos cruciales. Et vous savez que j'ai besoin de savoir qui est ce type, ce qu'il fait et quelle sorte de gens il fréquente. Sans parler d'où il peut se cacher... s'il se cache !

– Je sais.

– Ce que vous ne savez pas, c'est que je suis capable de faire la différence entre activités de renseignement et enquête criminelle.

– Croyez-moi, shérif adjoint Houseman, je n'en ai jamais douté non plus.

– Alors, où est le problème ? Pourquoi ne pas nous organiser un bon briefing, à Hester, à George et à moi, afin de nous permettre de faire notre boulot au mieux de nos capacités ? George jouerait les chiens de garde pour votre compte. Pas de problème de ce côté-là.

Ce n'était pas tout à fait vrai, mais je ne voulais pas créer à George plus de difficultés qu'il n'en avait déjà.

– Il y a des choses dont je ne suis pas autorisé à vous faire part.

En nous regardant alternativement, Hester et moi.

– Ça m'est tout bonnement impossible. Et vous le savez.

– Telles que l'identité de Gabriel ?

Un léger sourire adoucit brièvement son visage.

– Par exemple.

– Êtes-vous forcé d'entraver nos recherches ?

– Je poserai la question.

Sans fioritures. Tout dans le masque. Une performance.

– À mon tour d'aller droit au but. Je préférerais passer par votre intermédiaire que d'essayer des voies plus tortueuses. Vous pouvez au moins être d'accord là-dessus, vous et tous ceux de votre bord.

– Toujours d'accord. C'est quoi, mon bord, d'après vous ? Les Stups, avec Nichols ?

– Eh bien...

Je m'apercevais, tout à coup, que je n'avais jamais eu la moindre idée du service dont il faisait partie.

– Vous ai-je jamais dit que j'étais dans les Stups ? Je suis dans le contre-terrorisme. Je fais du contre-espionnage. Spécifiquement, je n'ai rien à voir avec les Stups.

Plusieurs pièces du puzzle venaient de s'encastrer. Dont

certains éléments fleurant bon l'extrême droite. Si tel était le cas, tout le comportement de Voloni s'expliquait de lui-même.

– Je ne pense pas, ajouta-t-il, que vous puissiez avoir le moindre rapport avec ma hiérarchie.

C'était le moment de placer mon seul atout :

– Je pense à un type du Mossad que j'ai bien connu. Comme un autre du Shin Beth. Et j'ai toujours un vieux copain dans les services stratégiques de l'armée. Vous croyez qu'ils pourraient me renseigner ?

Voloni avait retrouvé le sourire.

– Quoi ? Personne à la CIA ?

Il n'avait pas l'air de me croire.

– Non, je ne connais personne à la CIA... quoique j'aie assisté, naguère, à une conférence de l'amiral Bobby Inman. Je n'ai pas eu l'occasion de lui parler longuement. Mais j'ajouterai que c'est vos gars, à l'époque, qui avaient amené à nos bureaux le type du Mossad...

Là, il réagit, à retardement. Parce que c'était vrai. Les Israéliens enquêtaient alors sur une connexion possible entre groupes nazis et phalanges d'extrême droite aux États-Unis. On n'avait pas été les seuls, loin de là, à rencontrer l'agent des services secrets d'Israël, et c'était essentiellement parce qu'il était en bisbille avec sa propre hiérarchie. Mais c'était arrivé. Et le fait que je ne me souvenais pas de son nom, ni ne possédais aucun moyen de le retrouver, n'avait rien à voir avec l'importance que je donnais à cette rencontre.

Voloni avait marqué le coup. Hester également, d'ailleurs. Je la connaissais depuis trop longtemps pour ne pas sentir sa stupéfaction. Sinon son incrédulité.

– Je ne tiens pas à ébruiter nos petits secrets de famille, mais résoudre ces meurtres m'importe suffisamment pour que je m'adresse, le cas échéant, à toutes les sources praticables.

Voloni pinçait les lèvres.

– Merci pour le dessert. Je vous rappelle dès que je peux.

* * *

Je rentrai chez moi vers 11 heures du soir. Fatigué par la route. Je signalai mon kilométrage, comme prévu par le règlement, et Sally, encore au boulot, me demanda de la rappeler par téléphone, aussitôt que possible.

Une vraie bénédiction !

Sue n'était pas couchée. On s'embrassa dans la cuisine, et je lui dis que je devais rappeler le bureau. Elle leva les yeux au ciel. C'était une simple affaire d'habitude. Un instant plus tard, j'entendis le fatidique :

– Bureau du shérif du comté de Nation.

– J'espère que tu as vraiment quelque chose à me dire.

– Nom de Dieu, Houseman, tu m'as chargée de retrouver un fils de pute qui n'existe pas ! Rien, nulle part ! Pas l'ombre d'un Connie Wittman ! Il n'existe pas !

Elle parlait si vite et si fort que je ne pouvais pas en placer une.

– Qu'est-ce que je peux faire de plus ? Courir dans les rues en criant son nom ? Connie, hé, Connie ! C'est ça que tu veux ?

Attendre qu'elle manque de souffle, c'était la seule solution. Je l'aimais bien, Sally. Elle se donnait tout entière à son boulot. Elle s'y décarcassait plus que n'importe lequel des gars de la brigade. Moi compris.

– Non, ce n'est pas ça que je veux

Bien posément, pour la calmer.

Silence. Puis :

– Alors, quoi ?

– Je sais que tu as fait le maximum. Rentre chez toi et passe une bonne nuit. Tout va bien.

– Tu es sûr ?

– Certain. Tâche de bien dormir.

Et je raccrochai.

Non sans avoir entendu, juste avant, un faible : « Je réessaierai demain matin... »

# 21

Le lendemain était un dimanche. Je me pointai au bureau juste après déjeuner. Une enveloppe m'y attendait, scellée à la cire rouge comme une pièce à conviction. Elle ne portait rien d'autre que mon nom : « Houseman », et c'était l'écriture de Sally. Le message disait : « Ne me fais JAMAIS plus un truc comme ça, parce que j'en mourrais de rage. » Signé Sally. En pièces jointes, je trouvai deux feuilles de papier télétype. La première disait :

ICAM
ANNULÉ SSN 933 99 99O1 OLN 933 9901
WITTMAN JULIUS CONSTANTIN
HWY 220
CLOSTON IOWA 52933 COMTÉ D'HOMER DATJUG. 02.12.91
DdNAIS. 02.10.47 SEXE : M. RACE : B. YEUX : BLEUS
TAILLE : 1 M 75 POIDS : 100 K.

Suivi de trois P.-V. pour infraction au code de la route remontant à 1993.

Et la seconde :

CASIER JUDICIAIRE FÉDÉRAL
NOM ................ FBI N°....... DATE D'ENQUÊTE
WITTMAN JULIUS CONSTANTIN 995622441AQ 28/7/96

| SEXE | RACE | NÉ LE | TAILLE | POIDS | YEUX | CHEV. |
|---|---|---|---|---|---|---|
| M | B | 10.02.47 | 1 M 73 | 105 K | BL. | GRIS. |

ARRESTATION DU 11.06.85
AGENCE : SERVICE MARSHAL US CEDAR RAPIDS (IAUSMOOO2)

PRINCIPAL CHEF D'ACCUSATION : FAUX ET USAGE DE FAUX.

TRIBUNAL CEDAR RAPIDS IOWA
22.09.86 VERDICT : CONDAMNÉ
DÉLIT : FAUX ET USAGE DE FAUX
SENTENCE : 6 MOIS RÉCLUSION 30 MOIS AVEC SURSIS
3 ANS DE LIBERTÉ SURVEILLÉE.

Sally l'avait retrouvé grâce à son second prénom. Je préférais ne pas me demander combien de démarches elle avait dû faire. Julius Constantin, pour l'amour du ciel ! Sa mère était romaine ou quoi ?

En tout cas, c'était bien lui. Jusqu'à ces petites différences dans la taille et le poids. Avec le FBI, on passe à la toise et à la balance, lors de l'entrée en prison, alors que pour l'achat d'un permis de conduire, les fonctionnaires acceptent, sur parole, quelques centimètres de plus et quelques kilos de moins.

Il avait quarante-neuf ans. L'âge collait parfaitement. Au moins dans notre secteur, les extrémistes de droite garantis bon teint se situaient dans la tranche d'âge comprise entre quarante-cinq et soixante-cinq ans.

Une inculpation fédérale suivie de condamnation. Intéressant. Les faux papiers faisaient partie de l'arsenal mis en œuvre par l'extrême droite pour financer ses opérations. Ils décrivaient cette pratique, en général, comme un « geste de défi » à l'égard des fédéraux ainsi que du système monétaire et fiduciaire fédéral.

Conduire sans permis, en annulant au besoin celui qu'ils avaient acheté, constituait une autre de leurs mesures. Personne n'avait le droit de taxer la « libre circulation » sur les routes, et tout le monde acquérait, en naissant, celui de conduire un véhicule à moteur.

Condamnation fédérale : six mois de cellule, trente avec sursis. Tant d'indulgence relative sous-entendait un marché avec les fédéraux. Une heureuse collaboration, assidue autant que profitable. J'étais prêt à parier que ses frères spirituels ignoraient ce détail. Excepté ceux qui avaient fait de même. Et quiconque acceptait ce genre de compromis restait accessible à d'autres propositions.

Sally n'avait pu découvrir où il avait purgé sa peine. Ce n'était pas un reproche que je lui faisais, mais il pourrait être intéressant de savoir qui il avait connu en taule. Surtout si l'un de ses compagnons de cellule avait été surnommé Gabriel.

D'où le dilemme. Dieu, que j'aurais aimé lire les minutes de son jugement. Qui pouvait y avoir accès ? Voloni, bien sûr. Mais peut-être George, qui risquerait d'y perdre son job pour communication illégale de dossiers judiciaires.

J'appelai Hester chez elle. On discuta longuement. Elle allait tenter quelque chose. Le plus souvent, les inculpations fédérales provenaient d'enquêtes régionales ou locales. Si tel avait été le cas...

* * *

Une demi-heure plus tard, je reçus un coup de fil du docteur Peters. Il avait terminé les autopsies de Bud et de Rumsford. Ses conclusions étaient en route. Je ne tardai pas à recevoir les deux blocs jaunes et m'absorbai dans leur lecture.

Le cas de Bud était assez simple. Une balle chemisée de calibre 7,62 l'avait atteint à l'épaule droite avant de traverser le poumon, de ricocher sur la colonne vertébrale et de bifurquer vers le milieu du dos où elle avait emporté la quasi-totalité d'une vertèbre lombaire. La seconde balle l'avait touché alors qu'il était déjà mort. Elle était entrée par l'occiput, la plus grande partie du cerveau s'était éparpillée dans la cour de la ferme, comme sous l'effet d'un tir à bout portant. Bud avait dû être très proche du tireur, au moment de sa mort.

Rumsford, c'était différent. Le même nombre d'impacts, mais sans aucune ressemblance avec ceux qui avaient tué Bud.

Dans le cas de Bud, d'après les fragments de chemisage et la nature de ses blessures, il s'agissait d'une arme chinoise ou d'un vieil engin soviétique fabriqué dans le cadre du pacte de Varsovie. Les projectiles qui avaient frappé le journaliste étaient un peu plus légers, sans doute agréés par l'OTAN, et de haute qualité, style Norma.

L'un de ces projectiles à grande puissance avait traversé le sternum, dévié vers la droite et un peu vers le bas. Raté le cœur, mais saccagé le poumon gauche avant de ressortir en touchant la cinquième côte.

– Ça n'aurait pas dû le faire tomber tout de suite ?

– À moins de vingt mètres, pas nécessairement. La balle n'a pas heurté la colonne vertébrale. Ça l'a méchamment secoué, mais laissé debout. Arrêt du cœur instantané, bien sûr.

Bien sûr. L'onde de choc.

Toujours d'après le docteur, la deuxième balle était entrée sous un autre angle plus ouvert, à cinq centimètres au-dessus de la première. Celle-là n'avait pas manqué le cœur, qu'elle avait littéralement désintégré avant de se scinder en deux au contact de la colonne vertébrale, l'une des moitiés ricochant vers le bas, à travers le foie et les intestins, avant de fêler le pelvis gauche et d'exploser la vessie, à la sortie. L'autre avait dépassé la colonne pour se loger dans les muscles du dos. Deux balles seulement, responsables de tant de ravages.

– Mais tirées par une arme d'une grande puissance, me rappela le médecin. Avec un canon long.

– Intéressant, commentai-je.

– Vous avez entendu les détonations ?

– Et comment...

– À quelle distance ?

– Vingt mètres, à peu près.

– Elles étaient très fortes ?

– Très. J'ai senti la première autant que je l'ai entendue.

– C'est bizarre. J'ai bien examiné la moitié de projectile restée logée dans le dos. Elle avait ces drôles de marques de frottement, comme si l'arme avait été munie d'un silencieux.

– Pas possible, doc. Trop sonore.

– Bizarre, bizarre... Enfin !

Le mot qui souligne un haussement d'épaules.

– Même tireur ? Les deux balles qui ont tué Rumsford ?

– Pas sûr. Oui, s'il s'est agi d'un tireur couché, puis à genoux. À moins qu'il n'y ait eu deux tireurs utilisant le même type d'arme.

Pas impossible qu'un tireur couché, tout d'abord, se soit ensuite redressé sur un genou pour mieux ajuster sa cible. Pas plus de deux à trois secondes ne s'étaient écoulées entre la première et la deuxième balle.

***

Je venais de raccrocher, avec le docteur, quand Harry Ullman me téléphona du comté de Conception, dans le Wisconsin. Il avait les premiers résultats de l'autopsie de Johnny Marks.

L'homme avait été étranglé à l'aide d'une ceinture de cuir. Cousue à la machine, d'après les marques qu'elle avait laissées. Tout le contraire d'un article de luxe cousu main. L'énorme blessure à la poitrine se décomposait en deux blessures. Il semblait que le corps eût été cloué, une première fois, à l'horizontale, et que l'énorme vis se fût détachée lorsqu'ils avaient hissé la poutre à la verticale. D'où la nécessité de l'enfoncer une seconde fois, sous un autre angle moins proche de l'angle droit. Tant de persévérance dans la mise en scène donnait une assez bonne idée de leur résolution. Ces deux opérations avaient eu lieu *post mortem.* Ainsi que la défiguration que j'avais attribuée à un tabassage. Et qui s'était vraisemblablement produite par hasard, lorsque la vis s'était détachée la première fois.

– Et tu veux savoir le plus beau ? ricana Harry.

– Vas-y.

– Il avait le cul plein d'échardes. Après avoir glissé sur la poutre quand le premier clou a foiré.

Pas vraiment mon genre d'humour.

– Attends, c'est pas fini.

– Quoi encore ?

– Pour enfoncer leur vis, ils se sont servis d'une masse ! Et ils ont tapé à côté, deux-trois fois. Quand je pense à ce que je peux gueuler, quand je me tape simplement sur le doigt...

En proie à un nouveau fou rire. Harry s'amusait comme un gosse. Pas d'autre info sur d'éventuels suspects. Une précision, toutefois. La date de la mort.

– Trois jours avant. Probablement dans la journée du 24.

– Aucune idée sur le mobile ?

– Je dirais qu'ils ont voulu faire un exemple.

Plausible. Le même jour que la mort de Rumsford. Coïncidence ou non ?

***

Je passai le reste de la journée à croquer des comprimés digestifs, à boire du café et à me casser la tête.

***

Le lundi 29 juillet fut le jour de l'enterrement de Rumsford, au Canada. Un autre événement marqua cette journée. La découverte de l'adresse du nommé Julius Constantin Wittman.

Hester m'appela à 9 h 21. Deux de ses amis respectivement préposés aux archives et aux renseignements généraux de la Crim avaient pu déterminer que le même Wittman, effectivement, avait commis quelques frasques dans l'Iowa, dont celle qui l'avait poussé dans les bras du FBI. Elle partait pour Des Moines, d'où elle rapporterait le casier.

– Tu sais que Noyagama était très impressionné par nos acrobaties.

Howard Noyagama était le meilleur évaluateur d'infos au service de la Crim.

– Vraiment ?

J'étais impressionné moi aussi.

– Oui. Il pense, et je pense qu'on est en train de mettre les pieds sur un terrain plutôt glissant.

– Il a raison.

– On va y aller quand même, mais sans faire de cachotteries à Voloni et à ses copains, ce coup-ci.

– Tu as raison.

– Tu appelles Voloni ?

– D'accord.

– Laisse-moi quand même le temps d'aller à Des Moines et d'en revenir. Au cas où ils s'empareraient du casier avant qu'on ait eu le temps de savoir ce qu'il contient.

– Prudence, prudence...

– Je te rappelle dès que je suis sur la route de Maitland.

– J'attends ton coup de fil.

***

Le problème, c'est que je déteste attendre. Il faudrait à Hester au moins trois heures pour aller à Des Moines, et je ne savais combien de temps pour consulter les dossiers de la Crim, photocopier les pièces ou rédiger les notes nécessaires, et rentrer à Maitland. On ne peut s'empêcher de gamberger, durant ces attentes, et je décidai de m'occuper l'esprit.

Après consultation de ma liste de collègues, j'appelai l'un d'eux, dans le comté d'Homer, où Wittman habitait. Celui que j'espérais trouver n'était plus là, mais quand le petit jeune qui me répondit découvrit le nombre de mes années d'ancienneté, il se mit entièrement à ma disposition. C'était un peu ce que j'avais escompté.

Il pensait que Wittman occupait toujours « sa vieille ferme », mais n'en était pas sûr. Devait-il s'en assurer ? Je lui demandai s'il connaissait quelqu'un, n'importe qui, faisant partie de l'entourage ou des relations de ce Wittman.

–Je suis nouveau dans le coin. Attendez que je jette un œil...

Nouvelle attente. À battre la charge sur mon bureau en regrettant de ne plus fumer. Puis au bout de quelques minutes :

– Désolé. Tout ce que je trouve remonte à plusieurs années, quand il s'est fait arrêter pour faux et usage de faux...

Air connu.

– Dommage. Mais on pourra peut-être y relever quelque chose... un détail... Faxez-moi les documents de base.

– Avec plaisir.

– On boira une bière ensemble, à la première occasion...

***

J'eus de violentes brûlures d'estomac tandis que j'attendais le fax. Comme la plupart des flics, moi compris, le jeunot devait rarement opérer sans secrétaire. Il faudrait un bout de temps, et j'avertis ceux d'ici que j'attendais un fax de première importance. Ils me préviendraient tout de suite, et je tirerais moi-même les feuilles de la machine. En fait, ils me rappelèrent presque immédiatement. Je me précipitai juste à temps pour regarder la première feuille émerger de la machine. Blanche. Suivie de la seconde. Blanche. Suivie de la troisième...

Je rappelai le jeune adjoint, qui avait passé le fax comme un grand. Il accusa durement la nouvelle. Je m'efforçai de le consoler. N'importe qui peut placer les feuillets dans le mauvais sens.

Bientôt, la transmission recommença. Pâle et peu lisible, mais suffisamment pour ce que je voulais en faire. Selon toute probabilité, il m'envoyait intégralement les pelures roses, celles que les officiers de police gardent dans le dossier avec les originaux.

Cinquante-six pages. Son budget fax pour plusieurs semaines ? La dernière feuille était son œuvre et me demandait si je voulais aussi les documents de la Crim et du FBI. Je le rappelai pour lui dire que ce n'était pas la peine. Hester les rapporterait sans doute, et il en avait déjà fait beaucoup.

J'achevais de savourer mes trésors quand le standard me transmit un appel d'Hester.

– Ici, Houseman...

–J'ai la marchandise. C'est GÉNIAL.

– À ce point-là ?

– Noyagama te salue et te recommande de ne pas forcer sur les cookies.

– L'enfoiré ! J'appelle Voloni ?

– Attends mon retour. Je t'appelle de la première aire de repos. Je serai là dans trois heures, trois heures et demie...

– Je me suis fait faxer le casier de Wittman par le bureau d'Homer.

– Bravo. Laisse tomber les cookies.

* * *

Hester entra sur le parking à 16 h 30. Dans l'intervalle, le jeune adjoint du comté d'Homer m'avait confirmé que Julius Constantin Wittman habitait toujours dans « sa vieille ferme ». On le voulait ou pas ?

On le voulait, plutôt deux fois qu'une. On prit rendez-vous avec un magistrat. On obtint sans peine un mandat d'arrêt au nom de Wittman Julius Constantin, pour complicité de meurtres, et j'appelai Voloni à 16 h 58. Il n'était pas là. Désirions-nous qu'un message lui fût transmis ? Sans nul doute.

On décida de ne pas lui dire que nous avions en main les anciens documents. Pas encore.

Voloni ne tarda guère à nous rappeler.

– Ici, Houseman.

En invitant, d'un signe, Hester à décrocher le deuxième appareil.

– Voloni. Vous m'avez appelé.

– Oui. La ligne est « propre » ?

– Aucun risque d'écoute.

– Parfait. Hester est avec nous. On a découvert qui était le sujet présent à la ferme d'Herman. Plus précisément, qui étaient les deux sujets, ceux qui ont disparu dans le champ de maïs.

– Oui ?

– L'un d'eux est un nommé Julius Wittman. Deuxième prénom Constantin, dit Connie.

– Et puis ?

Toujours aussi communicatif ! Je lui dis où était Wittman, comment on avait retrouvé sa trace, grâce à Nola Stritch et à un vieux dossier. Il ne parut pas autrement surpris.

– Vous allez le ramasser ?

– Oui, mais pas sans vous. Ce type fait partie de la conspiration et c'est un délit fédéral. Avec ses antécédents, il n'est pas impossible qu'il se montre bavard.

– Pas impossible, répéta Voloni, sceptique.

Il réfléchit une seconde.

– Si on se retrouvait, dans deux heures, au bureau du shérif de... du comté d'Homer ?

– On sera à l'heure.

J'appelai mon virtuose du fax. Je lui dis ce qui se préparait, et il faillit lâcher le téléphone. De joie et d'excitation. À l'idée de participer à quelque chose qui sortait de sa routine quotidienne.

***

Nos deux voitures pénétrèrent l'une derrière l'autre sur le parking du shérif, à 19 h 14. Je dis bien deux voitures. Pas question de remobiliser Hester pour me ramener chez moi.

Il y avait foule à l'intérieur des bureaux. Quand le comté d'Homer avait compris pourquoi on allait appréhender Julius Constantin, le téléphone avait sonné tous azimuts. Ils avaient même sollicité l'assistance de l'État, et ils l'avaient obtenue. Il y avait là un groupe d'intervention des forces spéciales. Plus une unité tactique du FBI, demandée par Voloni. En tout vingt-deux officiers, en tenue de camouflage pour l'Iowa, en noir pour le FBI. J'étais impressionné. Wittman le serait certainement aussi.

L'adjoint faxeur, qui s'appelait Gregg Roberts, était heureux de me voir. Encore plus impressionné, si possible, parce qu'il était persuadé que j'avais réuni cette foule tout seul comme un grand, rien qu'en claquant des doigts. Inutile de lui dire que je n'aurais jamais pu rassembler le dixième de cette armada, même si j'avais été pris en otage. En tant que shérif adjoint local, il était au centre de l'action et vivait éveillé le rêve de sa vie. Je pris soin de dire à son shérif quel rôle important il avait joué dans l'enquête. Ne jamais négliger d'encourager les jeunes.

Bien que n'en laissant rien voir, Voloni s'amusait beaucoup, lui aussi. Il se montra même très gentil avec George. En me présentant au chef du groupe d'intervention, il alla jusqu'à me frapper sur l'épaule. Pas de nom pour le chef du GI. L'anonymat stratégique.

***

Avec un mandat d'État doublé d'un mandat fédéral, les choses ne pouvaient que bien se passer.

Les gars du groupe d'intervention local et ceux des forces fédérales crapahutèrent côte à côte, dans la nature, le temps d'une première reconnaissance. La nuit était tombée, et Wittman avait allumé ses lumières. Le reste des effectifs attendait le signal des éclaireurs dans les caravanes garées à quelques centaines de mètres.

Voloni, Hester, George, l'adjoint Roberts et moi-même occupions la camionnette de Voloni, équipée d'assez de matériel radio pour satisfaire aux besoins d'une petite Maison-Blanche. On était garés plus loin de la ferme que les autres véhicules, avec le moteur en marche. Grâce à la clim, on était aussi les seuls à ne pas suffoquer. On entendait les grillons et on voyait les lucioles, au-dessus des épis de maïs.

Douze voitures-patrouilles stationnaient à présent autour de l'objectif, chacune avec deux hommes à bord. Leur boulot serait de boucler toutes les routes, une minute ou deux avant le déclenchement de l'opération.

L'ancien hélico militaire OH-58 de la police de Cedar Rapids était en route. Son boulot serait de scanner le paysage, aux infrarouges, pour repérer quiconque tenterait d'évacuer le secteur sans présenter ses papiers.

* * *

Le chef de l'équipe de reconnaissance nous appela enfin. 22 h 18.

– Ici, GI Un. Quatre voitures dans la cour et d'après nos observations, onze personnes dans la maison.

– Merde ! souffla l'adjoint Roberts.

– Parfait, riposta Voloni, et il le pensait. Ça a l'air de quoi, au juste ?

– D'une réunion de club.

– Tous adultes ?

– Rien que des hommes mûrs.

– Vous avez vérifié la zone ?

– Affirmatif. Personne sur le terrain.

– Parfait, répéta Voloni

Il passa sur une autre fréquence. Aucun doute sur l'identité du grand chef de l'opération.

– Ciel Un ?

– À l'écoute ! claironna l'hélicoptère.

Si fort qu'on sursauta tous avant que Voloni ne réduise le volume.

– Heure d'arrivée estimée ?

– On croise à une dizaine de kilomètres. On peut être sur place en deux minutes.

– Approchez jusqu'à deux kilomètres, ordonna Voloni. GI Un ?

– GI Un à l'écoute, chuchota GI Un.

– Crevez vos sacs. Ciel Un est en approche.

– Aperçu. Exécution.

« Crevez vos sacs » se référait aux petits sachets fixés par Velcro aux épaules des officiers présents dans le maïs, autour de la ferme. En « crevant » ceux-ci, on libérait des produits chimiques dégageant une chaleur suffisante pour permettre à Ciel Un de distinguer les membres du groupe d'intervention, grâce aux taches d'un blanc intense visibles aux lunettes thermiques.

– GI Six ? appela Voloni.

Il s'adressait à présent au chef de l'équipe fédérale.

– Six à l'écoute.

Calme. Résolu.

– Ciel Un en maraude à deux kilomètres. Bien reçu indications de l'unité de reconnaissance ?

– Affirmatif.

– Alors, go.

– Ici, Ciel Un. Deux véhicules en mouvement. Vôtres ?

– En provenance de l'est. Deux caravanes sur l'autoroute, riposta Voloni.

– Dix-quatre.

À notre tour de démarrer, tandis que Voloni rechangeait de fréquence.

– À toutes les unités. Prenez vos positions.

– Nombreux véhicules en mouvement, signala Ciel Un.

– Les nôtres, dit Voloni.

***

L'équipe fédérale entra dans la maison, avec l'équipe d'État en soutien. On pénétra dans la cour une dizaine de secondes après l'intrusion de l'équipe fédérale. Il y avait de la lumière dans toutes les pièces, y compris au sous-sol. Éclairage normal ou faisceaux baladeurs de torches électriques, à l'intérieur des locaux encore plongés dans l'ombre. Le sous-sol s'illuminait un peu plus de seconde en seconde.

– Un qui se défile par une fenêtre du sous-sol, signala une voix essoufflée.

– On le suit, riposta Ciel Un. Il va vers l'ouest, entre les arbres. Droit dans les pattes de deux sacs thermiques. Voilà, ils le tiennent.

– GI Un au contact...

Ratissage complet. On suivit Voloni dans la place.

Pas plus d'une minute et demie d'écoulée, depuis l'entrée des forces spéciales par toutes les ouvertures du rez-de-chaussée. Dix personnes gisaient à présent, menottées, sur le plancher du salon, gardées par trois hommes armés de mitraillettes H&K MP-5. Officiers de police de la cave au grenier. Plus rien ne bougeait.

Le chef des FS entra, le tour des yeux extraordinairement blanc au-delà des ouvertures de son masque de ski.

– Désolé pour le fuyard du sous-sol. Il devait y descendre quand on est entrés.

Il souriait à pleines dents.

– Un de nos gars pense qu'il a dû lui coller la porte de la cuisine dans le dos, et qu'il a sans doute déboulé jusqu'au pied de l'escalier, avant d'essayer de se tirer !

Voloni se retourna vers l'adjoint Roberts.

– Lequel est Wittman ?

Roberts désigna un individu d'aspect plutôt mou, en chemise écossaise marron et or à manches courtes, pantalon de toile verte et chaussures à semelles de crêpe.

– C'est celui-là.

– À vous l'honneur des présentations.

Je m'accroupis auprès de Voloni.

– Salut, Connie. Comment allez-vous ?

– Je t'encule, sale youpin !

– Je m'appelle Houseman, et je suis shérif adjoint du comté de Nation. Vous êtes en état d'arrestation, pour meurtre.

Aucune réaction.

– Vous avez le droit de garder le silence...

Inutile sauf en cas d'interrogatoire, mais j'en tirais un certain réconfort.

Une fois cette formalité réglée, Voloni se percha sur le bord du divan, à la hauteur de la tête de Julius Constantin.

– Je m'appelle Voloni, agent du FBI.

– Putain de suppôt du GSO ! gronda Wittman.

– Je vous arrête pour conspiration contre les lois fédérales, égrena Voloni, sans élever la voix.

Derrière nous, une autre voix hurla littéralement :

– PUTAINS DE POURRITURES DU GSO, VOUS AVEZ PAS LE DROIT DE FAIRE ÇA !

Je découvris, en me retournant, une forte femme d'une cinquantaine d'années, dûment menottée.

– Vous voulez répéter, madame ?

Avec une courtoisie de grand style. Elle répéta, effectivement :

– VOUS N'AVEZ PAS LE DROIT DE FAIRE ÇA !

– Nous avons parfaitement le droit de faire ça, madame. Ne serait-ce qu'à cause de ces dix ou douze fusils dressés contre le mur, là-bas dans le coin. Jusqu'à ce que nous soyons certains que personne ne se blessera ou ne blessera quelqu'un d'autre en manipulant imprudemment ces armes.

– ON VA VOUS ATTAQUER EN JUSTICE ET VOUS SAIGNER À BLANC !

– Je n'en doute pas, madame.

C'était tout à fait le genre à se laisser tomber par terre afin de prétendre qu'on l'avait poussée.

J'avais cru remarquer la présence de fusils, dans un autre coin de la pièce. Je m'en assurai d'un coup d'œil, et je ne m'étais pas trompé. Il y en avait une autre demi-douzaine, de ce côté-là. Des armes de guerre. Pas d'antiquités chez Julius !

Le chef des FS avait suivi mon regard.

– Attendez de voir l'arsenal d'en bas !

Toute arme découverte dans ces conditions pouvait être saisie sans plus de formalités. Pour le reste, documents, objets personnels, etc., il nous faudrait un mandat de perquisition. D'ici là, autant achever de m'instruire.

« Arsenal » n'était pas trop fort, pour le contenu du sous-sol. Je dénombrai seize colts AR-15, plus ou moins récents, d'après le profil de la crosse et divers autres détails. Plus quatre M-14 et deux colts Commando qui, d'après l'homme des FS, ne valaient pas un clou.

Et pour finir, deux engins que je n'avais encore jamais vus.

– Qu'est-ce que c'est que ces machins-là ?

– Bon sang ! s'exclama le FS. C'est des FAMAS français. Cent pour cent automatiques. C'est la première fois que je tombe dessus dans ce pays !

Un dernier fusil trônait au mur, isolé des autres sur un long râtelier.

– Et ça ? C'est une carabine de sniper ?

Il l'examina sans y toucher.

– Vaime MK 2. Les services secrets s'en servent quelquefois. Ils sont recouverts d'une peinture spéciale qui réduit le rayonnement infrarouge. Vous pouvez tirer depuis les broussailles, et l'arme restera invisible aux détecteurs.

– Qu'est-ce que Wittman pouvait espérer faire avec un truc pareil ?

– Je préfère ne pas y penser.

Il marcha jusqu'à une petite porte qu'un bloc de béton maintenait entrouverte.

– Venez voir ça. Le type qui est tombé dans l'escalier a voulu se planquer là-dedans.

Le réduit contenait quatre H&K G.3 de calibre 7,62, munis de silencieux d'origine. Une armoire métallique recelant encore huit fusils à chargement par la culasse du même calibre, avec lunette de visée. PM. L96A1, d'après mon guide. Des armes de sniper produites en Grande-Bretagne. Modèles courants. Et pour couronner le tout, dans une autre armoire métallique, dix-sept mitraillettes Sterling L34AI de calibre 9 également pourvues de silencieux, toujours de fabrication britannique.

Le gars des FS, hilare, ouvrait à présent un vaste placard.

– Le plat de résistance...

Vingt-quatre lance-roquettes antichars LAW 80, d'après les étiquettes. Apparemment chargés.

– Encore du matériel britannique.

– Mais pourquoi ?

– Je n'en sais foutre rien. Pas de l'article courant !

– Les LAW font bien partie de l'équipement américain ?

– Pas ceux-là. Grande-Bretagne. Avec collimateur et éjecteur automatique, là, au-dessous du canon, vous voyez ?

– Merde !

Il y a des moments, comme ça, où je ne trouve rien de plus intelligent à dire.

Puis la voix de Voloni descendit de là-haut.

– Où êtes-vous, Houseman ?

Et deux secondes plus tard, en apparaissant au sommet de l'escalier :

– Qu'est-ce que c'est que tout ça ?

L'homme des FS le lui dit. Voloni et George descendirent. Voloni n'avait plus de voix. On avait tous perdu l'usage de la parole.

Enfin, je murmurai :

– D'où sortent toutes ces armes anglaises ?

Voloni secouait la tête.

– Pas sûr de pouvoir vous le dire. Ne le prenez pas comme une injure personnelle, Houseman. Tâchez de le découvrir par vous-même.

Il se pencha sur les bazookas.

– Mais je peux vous dire une chose. C'est entré dans le pays voilà environ dix-huit mois. Je n'aurais jamais cru les retrouver aujourd'hui, dans l'Iowa.

Hester descendait l'escalier.

– Qu'est-ce qu'on a retrouvé dans l'Iowa ?

On le lui dit. On lui offrit la visite guidée.

– Incroyable !

Voloni se retourna vers l'homme des forces spéciales.

– Postez deux de vos gars devant ce réduit. La porte est à ressort. Bloquez-la.

Je me remémorai qu'il œuvrait dans l'antiterrorisme. Son visage exprimait une grande lassitude.

C'est le moment que choisit le chef des FS pour relever, puis enlever son masque. Je n'en revenais pas. Non seulement il faisait bien quarante-cinq balais, sous sa tignasse poivre et sel, mais en costume de ville, il aurait eu l'air d'un banquier. Il replaça correctement son micro et prononça quelques brèves paroles.

Cinq secondes plus tard, on frappa à la porte du réduit.

– Garde assurée.

Voloni boucla la porte. Il faisait frais, dans ce sous-sol, mais la température monta rapidement, dès la fermeture du battant métallique. La chaleur corporelle de cinq personnes, plus trois ampoules de cent watts, c'était trop pour la taille du réduit.

– Parfait, dit Voloni. Que quelque chose sorte d'ici sans ma permission, et vous ne reverrez jamais la lumière du jour. Tous autant que vous êtes.

Après un temps :

– Il y aura bientôt deux ans de ça, un vol massif d'armes de guerre a eu lieu dans un dépôt de l'armée britannique, en Allemagne. Tout le monde l'a attribué à l'IRA, aux Brigades rouges, ou à une résurgence du terrorisme à la Baader-Meinhof, mais ce n'était pas ça du tout. Comment on a fini par le déterminer, ça, c'est une des choses que je ne pourrai jamais vous dire. Et que vous n'apprendrez jamais tout seuls.

J'émis une interjection dubitative qui lui rendit son sourire.

– Pas même vous, Houseman, je vous en donne ma parole.

Voloni reprit haleine.

– Le vol avait été commis par un groupe néo-nazi basé en Grande-Bretagne. Des gens qu'on n'aurait jamais crus capables d'un coup de cette importance. Je vous le dis comme je le pense : des amateurs. Mais affiliés à un autre groupe basé loin de l'Angleterre. Ne cherchez pas à savoir où...

Peu à peu, il nous révéla les détails de l'affaire. Un an et demi plus tôt, une partie des armes était entrée sur le sol des États-Unis. Les services antiterroristes avaient pu les récupérer partiellement, mais une bonne quantité leur avait échappé. Ils n'avaient jamais lâché le morceau. Cette nuit marquait l'aboutissement d'une longue quête.

– Bien sûr, tout n'y est pas. Moins d'un tiers, si ma mémoire est fidèle.

– Rassurant ! grogna Hester.

– Ne vous inquiétez pas. On sait où est le reste. Loin d'ici. Sous le coude de votre Gabriel.

– Que vous connaissez donc ?

Plus fort que moi. Mais il se contenta de sourire.

– Que je connais personnellement !

# 22

Gabriel, amorça Voloni, vit actuellement dans l'Idaho. Quand il n'est pas à Londres, à Winnipeg ou à Burlington, dans le Vermont.

– Qui est-ce ?

– Il s'appelle Jacob Henry Nieuhauser. Né à Winnipeg voilà une cinquantaine d'années. Lui et ses parents sont venus s'installer dans l'Idaho alors qu'il avait environ quatorze ans.

Ainsi que nous l'expliqua Voloni, Gabriel avait fait ses études aux États-Unis, puis s'était engagé dans l'armée où il avait reçu une formation de ranger. Cantonné en Europe, il s'était lié d'amitié avec un officier de liaison de l'armée britannique du Rhin. Ainsi qu'avec quelques anciens nazis, en Allemagne. Ces fréquentations l'avaient mis en rapport avec ce groupe néo-nazi, en Grande-Bretagne, le tout l'amenant, par la suite, à prendre part au fameux vol massif d'armes de guerre.

Retraité de l'armée américaine depuis une dizaine d'années, il n'avait jamais cessé d'élargir ses liens avec les mouvements d'extrême droite. Impliqué dans l'affaire de faux et usage de faux qui avait conduit Wittman en prison, il s'en était sorti blanc comme neige. Associé, sans preuves véritables, à diverses magouilles, il avait pu amasser un pactole de quelque vingt-cinq millions de dollars. Sa résidence actuelle était un camp fortifié, dans l'Idaho, peuplé d'une cinquantaine de ses partisans fanatiques.

– C'est là qu'on pensait qu'ils auraient gardé les armes, conclut Voloni. Certainement pas ici.

– Je me demande s'il existe, dans l'Iowa, d'autres caches de cette sorte, supputa Hester.

J'admis que je me posais la même question. Puis j'ajoutai, histoire de voir :

– Quelles chances a-t-on de parler à Gabriel ?

– Aucune. Souvenez-vous que vous ne savez même pas qui il est.

Un rappel utile.

Le chef des forces spéciales reçut un message qui le fit bondir sur place.

– Quelque chose qui cloche ?

– Ciel Un vient d'être rappelé à Cedar Rapids.

– Et alors ?

– Il semble qu'un incendie se soit déclaré à la prison.

– Grave ?

– Non, ça n'en a pas l'air. Ils veulent juste pouvoir disposer de leur hélico, en cas d'urgence.

On décida de conduire Wittman à la prison du comté d'Homer et de l'interroger là-bas.

***

J'espérais que Julius Constantin ne serait pas trop difficile à manier, une fois coupé de son environnement habituel. On commença par lui fournir un avocat d'office, par radio. Le shérif du comté allait héberger tout le monde et faire le tri sur place. En cours de route, George joignit son coéquipier, à Cedar Rapids, sur son portable, et le chargea d'obtenir un mandat de perquisition du repaire de Wittman. Les spécialistes de l'antiterrorisme allaient s'occuper d'évacuer les armes déjà trouvées et toutes celles qu'ils découvriraient peut-être encore.

Wittman avait un ordinateur, et George laisserait sans doute les techniciens de leurs labos décortiquer l'engin. Il devait en avoir soupé, de l'informatique ! Qui plus est, Wittman était certainement plus fort dans ce domaine que les gens de la ferme. Sans doute avait-il su préserver efficacement ses logiciels et ses fichiers.

À part ça, Wittman avait la peur au ventre. On lui présenta son avocat, que l'importance et la complexité de l'affaire semblaient effrayer autant que son client. Les gens des forces spéciales et autres groupes d'intervention qui rangeaient leur matériel alentour, sans s'occuper de nous, l'impressionnaient.

Wittman consentit à nous parler, en présence de son avocat.

– Je ne sais absolument pas de quoi il retourne. Je ne tombe nullement sous votre juridiction. Je suis un homme libre de race blanche, âgé de plus de vingt et un ans, et je ne reconnais pas votre autorité. Donc...

– Donc, il faut que vous compreniez bien une chose, lui exposa paisiblement Voloni. Et que vous n'ayez garde de l'oublier, à aucun moment de nos échanges. Nous vous avons déjà mis à l'ombre pendant quelques mois, plus trente avec sursis. À présent, vous risquez la réclusion à perpétuité, au niveau de l'État, et trente ans au niveau fédéral. Il ne s'agit pas là de vaines menaces, et vous le savez.

Wittman avait l'air horriblement mal dans sa peau, mais se taisait. J'enchaînai sans hausser le ton :

– Moi, je suis du comté de Nation, comme je crois l'avoir déjà dit. Je suis ici pour établir qui a pressé la détente, dans l'affaire du meurtre de Philip Rumsford, journaliste, dans l'enceinte de la ferme Stritch, le 24 juin 1996.

– J'ignore totalement de quoi vous parlez.

– Puis-je vous rappeler que ce meurtre a été perpétré juste avant que vous ne preniez la fuite, en compagnie de Gabe, à travers le champ de maïs limitrophe ? Et juste après qu'ils eurent reçu, à la ferme, l'e-mail de Bravo6 leur conseillant formellement de tuer Rumsford ?

Wittman, qui n'avait pas une goutte de sang au visage, réussit à pâlir un peu plus et se mit à trembler convulsivement. Voloni, de son côté, me regardait de travers. On ne lui avait jamais parlé de Bravo6.

L'avocat de Wittman, totalement dépassé, s'avisa de l'état de son client, et déclara :

– Je crois qu'il est temps de mettre fin à cet interrogatoire.

Wittman secoua la tête.

– Donnez-moi une seconde. Juste une petite seconde.

On lui en donna plusieurs. Conscient que cet avocat ne pourrait guère lui être utile, il demanda :

– À quoi ça me servira de vous répondre ? Qu'est-ce que j'y gagnerai ?

– Je ne peux rien vous promettre. Tout ce que je pourrai faire, c'est intervenir en votre faveur auprès de l'accusation.

Ça sonne toujours faiblard, mais c'était vrai. J'insistai :

– Je vous parle franchement, en présence de votre avocat. J'essaierai de faire ramener les charges qui pèsent sur vous à la seule accusation de conspiration. Sous réserve, bien sûr, que vous ne soyez pas le meurtrier. Si c'est vous qui avez tué Philip Rumsford, je veillerai à ce que vous soyez condamné au maximum, quoi que vous puissiez dire ou faire.

– Pour ma part, intervint Voloni, je suis autorisé par le procureur à vous offrir ce qui vous a déjà été offert, lors de votre première condamnation. Vous vous souvenez de quoi il s'agissait ?

– Oui, reconnut Wittman.

– Et c'était quoi ? voulut savoir l'avocat.

– À la base, de diminuer des trois quarts sa condamnation, quelle qu'elle soit. S'il hésite plus d'une heure, ce ne sera plus que de la moitié. S'il tergiverse jusqu'à demain, ce ne sera plus que d'un quart. Ensuite, il n'y aura plus aucune possibilité de marché.

– Je ne pense pas que cette solution soit souhaitable, opina l'avocat.

– Si vous voulez conférer seul à seul avec votre client, poursuivit Voloni, il vous dira que nous le tenons par les couilles pour une cinquantaine de délits tous passibles de la prison fédérale. Et pas de traitement de faveur, cette fois-ci. Le quartier de sécurité maximale. À lui de prendre sa décision.

Wittman respirait très fort et transpirait de même. Je commençais à me faire du souci pour sa santé.

– Je sais ce qu'il veut dire, expliqua-t-il à son avocat. J'y suis déjà passé. Et ce sera pire...

– Alors, capitula le pauvre avocat, vous êtes le meilleur juge de ce que vous devez faire.

– Pourrais-je, sollicita Wittman, parler à cet officier fédéral... en privé ?

L'avocat regardait Voloni, comme s'il attendait son feu vert. Moi qui croyais avoir tout vu, tout vécu dans le genre...

– Je pense que ce serait une très bonne idée, concéda Voloni, impassible. À condition, naturellement, que votre avocat soit d'accord.

* * *

Une heure plus tard, Voloni et Wittman ressortirent de la salle voisine.

Wittman et son avocat conférèrent.

Voloni nous regarda, Hester et moi, avec un drôle de petit sourire.

– Affaire Gabriel. Ne me demandez rien. Vous allez obtenir ce que vous souhaitez.

* * *

Trois quarts d'heure plus tard, on avait tout en main. Wittman n'avait pas mis longtemps à nous raconter, à Hester et à moi, ce qui s'était passé dans la ferme des Stritch.

Lui et Gabe s'y étaient infiltrés vers 2 heures du matin. Malgré la présence de nos hommes. Je le croyais sans peine. Herman Stritch avait lourdement investi les fonds familiaux dans les entreprises financières de Gabe, qui lui avait juré d'être là, s'il avait un jour besoin de lui.

Gabe soutenait la famille Stritch et Wittman était là non seulement parce que leur doctrine de base exigeait le soutien de deux hommes, mais parce que Wittman s'y connaissait en informatique. Il avait même eu l'intention de protéger plus efficacement les banques de données de la famille, pratiquement ouvertes à tout vent. Par bonheur, il n'avait pas eu le temps de le faire.

C'était Gabe qui avait exprimé le désir de parler à la presse. C'était également lui qui avait exigé une seule personne, et de la presse écrite, pas de la télé. Il voulait plaider la cause de la famille Stritch et se faire un peu de pub par la même occasion. Pas la moindre violence préméditée au programme, là-dessus, Wittman était formel. Puis il y avait eu le message de Bravo6, Gabe avait aperçu la « bombe » et tiré deux fois, à deux ou trois secondes d'intervalle. Utilisant, à cette occasion, le Vaime MK 2 qu'on avait retrouvé dans le sous-sol de Wittman.

Gabe était amateur de munitions à haute puissance. D'où l'inefficacité du silencieux, à cette distance. Gabe avait fait recharger l'arme par Wittman, avant de se replier avec lui, par le champ de maïs. À ce moment-là, il portait un des H&K G3. Pour couvrir leur retraite. Hester et moi n'avions pas entendu ces tirs de couverture, pour la bonne raison que l'arme était munie d'un silencieux. J'en avais des frissons dans le dos.

Wittman avait également fait partie de la guérilla du 19 juin, mais jurait ses grands dieux qu'il n'avait pas tiré le moindre coup de feu dans le champ. Je lui demandai en quoi consistait, au juste, cet entraînement. Il me répondit que ça, c'était l'affaire de Voloni. Ce type arrivait à me foutre en rogne, même quand il n'était pas là.

Je parlai à Wittman de Johnny Marks.

– Qui ça ?

Je le lui expliquai en long et en large.

– Qu'est-ce que je peux avoir à faire avec ça ?

Simplement qu'il s'agissait d'un meurtre de plus et que ses exécuteurs nous avaient fait savoir que c'était en manière de représailles, pour la mort de l'officier Kellerman, dans les bois. J'épargnai à Wittman les affreux détails, en prévision du cas où il trahirait, par la suite, une connaissance anormale et révélatrice de l'événement.

Je sais reconnaître un regard d'incompréhension quand il m'est donné d'en voir un, l'expression stupéfiée, ennuyée, dépourvue de toute marque d'intérêt.

– Inconnu au bataillon, mais pourquoi quelqu'un irait-il faire une chose pareille ?

Il devait pourtant exister, quelque part, un rapport quelconque.

***

On fit savoir à Voloni qu'on en avait terminé avec Wittman. Pas lui. Il l'embarqua de nouveau, en tête à tête, dans la pièce confessionnal. Pendant qu'ils y étaient, on demanda à George, par téléphone, de faire étiqueter à notre nom le Vaime MK 2. Une confirmation balistique est toujours bonne à prendre.

Il me vint à l'esprit que Gabriel, pas fou, avait tout bonnement confié à Wittman l'arme du crime, pendant leur retraite à travers le champ de maïs. S'ils avaient été capturés, qui aurait-on arrêté en possession de l'arme fatale ? Pas Gabe ! Il me vint également à l'esprit que Wittman avait pu nous mentir, mais je n'y croyais guère. Pas dans son état de délabrement nerveux. Quels que fussent les arrangements pris avec Voloni, on avait toujours contre Wittman d'excellents chefs d'accusation puisqu'on avait retrouvé, chez lui, l'arme d'un crime, et qu'il ne pouvait l'ignorer. Non seulement, il avait été le témoin d'un meurtre, mais il s'était enfui pour cacher son identité. Il avait aidé Gabe à infiltrer le théâtre d'un autre meurtre. En d'autres termes, complice sur toute la ligne. La plupart des gens s'imaginent que parler aux flics est la panacée pour gagner l'indulgence du tribunal. Simple illusion. Parler au tribunal, sous la foi du serment, c'est ça, la panacée. Wittman ne se sortirait pas si facilement que ça d'une bonne inculpation de complicité de meurtre.

***

On décida, avec Hester, de retourner à la ferme de Wittman afin d'y cueillir l'arme en question. En route, elle me prouva, si besoin était, que les grands esprits finissaient toujours par se rencontrer.

Nonchalamment, comme si elle avait été sûre qu'elle et moi, on fonctionnait sur la même longueur d'onde, elle bâilla dans son poing :

– Depuis quand crois-tu que Wittman bosse pour Voloni ?

–Je te demande pardon ?

–J'ai dit : depuis quand crois-tu que Wittman bosse pour Voloni ?

–J'avais compris... Comment sais-tu que c'est ce que je pense ?

– Parce que je te connais comme si je t'avais fait. Et que ça saute aux yeux, non ? J'ai vu ça vingt fois, quand je travaillais pour les Stups. Ce genre de relation synergétique se développe tout naturellement. Entre le dealer et le flic qui le tient par où tu sais. Surtout si ça dure. Ils en viennent toujours à s'entendre comme larrons en foire.

On roula en silence pendant quelques secondes.

– On vient de vivre une grande journée. Tout se règle comme un mouvement d'horlogerie.

Sans doute effrayée par tant d'optimismc, Hester fit la grimace.

# 23

On allait repartir de chez Wittman, où on avait retrouvé George, avec notre précieux fusil. Je rangeai l'arme dans la voiture d'Hester, et on prit le temps de bavarder un moment, tous les trois, avant de redémarrer.

– Ce qui me tracasse, George, c'est que Wittman était dans les bois, avec le groupe qui a descendu Kellerman. Mais avec nous, il ne cherche pas à conclure un marché. Seulement avec Voloni.

– Tu es sûr de savoir qui a tué Rumsford ?

– Oui. Et de pouvoir accuser Wittman de complicité de meurtre, mais il nous faut aussi des preuves matérielles.

– Houseman ! intervint Hester.

– Oui ?

– Ne sois pas aussi négatif. Et ce machin que tu viens de coller dans ma voiture, ce n'est pas une preuve matérielle ?

Je rectifiai la position du fusil, sur la banquette arrière. Il faisait à peu près un mètre vingt et quatre kilos cinq. Les techniciens l'avaient glissé, avec son étiquette d'identification, dans un long étui de matière plastique transparente. Une étiquette spéciale pour ce genre de pièce à conviction. Les fédéraux avaient tout. Pensaient à tout. Si j'avais voulu glisser un fusil dans un étui de plastique, à Maitland, j'aurais dû l'improviser, à partir de vieux sacs d'emballage. Ou démonter l'arme. L'emballer en pièces détachées. Quant aux étiquettes...

Le téléphone d'Hester sonna alors que j'avais encore la tête dans sa voiture. Je me redressai d'un bond alors qu'elle attrapait son téléphone, sur le tableau de bord, et je me cognai méchamment la tête avant de claquer la portière arrière.

– De toute façon, commenta George, la journée est finie. Rentre chez toi.

Hester paraissait légèrement troublée.

– C'est toi qu'ils voulaient. Ils te demandent de les rappeler, sur une ligne propre.

– Qui ça, ils ?

– La RCMP.
– La quoi ?
– La Royal Canadian Mounted Police.
– La Police montée royale du Canada ?
– Oui ! La RCMP, bureau de Winnipeg.

Puis elle me tendit la feuille de calepin sur laquelle elle venait de griffonner le numéro.

* * *

Sauf preuve du contraire, la seule ligne propre, sans risque d'écoute, était celle de la prison du comté d'Homer. Sur la route, Hester demanda :

– On en parle tout de suite à Voloni ?

– Qui t'a appelé ? Les gars de la RCMP en personne ?

– Non. La radio de la police d'État. C'est eux qui ont reçu le coup de fil.

– Alors, pas de Voloni tout de suite. Aucune obligation de transmettre, *a priori*.

* * *

En deux temps, trois mouvements, l'adjoint Roberts mit son bureau à notre disposition. J'appelai le numéro. On me passa un sergent nommé Robert Chang. Pas le genre de nom que j'aurais spontanément associé à la police royale canadienne. Une première surprise. La deuxième :

– Vous connaissez une certaine Nancy Mitchell ?

– Oui.

En jetant le nom sur le bloc-notes disponible, au bénéfice d'Hester et de George.

– Madame Mitchell nous a appelés, un peu plus tôt dans la journée.

Nancy leur avait expliqué qu'elle était venue au Canada pour assister à l'enterrement d'un ami, et que quelqu'un essayait de la tuer. Elle ne s'était pas montrée incohérente. Simplement effrayée. Elle se trouvait alors dans un motel des environs de Winnipeg, et réclamait une assistance immédiate. Trois minutes plus tard, la police locale se présentait au motel. Pas de Nancy. La chambre qu'elle avait occupée était en ordre. Aucun signe de bagarre ou de violence d'aucune sorte. Aucune trace de sa voiture, non plus. Plus de voiture, plus de Nancy, point à la ligne. Elle n'avait pas rempli la fiche réglementaire, mais ça, ce n'était jamais qu'une négligence des plus courantes.

Il avait fallu aux flics de Winnipeg un peu moins d'une heure pour obtenir, des services américains, le numéro de sa voiture. Elle leur avait bien cité mon nom, en précisant que je l'avais chargée d'une « sorte de mission », mais elle avait tellement peur qu'elle ne s'était pas souvenue du comté de Nation. Rien que de l'Iowa. Le temps de me retrouver, environ quatre heures s'étaient écoulées.

Pouvais-je leur fournir quelques informations complémentaires ?

Je pouvais. L'enterrement de Rumsford. Une enquête en cours. Le rôle de Nancy dans la distribution. Alors que j'égrenais ces détails, me revint un fait accessoire, ou qui m'avait paru tel, jusque-là : Gabriel était né à Winnipeg. C'était là que Rumsford venait d'être enterré.

En muselant l'appareil, d'une main, je soufflai à George :

– Mieux vaut alerter Voloni.

George s'escamota tandis que j'enchaînais, pour le sergent Chang :

– Je viens d'envoyer un homme du FBI alerter son supérieur, qui se trouve dans ce même bâtiment. Ça ne demandera pas plus de quelques minutes.

Je ne croyais pas si bien dire. Voloni et George firent irruption dans le bureau de Roberts en un temps record, et Voloni tendit la main vers le téléphone. Je le lui passai. Rien d'autre à faire.

Il se présenta. Puis demanda, très poliment, au sergent Chang s'il connaissait l'inspecteur-chef MacGuinn, de la section renseignements. Le sergent connaissait MacGuinn. Voloni le pria de bien vouloir le prévenir afin qu'il rappelât sans tarder le numéro suivant... Puis il raccrocha, non sans avoir remercié poliment le sergent Chang.

Pivotant sur la chaise de bureau, Voloni desserra sa cravate et nous regarda successivement, Hester, George et moi.

– Je sens que vous allez m'expliquer de quoi il retourne.

– L'essentiel, en tout cas.

– Il me tarde de savoir ce que vous avez mijoté, tous les trois.

– Tous les deux, rectifia George. Je ne suis pas dans le coup.

– Demandez-le-lui, précisa Hester en me montrant du doigt.

Je poussai un long soupir.

– Alors, qu'est-ce que vous voulez savoir au juste ?

* * *

Trois minutes plus tard, Voloni en savait autant que nous.

– Vous pensez donc qu'elle a pu en faire un peu trop, aux yeux de ce Borcherding, alias Bravo6 ? Qu'il est allé à cet enterrement, au Canada, et que c'est lui qui lui en veut ?

– Ça me semble plausible.

– À moi également. Si l'on ne tient pas compte du fait irréfutable que M. Borcherding est actuellement en état d'arrestation, à l'hôpital Saint-Luc de Cedar Rapids.

Voloni possédait un sens profond de l'effet dramatique.

Il nous expliqua, à son tour, que l'incendie de la prison du comté de Linn n'avait été que la conséquence vite maîtrisée d'une explosion. Le shérif du comté de Linn et la police de Cedar Rapids avaient supposé, au départ, qu'il s'agissait d'une tentative avortée de faire évader quelqu'un, en abattant partiellement un mur. Aucune intrusion n'avait eu lieu, et après s'être assuré de la présence de tous les prisonniers, ils avaient découvert que « l'explosion » avait été, en fait, celle d'une roquette tirée de l'extérieur. Très proches de la prison, les pompiers étaient venus rapidement à bout du commencement d'incendie. Quant à la roquette, elle avait été tirée d'une voiture. La voiture appartenait à un certain Gregory Francis Borcherding. Qui s'était présenté spontanément à l'hôpital Saint-Luc, un quart d'heure plus tard, avec de vilaines brûlures. Et le personnel hospitalier avait prévenu les flics.

Voloni était profondément écœuré.

– Plus con que ce type, c'est à peine imaginable. Tirer au bazooka du siège de sa voiture... c'est un sacré veinard de ne pas avoir grillé avec tout le véhicule.

Apparemment, le recul du lance-roquettes LAW avait enfoncé la portière de la voiture, derrière le tireur, dissipant, dans le mauvais sens, la majeure partie de l'énergie produite. Il en restait juste assez pour écorner la muraille visée, et brûler, avec l'intérieur du véhicule, les vêtements et la peau de M. Borcherding.

Je n'en revenais pas moi non plus.

– Tout ça pour libérer Herman Stritch ? Comment diable a-t-il pu croire un instant...

– Il n'essayait de faire évader personne. Il croyait savoir où ils étaient logés. Il essayait de les tuer. D'après les flics locaux.

Au tour d'Hester d'objecter :

– Vous rigolez ! Pourquoi aurait-il voulu faire une chose pareille ?

– J'ai cru comprendre qu'il était déjà sous l'effet de la morphine quand ils l'ont interrogé. Mme Stritch lui aurait dit que son mari s'apprêtait à balancer tout le monde aux fédéraux.

Ceux d'entre nous qui étaient dans le secret frémirent légèrement. Le message bidon qu'on avait envoyé par e-mail pouvait-il être considéré comme une sorte de « communication » avec Mme Stritch ?

Sans l'ombre d'un doute !

– La morphine provoque bien des hallucinations, dit Hester.

– C'est pourquoi ce qu'il a dit ne sera pas retenu, riposta Voloni. Simples divagations d'homme sous l'effet de la drogue.

Compte tenu du personnage, il ne serait pas trop difficile de persuader le monde extérieur que Borcherding était dingue, même sans morphine.

– Et le plus beau, ajouta Voloni, c'est que le lance-roquettes était un modèle britannique LAW 80, comme ceux stockés chez Wittman.

Ça, je m'y attendais, mais j'étais très heureux de l'entendre. Un recoupement. Enfin. Le tout nous laissait, toutefois, dans le noir complet au sujet de Nancy. Qui la menaçait ? Pourquoi ? Où était-elle ? J'en avais l'estomac retourné.

– Borcherding ne serait donc pas seul à lui chercher noise ?

– Apparemment.

– Que sa voiture ait disparu avec elle me semble un bon signe, dit Hester.

– À moi aussi, renchérit George.

Et Voloni :

– Si elle est en route pour l'Iowa, comme je l'imagine, elle va se faire tuer.

– Pourquoi ça ?

– Parce que Gabriel est un spécialiste en la matière.

– Ce n'est pas parce qu'il est né là-bas...

– Mais il y a conservé des tas de contacts.

– Pourquoi, questionna George, serait-il allé à l'enterrement de Rumsford ? La coïncidence ne vous semble pas un peu forte ?

Voloni leva les yeux vers lui.

– Parce que, agent Pollard, Gabriel n'est pas allé à l'enterrement de Rumsford. Il veut la peau de cette foutue journaliste, et il a décidé de lui régler son compte dans un secteur où il dispose de toute la main-d'œuvre nécessaire.

Malgré toute mon amitié pour George, je commençais à mieux apprécier Voloni.

– Vous pensez qu'il ne va pas agir seul ?

– Non. Il n'agira pas lui-même. Mais par tueurs interposés.

Le téléphone sonna. C'était la RCMP, pour Voloni. Je lui passai le combiné. Me levai. Fis un pas vers la porte. Il me fit signe de rester.

– Allô, MacGuinn ? Pas encore à la retraite ?

Il exposa le topo à l'inspecteur-chef, en quelques phrases. Tous deux connaissaient parfaitement Gabriel. Une fois le terrain déblayé, Voloni ajouta, presque jovial :

– Oh, à propos, je viens de récupérer une partie de la cargaison d'armes britanniques volée à Bruggen... Non, malheureusement, rien qu'une petite partie... Je crois, en effet...

Il releva les yeux en nous montrant poliment la porte. Aucun de nous trois n'osa insister.

* * *

Voloni attachait évidemment plus d'importance aux armes volées en Angleterre qu'à Nancy Mitchell. Dur, mais parfaitement logique. Nancy n'était qu'une personne isolée. Un stock d'armes de la taille que je commençais à soupçonner pourrait causer la mort de centaines, voire de milliers de personnes.

– Il faut aller au secours de Nancy, rappela Hester.

Mais comment ? Tant qu'elle n'aurait pas regagné l'Iowa, c'était aux Canadiens et au FBI de lui porter assistance. On se retourna vers George.

– Je vais m'en occuper. On va faire le maximum...

Sans doute. Et si c'était Gabriel qui menaçait l'existence de Nancy, j'étais sûr qu'ils y mettraient le paquet. Si elle n'était pas déjà morte.

Voloni sortit du bureau.

– Un tuyau intéressant. D'après MacGuinn, Gabriel aurait été vu à Winnipeg, aujourd'hui même.

Il consulta sa montre.

– Temps d'aller au lit, messieurs-dames. Demain risque d'être une longue journée.

Auparavant, George se chargea de prendre la première mesure qui s'imposait. Un avis de recherche concernant Mitchell Nancy, journaliste, voiture numéro tant, sur tout le territoire des États-Unis. Un appel à toutes les polices qui ne prit pas beaucoup de temps.

Alors qu'on regagnait nos voitures, je dis à Voloni :

– Vous savez, je n'aimerais pas du tout être dans la peau de Gabriel.

– Pourquoi cela ?

– Vous avez dit qu'il allait souvent à Londres et en Allemagne. Mais avec ce vol d'armes, il a maintenant au cul les flics allemands, les flics anglais et la RAF... sans parler de vous et des Canadiens.

– Pourquoi la RAF ?

– Bruggen est une base de la RAF en Allemagne. Protégée, j'imagine, par une unité militaire de la RAF ainsi que par l'ensemble de leurs services de renseignements. Quelque chose a foiré quelque part, au cours du stockage. Ils doivent tous être sur les dents.

– Houseman, vous êtes étonnant.

– Merci beaucoup.

À 2 h 27 du matin, j'étais sur la route du comté de Nation. À 3 heures, j'étais dans mon lit.

# 24

Selon le témoignage de mon affreux petit réveil, la sonnerie du téléphone me ramena sur terre à 7 h 18. Le 30 juillet.

Je décrochai tout de même et marmonnai quelque chose comme :

– Halumph ?

– Je vous souhaite bien le bonjour, psalmodia une voix qui ne m'était pas familière.

– À qui ai-je l'honneur ?

– Jacob Nieuhauser.

Jacob Nieuhauser. Jacob Nieuhauser. Le nom me rappelait quelque chose, mais du diable si j'étais capable de m'en souvenir.

– Je vous connais ?

– Moins que vous croyez me connaître.

– Gabriel !

Mon cerveau redémarrait à plein régime.

– C'est ainsi que mes amis m'appellent, mais vous pouvez continuer.

– Merci.

Merci de quoi ?

– Vous avez un service à me rendre.

Sur le ton d'une conversation mondaine.

– Lequel ?

– Cessez d'envoyer des journalistes à ma recherche. Ça ne marchera pas.

– Si je ne l'avais pas fait, m'auriez-vous téléphoné ?

– Un point pour vous. Mais ça coûte cher aux journalistes.

– À un seul d'entre eux.

– Non, à deux.

– Vous la retenez prisonnière ? Vous vous en êtes pris à elle ?

– Deux fois non. Prendre des otages finit toujours par vous faire tuer. Donc, jamais d'otages. C'est la première règle d'or.

– Mais ?

– Mais je la vois d'où je suis. Elle téléphone du hall d'un hôtel de la chaîne Travel King, juste en dehors de Fairmont, il se pourrait bien que ce soit vous qu'elle cherche à joindre.

Je ne trouvai strictement rien à lui répondre.

– Voyez-vous, ma façon de prendre des otages est infiniment plus efficace. Je les contrôle de loin. Je ne les séquestre pas. Je les tue quand le geste s'impose. S'il ne s'impose pas, ils survivent. C'est une sorte de pile ou face.

– Ensuite ?

Je ne suis jamais très brillant, à 7 heures du matin.

– Ensuite, rien. Seuls, les plus importants sont informés de la conjoncture. Après tout, ils ne paient pas de rançon. Ce sont les autres qui paient pour eux. Un bon sujet de méditation.

Et il raccrocha, sans plus.

Je ne pouvais pas le croire. Je croisai le regard de Sue, qui m'observait sans comprendre.

– C'était qui ?

Je lui dis ce que je pouvais lui dire, à savoir pas grand-chose. J'avais besoin d'un bol de café pour prendre une décision. Le téléphone sonna de nouveau. L'horloge du micro-ondes indiquait 7 h 24.

– Allô !

– Enfin !

C'était Nancy.

– Écoutez, Nancy...

– Ne me faites plus jamais ça, vous m'entendez, Houseman ? Je vais me faire tuer par votre faute.

– Où êtes-vous ?

– À Fairmont, dans le Minnesota.

– Au Travel King ?

Elle s'étrangla :

– Quoi ?

Au moins, elle ne criait plus.

– Comment le savez-vous ?

– Parce que l'homme qui, d'après vous, veut absolument vous tuer vient de me téléphoner pour me dire où vous étiez.

– Merde, je croyais pourtant l'avoir semé.

Sa voix remonta d'une octave et se para d'un curieux vibrato. Elle tremblait de peur.

– Il faut venir à mon secours. Il va me tuer.

– Pas du tout, Nancy, c'est ce qu'il vient de me dire.

Ce n'était qu'un demi-mensonge.

– Quoi ?

– Il ne va pas vous tuer.

– Vous en êtes sûr ?

– Donnez-moi votre numéro.

– On ne peut pas me rappeler ici. C'est écrit sur l'appareil.

– Alors, ne raccrochez pas, et écoutez-moi bien. Je vais appeler le bureau sur mon portable. Vous entendrez ce que je dirai. Je parlerai assez fort.

Je cueillis, sur le micro-ondes, mon portable fraîchement rechargé. Pianotai en vitesse.

– À l'écoute, Trois.

– Contactez la police de Fairmont, Minnesota, dix-trente-trois. Dites-leur que Nancy Mitchell est au Travel King, en train de parler au téléphone. Qu'ils foncent immédiatement la récupérer.

– Dix-quatre.

– Faites-le par fax. Pas de radio. Bien reçu ?

– Dix-quatre, Trois.

– Vous avez entendu, Nancy ? Ne bougez pas d'où vous êtes.

Son soupir me parvint, avec une pointe de sanglot.

– Ouais. Ouais, j'ai entendu. Je ne bouge pas d'ici.

Elle continua de se parler à elle-même pendant une minute environ. Puis j'entendis des sirènes à l'arrière-plan.

– Les voilà !

– Ne raccrochez toujours pas, Nancy. Et qu'un des flics m'appelle tout de suite.

Je rappelai le bureau sur mon portable. Leur dis de recontacter immédiatement Fairmont, par radio, et de leur demander le nom de l'officier qui venait de partir en mission à l'extérieur. Ils me le transmirent. Puis une voix masculine m'interpella, du Travel King.

– Qui est-ce ?

– Shérif adjoint Houseman, du comté de Nation, dans l'Iowa. Et vous ?

Il me déclina son identité. C'était la bonne.

* * *

Donc, à 8 heures, par ce beau mardi matin ensoleillé, j'étais debout, soucieux, fatigué et crevant de faim. Je repris du café, avec des gaufrettes sans matière grasse prélevées dans le congélo et passées au grille-pain. Tandis que le bureau établissait la liaison avec

Hester, George et Voloni. Juste alors que les gaufrettes ressortaient, noircies, mais chaudes, le téléphone remit ça. Hester, George ou Voloni ?

– Allô !

– Vous êtes tellement prévisible.

C'était Gabriel.

– Trop tôt pour être original.

– Je parierais que vous êtes vieux et gras.

Il n'y a que la vérité qui offense, mais en général, j'encaisse bien jusqu'aux environs de midi.

– Vous m'avez observé aux jumelles ?

Ma réponse le déconcerta. Une seconde ou deux.

– Trêve de plaisanteries. Contentez-vous de la poignée d'idiots que vous tenez déjà.

– Par exemple ?

– Vous le savez aussi bien que moi. Wittman, Borcherding, Stritch. C'est eux que vous voulez. Ça comblera l'opinion publique et les sionistes.

– Et ceux qui participaient à l'entraînement dans les bois ? Ceux qui ont vraiment tué ?

– Vous risqueriez gros à faire leur connaissance. Croyez-moi sur parole.

– Et si c'est indispensable ?

Il poussa un énorme soupir.

– Renoncez-y. Arrangez les preuves pour qu'elles accusent les autres. Vous savez faire ça. Vous le faites souvent.

– Désolé, c'est pas le genre de la maison.

– Vous n'avez pas encore eu le temps de remonter à l'origine de cette conversation amicale. Mais je vais devoir tout de même l'interrompre. Trop ennuyeuse.

– Vous voulez me dire pourquoi vous avez chargé Borcherding d'éliminer Stritch... même si cet amateur s'y est pris comme un manche ?

– Devinez !

– Je voulais juste savoir si c'était à cause de cet e-mail que je vous ai fait parvenir.

– Vous n'avez aucun moyen de m'atteindre par e-mail.

– Mais si. À condition de m'appeler Nola et de passer par Bravo6.

Silence absolu.

– Et j'ai encore fait deux autres petites choses que vous n'allez pas aimer non plus.

– Oh ?

Juste une onomatopée glaciale. À peine audible.

– Si vous jugez bon de me rappeler, je vous raconterai tout. Vous avez tort de nous mettre tous dans le même sac. Au revoir.

Cette fois, c'est moi qui raccrochai. Je suais abondamment et mes gaufrettes étaient froides. J'étais sûr de l'avoir ébranlé, mais... En réalité, que pouvais-je faire de plus ? J'avais inventé ces « deux autres petites choses ». Mais le fait de lui en avoir dit une, et une vraie, le pousserait sans doute à regarder, de temps en temps, par-dessus son épaule. La méthode qu'il appliquait à ses otages ? Celle de la longue corde toujours prête à se transformer en nœud coulant. J'espérais que ça marcherait aussi bien qu'il le pensait lui-même.

Je réchauffais mes pauvres gaufrettes carbonisées dans le micro-ondes quand le téléphone sonna à nouveau. Hester. J'arrêtai les gaufrettes et lui expliquai ce qui venait de se passer. Elle n'était pas ravie, mais heureuse, au moins, que les flics de Fairmont aient sauvé Nancy. Je lui dis que j'allais essayer de déjeuner, puis que j'irais faire un tour au bureau. À ceux du bureau, je précisai que si quelqu'un osait me déranger avant trois quarts d'heure, je viendrais les tuer tous sitôt que j'aurais déjeuné. Lamar ? Il les avait appelés à 5 h 45. Parfait, comme disait Voloni. Il allait décidément mieux. Je sortis mes quatre dernières gaufrettes. Cette fois, je parvins à les ingérer. Même si je n'aime pas vraiment les gaufrettes.

* * *

En passant, je déposai Sue chez sa mère. Je ne voulais pas que Gabriel pût en faire une de ses « otages ». À 9 h 22, j'étais au bureau. Je savais que George et Voloni seraient là dans une heure, Hester dans trois quarts d'heure et Nancy en fin de matinée. Trois territoriaux de l'Iowa nous la rapatriaient depuis la frontière du Minnesota. Il ne me tardait pas tellement de la revoir. Elle ne serait sans doute pas d'excellente humeur.

Quand Hester arriva, bonne première, je lui racontai ma matinée, et le coup de bluff que j'avais lancé à Gabriel, au sujet de l'e-mail et de Bravo6. On le dirait sûrement à George, mais pas à Voloni.

La première chose que fit Voloni, à son arrivée, fut de m'informer que mon téléphone serait désormais sur écoute. Avec tout le dispositif de remontée accélérée jusqu'à l'origine des appels. Rien à dire. Côté portable, ce serait plus difficile. Inutile, selon moi, mais

Voloni insista. Qui pouvait prévoir les initiatives de l'adversaire ? Comme je l'ai dit, je commençais presque à le trouver sympa.

– Franchement, Houseman, je suis surpris qu'il vous ait appelé. Ce n'est pas du tout son style.

– Vraiment ?

– Vous devez le toucher de plus près que vous ne le pensez, même si vous ne savez pas pourquoi. En revanche, qu'il vous ait suggéré d'arranger les preuves pour faire accuser de faux coupables, ça, c'est lui tout craché.

– À part Rumsford, Gabriel n'a commis aucun crime dans ma juridiction. Ni dans tout l'État de l'Iowa.

– Si tu exclus la conspiration, dit George.

– Mais du point de vue de la juridiction, c'est un délit fédéral.

– Exact, admit George.

– Tout ça pour dire ? questionna Voloni.

– Tout ça pour dire que son erreur a été de pénétrer dans la ferme des Stritch. Jusque-là, il n'avait contre lui qu'un délit fédéral absolument mineur.

– Exact, répéta George.

– À cause de sa présence dans le champ, rappela Hester.

– Tout juste ! Rien d'autre. Sinon des magouilles financières probables, mais on ne sait rien de précis là-dessus.

– Continuez, Houseman, dit Voloni.

– Wittman nous a dit que Gabriel avait rappliqué chez les Stritch sur leur demande. Apparemment pour tenir une sorte d'engagement politique et philosophique. En dépit de la situation désespérée dans laquelle ils étaient.

– Exact, dit Voloni.

– Et ça, c'est son style ?

– Ça pourrait l'être.

– Ne jouons pas au plus fin. Pour l'amour du ciel, c'est ou ça n'est pas son style ?

– Je ne m'y attendais pas, reconnut Voloni. J'aurais cru qu'il enverrait plutôt un quelconque émissaire.

– Ç'aurait été plus conforme à sa méthode et à sa logique habituelle ? Pas de venir se fourrer dans la gueule du loup ?

Tout le monde était d'accord là-dessus.

– Vous avez une idée du mobile qui a pu le pousser à faire quelque chose d'aussi... tactiquement incorrect et, comment dire ? Non...

– ... professionnel, proposa Hester.

– Non professionnel et contraire à la raison, appuya George. Contraire à toute raison !

– Et totalement opposé à son caractère, résuma Voloni. Continuez, Houseman.

– Je crois que je sais pourquoi.

Voloni ne bronchait pas d'un poil.

– Nola Stritch.

Voloni n'avait jamais examiné, pas même soupçonné, cet aspect d'un problème que Melissa, la belle-fille, avait soulevé dès le début. En l'absence de Voloni. Hester en première ligne, puis George, à l'arrière, étayèrent mes explications, à mesure que je les donnais.

– Vous aurez du mal à me convaincre, dit enfin Voloni. Parce que c'est votre propre conviction commune qui semble avoir engendré les arguments capables de la démontrer.

Hester, remontée à bloc, n'y alla pas par quatre chemins.

– C'est le plus vieux mobile du monde. Mais qu'est-ce qui te faire croire qu'il s'agit de Nola ?

Elle m'invitait à développer ma thèse, envers et surtout contre Voloni, et je me gardai bien d'en laisser passer l'occasion.

– Eh bien, elle est encore très belle. Elle doit avoir quarante-cinq ans, un peu plus, un peu moins. Elle est en pleine forme. Très intelligente. Dynamique, de bien des manières. Elle est dévouée à une cause. Une femme très attirante, très séduisante, très intéressante. Vrai ou faux ?

– Vrai, osa George.

Dieu le bénisse !

– D'autre part, elle voit en Gabriel une sorte de héros. Tout ce qu'elle n'a pas trouvé, ou qu'elle ne trouve plus, chez Herman.

Je pris Hester à témoin.

– Plausible ?

– Oui, compte tenu de ce qu'elle est.

– Sans oublier, dit George, qu'elle a certainement aidé Gabriel à acquérir sa position présente. C'est Sally, notre coordinatrice, qui a soulevé ce lièvre.

– J'aimerais beaucoup la rencontrer, murmura Voloni.

J'enchaînai :

– Tout milite dans ce sens. Et ce terrain d'entraînement proche de chez les Stritch ! Vous voulez parier ?

– Sally a également soulevé un autre lièvre, souligna Hester. La médiocrité évidente du mari... alors que débarque le brave chevalier à l'armure étincelante.

– Sans oublier la rapidité avec laquelle Gabriel a envisagé de se débarrasser d'Herman.

Celle-là, je venais d'y penser. Et Voloni, songeur, approuva :

– Après avoir répondu si vite au fameux e-mail.

– Qui l'a vraiment ébranlé !

Voloni leva la main.

– Vous êtes parvenu à le désarçonner, Houseman. Ce n'était peut-être pas la meilleure chose à faire.

– Comment va-t-il réagir ? Pas en prenant des otages, ça, c'est sûr. En menaçant ma famille ? Ça ne fera pas libérer Nola. Me tuer ? Juste pour se sentir un peu mieux dans sa peau ? Mais Nola sera toujours en taule.

– Ne sous-estimez pas les plaisirs de la vengeance, Houseman...

– Je ne sous-estime absolument rien. Mais pour que la vengeance soit douce, il faut être deux à la savourer. Le beau chevalier veut sa princesse. Ne sous-estimez pas le pouvoir de l'amour.

Les doigts de Voloni battaient la charge sur le dessus du bureau.

– D'accord. On va piocher dans cette direction.

– Bravo, dit George.

– La situation est radicalement inversée. C'est nous, pas lui, qui avons un otage.

– Non, me contredit sèchement Voloni. Il ne pourra jamais la sortir du comté de Linn. Impossible. Il réessaiera peut-être de tuer Herman, mais c'est un autre problème. La sortir de là, je le répète : impossible !

– Il ne le tentera même pas.

– Non, parce qu'il n'est pas fou.

– Eh bien, je ne vois qu'une façon de le pousser à l'action.

– Ne me dites rien, ordonna Voloni. Je ne veux même pas le savoir.

C'était à mon tour de sourire.

– Il suffit de la retransférer ici.

## 25

Nancy et son escorte venaient d'arriver. Juste à temps. On les regarda remonter le chemin conduisant à la petite éminence sur laquelle sont perchés, à Maitland, la prison et les bureaux du shérif du comté de Nation.

– Réfléchissez-y un instant, dis-je à Voloni. Nous, il faut qu'on parle à Nancy...

La pauvre était épuisée. Comme nous le confirma l'un des flics, elle avait tenu à conduire elle-même, les trois quarts du temps, depuis la frontière du Canada.

Nancy Mitchell s'effondra sur une chaise, dans le bureau des enquêteurs. On lui servit du café, on lui commanda un déjeuner substantiel, on l'aida de notre mieux à reprendre figure humaine. Sa nuit avait été mouvementée. Plutôt que de descendre dans un motel, elle l'avait passée dans sa voiture, sur une de ces aires ironiquement qualifiées « de repos », en réglant d'heure en heure la sonnerie de sa montre.

La troisième fois, cette sonnerie ne l'avait pas tirée de ses cauchemars, et elle s'était réveillée en sursaut, au bout de deux heures, par manque d'air, dans l'étouffoir d'un véhicule aux vitres baissées. Il avait fait très chaud la nuit dernière. Et plus humide que jamais. Lucide, elle se lamenta :

– Je dois être affreuse...

Un silence poli accueillit sa déclaration. Puis Hester, bonne âme, suggéra :

– Vous avez de quoi vous changer dans votre voiture ? Pourquoi n'iriez-vous pas prendre une douche, à la section féminine de la prison ? Vous vous sentiriez tellement mieux, après...

On appela Sally. Je demandai à Nancy :

– Qui vous a menacée, au motel ? Quelqu'un que vous connaissiez ?

– Non. Et il ne m'a pas décliné son identité.

Rien que l'expression employée prouvait qu'elle était à cran. Voloni, lui, se présenta dans les règles, et sa courtoisie parut séduire Nancy.

– Vous pouvez nous le décrire ?

– Un type en short, avec une serviette autour du cou, des baskets, un baladeur et une chemise de l'armée qui disait quelque chose au sujet d'un hélicoptère.

– « La mort vient du ciel » ? proposa Voloni.

– Oui, je crois que c'était ça.

– Quelle taille ?

– Un mètre soixante-dix. À peu près ma taille. Bâti comme un nageur plutôt que comme un coureur, si vous voyez ce que je veux dire.

– Je vois. Qu'a-t-il dit ?

– Jamais je ne l'oublierai. Il a dit : « Vous avez mis les pieds dans quelque chose qui ne vous concerne pas. Souvenez-vous de votre coéquipier, ma petite dame ! »

Elle dut s'y reprendre à deux fois, visiblement terrorisée.

– Puis il a dit : « Pensez aux dégâts que ferait une balle dans votre joli corps »...

– Avait-il un accent quelconque ?

Nancy se concentra, une seconde ou deux.

– Oui et non. Plutôt une façon de parler comme un Anglais cultivé, sans nasiller comme la plupart des Américains...

– Et qu'aviez-vous fait pour attirer sur vous la colère de ces gens-là ?

Nancy leva vers moi un regard plein de ressentiment.

– Rien d'autre que ce que je vous avais promis de faire...

– Plus explicitement ? interjecta Voloni.

– Eh bien, j'ai contacté Borcherding. J'ai accepté un verre ou deux. Je lui ai parlé de sa connerie de journal, de ses ordinateurs et de tout ce qui lui passait par la tête. Il s'est mis à déblatérer sur ses sympathies d'extrême droite, et je me suis énervée. Je lui ai demandé en quoi tout ça pouvait justifier le meurtre de Phil Rumsford.

C'était plus que je n'avais attendu d'elle.

– Et qu'est-ce qu'il a répondu ?

– Que ce meurtre était parfaitement justifié ! Il s'en gargarisait, le fumier ! Comme s'il en était très fier. Alors, je lui ai dit ce que j'avais sur le cœur.

– Mon Dieu, soupira Hester.

– Après ça, il m'a conseillé de fermer ma gueule, parce qu'il connaissait des tas de gens qui n'apprécieraient pas mes propos... et je lui en ai mis une...

Je m'entendis hurler de rire, et conclus en m'essuyant les paupières :

– L'infiltration discrète, ce n'est pas votre fort, hein, Nancy, dis-je en souriant.

– Pas de ma faute, Houseman !

Sitôt que Sally trouva le temps de nous rejoindre, on lui confia la journaliste, avec mission de veiller sur la tranquillité de sa douche. Alors que les deux femmes marchaient vers la sortie, Voloni se leva.

– C'est vous, Sally ?

– Bien sûr.

Il lui tendit la main.

– J'ai beaucoup entendu parler de vous. Je m'appelle Voloni.

***

Tandis que Sally veillait sur Nancy, on attaqua les sandwichs qu'un gars de l'équipe de jour était allé chercher.

– Ce n'était pas Gabriel, affirma Voloni entre deux bouchées de son hamburger.

– Sûr ? s'enquit George.

– Certain. Jacob Nieuhauser dépasse le mètre quatre-vingts de cinq bons centimètres et pèse quatre-vingt-dix kilos. Il a un accent américain du Midwest, mâtiné d'intonations traînantes qu'il a récoltées durant ses années de service dans l'armée.

J'approuvai sans réserve :

– Bonne description. C'est exactement ce que j'ai entendu au téléphone.

– On va la transmettre à la police canadienne, pour qu'ils nous disent si elle colle avec quelque individu de leur connaissance...

La bouche pleine :

– Fameux, ces hamburgers.

George était aux anges, car son supérieur hiérarchique paraissait soudain de très bonne humeur. Le temps de souffler avant de se relancer sur sa piste.

La plus grande discrétion s'imposait, à partir de là.

Pas question d'aborder ouvertement la vraie raison pour laquelle nous allions ramener Nola dans nos murs. La raison officielle, ce serait la nécessité de la soumettre à des interrogatoires plus approfondis. Double motif d'inquiétude pour le camp adverse. Surtout s'ils la savaient en mesure de divulguer les noms des tireurs du champ.

* * *

Nancy revint toute fraîche de sous la douche. Avec Sally en remorque.

– Pourquoi ne m'avez-vous rien dit sur Borcherding et l'attaque de la prison ? Il faut que je file d'ici. Il faut que je lui parle. À moi, il parlera. Je vais me faire réserver la une…

Gonflée. Mais c'était son boulot. On la laissa partir.

Restait à informer Art du retour de Nola dans le comté de Nation. La nouvelle n'avait rien qui pût éclairer sa journée. Elle allait exiger une notable augmentation des effectifs.

Et c'était le moment ou jamais de réunir le conseil de guerre.

* * *

Voloni était sûr que Gabriel réagirait. Très vite. Il ne voudrait peut-être pas monter au créneau lui-même, mais il se tiendrait assez près de l'action pour présider en personne à l'évasion de Nola. On était tous d'accord là-dessus. Après tout, il n'avait pas accompagné ses sbires dans les bois, le jour de l'embuscade. Il n'était arrivé à la ferme que bien après le meurtre de Bud, perpétré sinon par un de ses subordonnés, du moins par un de ses partisans. C'était également un comparse, Borcherding, qui l'avait poussé à descendre Rumsford. Un autre qui avait terrorisé Nancy. Et le même Borcherding qui s'en était pris aux murs de la prison du comté de Linn. Aucune de ces initiatives ne s'était passée comme prévu. Il était grand temps que le colonel reprît les rênes en main.

Cela dit, les choses n'étaient pas aussi simples. On ne savait ni quand, ni comment, ni avec quels moyens il passerait aux actes. S'il passait aux actes ! L'attente, dans ces conditions, serait dure à supporter. Nous avions grand besoin d'informations supplémentaires. Assez précises pour nous fournir au moins un petit avertissement. Si modeste fût-il.

Voloni voulait répartir plusieurs de ses hommes dans des positions-clés, à travers la ville, telles que restaurants, bars, motels, etc.

Des gens qui veilleraient à l'apparition d'éléments extérieurs. L'inconvénient, bien sûr, étant que ces gens-là seraient aussi des « éléments extérieurs », et que ces mesures préliminaires seraient efficaces dans les deux sens.

Dans une grande ville, peut-être, le plan eût été praticable. Les fédéraux se seraient fondus sans problème dans la population citadine. Dans une de ces zones rurales ou tout le monde connaît tout le monde, c'était différent.

Voloni reconnut le bien-fondé de l'objection, mais proposa que des gens de la Crim remplacent les fédéraux dans le même rôle. Hester lui demanda combien d'agents il estimerait nécessaire d'implanter.

– Une trentaine, dans une dizaine de positions stratégiques.

– Désolée. Pas assez de personnel. Deux, peut-être. Maximum quatre. Et pas plus d'une semaine.

Aucun financement, en fait, pour ce genre d'opération. Les législateurs craignaient-ils qu'à la faveur d'une telle implantation, la brigade criminelle ne se transformât en brigade des mœurs ?

– Vous savez, dit George, il y a une bonne chance que ceux qui viendront libérer Nola soient les mêmes que ceux qui ont descendu Kellerman, dans les bois.

C'était tout à fait vraisemblable, et George s'empressa de développer son point de vue :

– Vous ne voyez pas où je veux en venir ? Les gars de Nichols veulent ce ou ces salopards aussi fort que nous. Et ils peuvent se faire passer pour n'importe qui. On ne les remarque pas dans une foule.

Nichols adhéra au projet avec enthousiasme et promit de nous assigner une quinzaine d'agents pour une quinzaine de jours. Au grand dam de Voloni qui déclara :

– Je savais que les Stups gaspillaient l'argent des contribuables, mais d'accord pour l'équipe d'observation. Maintenant, il faut qu'on s'assure que *primo*, on tiendra le coup, et *secundo*, qu'ils n'auront pas Nola.

– Inutile de me regarder. Je suis un homme d'idées. Pas un général de brigade.

– Commençons par le commencement. Quand peut-on faire transférer Nola ?

Je proposai :

– Vendredi. Ça nous laisse deux jours pour préparer le terrain. Et c'est suffisamment près pour prendre Gabriel au dépourvu.

Il nous fallait d'abord une requête formelle de transfert, émanant soit du procureur du comté, soit du bureau du procureur général d'État. J'essayai d'abord le proc du comté, et sa réaction fut immédiate.

– Pourquoi diable voulez-vous faire retransférer cette femme ?

– On a besoin de la réentendre sur bien des points obscurs.

– Je vais examiner la question.

Ce n'était pas la réponse que j'attendais, mais elle soulevait un problème essentiel. Celui de la crédibilité légale. Hester prit la chose à bras-le-corps. Elle appela l'avocat de Nola pour l'informer du proche transfert de sa cliente, en date du vendredi 2 août, à charge pour lui de prendre toutes les dispositions nécessaires. Puis elle fit savoir au procureur du comté, toujours par téléphone, que Nola serait parmi nous à partir du vendredi, suite aux motions déposées par son avocat. Ignorant que la Crim et moi étions en cheville, le proc dit à Hester que le retour de Nola était prévu, de toute façon, et qu'elle n'avait donc aucun souci à se faire.

Hester souriait en raccrochant l'appareil.

– C'est à peu près comme ça que j'ai amené mon père et ma mère à me payer ma première voiture.

La cerise sur le gâteau tomba deux minutes plus tard, lorsque le secrétariat du procureur appela le bureau du shérif pour signaler que Nola Stritch serait de nouveau notre prisonnière à partir de ce vendredi. Quelques minutes plus tard, une employée du greffe du tribunal me précisa que la secrétaire de l'avocat de Nola Stritch les avait prévenus que son patron allait déposer, dans la journée, une demande d'*habeas corpus* concernant sa cliente. Qui plus est, l'avocat avait sollicité un entretien avec le juge.

Ainsi grincent les rouages de la justice, et Hester avait su en tirer parti. Côté *timing*, c'était réglé.

Côté défense et stratégie, c'était à Voloni d'opérer. La découverte de la cache d'armes, chez Wittman, n'incitait guère à négliger cet aspect de la question. Quoi qu'ils puissent tenter, ils ne viendraient pas les mains vides.

D'après Voloni, Gabriel n'aurait aucune peine à réunir une phalange de cinq ou six hommes capables de tout. Et plus d'une douzaine s'il s'organisait davantage. Connaissant bien Gabriel et ses méthodes, Voloni pensait aussi qu'une opération de reconnaissance aurait lieu, auparavant, dans le voisinage de la prison. Il voudrait connaître nos habitudes sur le bout du doigt, et cette première phase demanderait au moins quarante-huit heures. S'ils décidaient d'attaquer la prison, c'était ainsi que les choses se passeraient.

Si, d'un autre côté, Gabriel préférait tenter d'enlever Nola lors de l'audience du tribunal, le problème serait nettement plus ardu. Reconnaître la salle d'audience ne lui poserait aucune difficulté, y introduire ses gens serait encore plus facile. Une roquette dans le portail d'entrée, par exemple, et le cordon de sécurité ne serait plus un problème.

Voloni écartait presque totalement la possibilité d'une tentative au cours du transfert. Non qu'elle fût tellement invraisemblable, mais les chances, pour Nola, de se faire tuer ou blesser seraient infiniment plus nombreuses, si l'attaque du fourgon blindé tournait mal. Et toute l'entreprise ne reposait-elle pas sur l'amour de Gabriel pour Nola ?

Donc, programme de routine pour le transport. Une routine à la taille d'une femme de cette envergure. Calculatrice, subtile et indomptable. Précautions maximales à l'intérieur de la prison et de la salle d'audience.

– Où veut-on qu'il attaque ? dit Voloni.

– Je vous demande pardon ?

– Toute la différence entre un bon et un excellent dispositif de sécurité. Bon, il donne l'alerte et peut même écarter ou différer l'événement. Excellent, il amènera l'assaillant à l'endroit exact où nous voudrons qu'il aboutisse.

Inutile de réfléchir longuement.

– La prison. Aucun civil pour nous gêner aux entournures.

– Très bon choix. La *forteresse* Houseman.

Première mesure à prendre, prévoir un cordon de sécurité ostensible, hyperactif et totalement dissuasif à la salle d'audience. Et puis assurer la sécurité de la prison le plus discrètement possible, sans bruit, sans perturbation apparente. Une embuscade, en quelque sorte. Le dispositif me mettait mal à l'aise, mais je n'avais plus voix au chapitre.

Voloni nous offrit une ultime sortie.

– N'oubliez jamais que nous n'avons pas affaire à un criminel ordinaire. L'homme n'a rien d'un débile mental. Ni d'un tueur en série psychopathe.

L'œil rivé, par la fenêtre, à la façade de la prison :

– C'est un soldat. Détourné de sa vocation, peut-être, mais un soldat. Il ne tue pas pour le plaisir, mais dans le cadre de la mission à remplir, quelle qu'elle soit. La mission. Rien que la mission. N'oubliez jamais ça.

J'abondai dans son sens. Jusqu'à un certain point.

– À nous de prévoir quelle sera exactement la mission. Mais cette histoire de soldat ? Il ne reçoit d'ordres de personne, que je sache ? Ou d'un leader politique qui reste dans l'ombre ?

Il ne réfléchit qu'une seconde ou deux.

– Non.

– Alors, c'est lui seul qui détermine sa propre mission, sa propre estimation de ce qui sera ou ne sera pas nécessaire ?

– Oui, mais toujours en accord avec la doctrine qui lui a été inculquée pendant ses années de service.

– Voilà qui promet d'être encore plus intéressant.

– Pourquoi ça ? releva vivement Voloni.

– Ses hommes vont suivre ses ordres. Sont-ils de la même trempe que Gabriel ?

– D'après ce qu'on en a déjà vu, les soldats n'ont pas exactement le même niveau que leur colonel.

Et quel était le niveau de la moyenne des effectifs du bureau du shérif du comté de Nation ? Seraient-ils capables de contenir l'offensive probable de Gabriel et de sa petite armée ? J'en doutais. On avait besoin de renforts, et je savais à qui les demander.

* * *

Le juge signa un mandat spécifiant que l'audition en *habeas corpus* de Nola Stritch aurait lieu le vendredi 2 août à 11 h 30. En vertu de ce document, et parce que son avocat « requérait le temps nécessaire pour s'entretenir avec sa cliente avant le début de l'audition », Nola serait transférée à la prison du comté de Nation ce même vendredi à 8 heures du matin. Ils quitteraient Cedar Rapids vers 6 h 30. Ce qui signifiait que les convoyeurs prendraient la route avant le lever du jour. Le mandat du juge précisait aussi que le transport serait à la charge du comté de Nation. Il fallut rappeler au magistrat que Nola étant prisonnière fédérale, cette partie de l'opération incomberait au bureau du *marshal* des États-Unis. Le juge s'inclina, bien sûr, mais parut un peu en rogne. Un juge n'est pas censé commettre de telles erreurs, et c'était un vieux routier.

Dans l'ensemble, j'avais confiance. Pas suffisamment, toutefois, pour laisser Sue rentrer à la maison. Pas avant que tout soit terminé. Ça ne lui plaisait guère, mais elle faisait confiance à mon jugement. L'ennui, c'est que chez sa mère, on jouait souvent au bridge, et que Sue détestait les jeux de cartes. Surtout le bridge.

Elle n'oublia pas de me recommander d'être prudent. Très, très prudent. Elle n'avait aucune idée de ce qui se préparait. Mais depuis le temps qu'elle était l'épouse d'un flic, elle me réitérait ce genre de recommandation, de loin en loin. Une de ces nombreuses choses qui ne peuvent pas nuire.

* * *

Je rentrai chez moi vers 19 h 30, juste à temps pour manquer le début d'un très bon film que j'aurais aimé voir en entier. Comprimés digestifs. Au lit pour 11 heures. Triste. J'avais même dû refuser le dîner chez ma belle-mère, pour ne pas risquer d'être suivi jusque-là.

Le genre de trucs auxquels, sans donner dans la parano, il faut bien penser de temps à autre.

* * *

Le mercredi et le jeudi, il ne me restait plus grand-chose à faire. Je pris mon mercredi et le passai en grande partie dans mon sous-sol, à travailler sur ma maquette. Je nouai les drisses sur les grandes vergues. Il pleuvait tellement dehors que je commençais à me demander si je ne ferais pas mieux de construire un radeau.

Entre deux nœuds de marin, je repensais à la séance de crapahutage qui avait tout déclenché. On savait qu'il y avait eu, dans les bois, une équipe en cours d'entraînement pour une mission quelconque. Quel genre de mission, jusque-là, personne n'avait été capable de le déterminer. Ni pour quelle raison ils s'étaient entraînés à cet endroit-là, pas ailleurs.

Autre chose me contrariait. La thèse de Voloni selon laquelle Gabriel était un soldat, pas un criminel. N'ayant jamais été ni l'un ni l'autre, je pouvais difficilement me mettre à sa place. Bien sûr, j'avais rencontré, dans ma carrière, plus de criminels que de soldats de profession. Je savais que leurs points de vue n'étaient pas les mêmes. J'avais lu quelques œuvres historiques écrites par d'anciens militaires. Mais je ne voyais pas comment leurs conceptions, différentes ou non, pouvaient s'appliquer à notre histoire. Je n'étais pas à l'aise sur ces terrains peu familiers, et je voyais mal comment on allait s'en sortir.

* * *

Ce jeudi 1er août, il faisait chaud à crever, et encore plus humide, à cause de la pluie. Je passai la majeure partie de la journée au bureau, à relire et à ruminer nos dossiers. Ni George, ni Hester, ni Voloni n'étaient accessibles. Ils se préparaient pour l'épreuve à venir. J'étais heureux de disposer de cette trêve. J'aurais aimé rediscuter de cette notion curieusement abstraite de « mission », avec Voloni.

***

Nichols se pointa vers midi. Il avait placé ses gars où il le jugeait utile, et ne pensait pas que beaucoup de gens du coin aient pu les remarquer. Deux agents dans chacun des deux motels. Deux au camping du parc. Un avait même décroché un job, au restaurant de Will. Un autre bossait à la station-service la plus fréquentée, à la sortie de la ville. Avec l'accord d'un patron sympa. Un autre était entré dans l'équipe de voirie. Il conduisait une de leurs voitures et ne manquerait pas d'ouvrir l'œil sur son parcours. Nichols me dit aussi que Voloni avait casé trois agents à la banque, où ils faisaient office de conseillers fiscaux. Même le directeur de la banque ne soupçonnait pas leur double casquette.

D'autres agents d'une « équipe spéciale » étaient postés autour de la prison.

– Où ça, exactement ?

– Sais pas trop. Mais regarde avant de pisser dans les buissons.

Il y avait, enfin, trois observateurs chargés de traîner dans les bars, en fin de journée. Sans rien faire de plus. Juste flairer l'atmosphère.

Je me sentais nettement mieux. Je connaissais deux agents d'infiltration des Stups. S'ils étaient tous aussi cinglés que ces deux-là, Maitland ne serait plus jamais la même.

Le jeudi soir, j'eus Hester au bout du fil. Pas longtemps. Elle secondait un de ses collègues, dans l'enquête consécutive à un gros cambriolage, mais elle serait là le lendemain.

Je m'occupais moi-même d'un accrochage entre deux voitures, un travail que Bud aurait fait, dans d'autres circonstances, lorsque le standard vint me confirmer que Voloni serait là, lui aussi, le lendemain.

À part moi, Hester, George, Voloni et, dans une certaine mesure, Art, nul ne soupçonnait ni ces préparatifs, ni la menace de Gabriel. Aux yeux de tous, le transfert de Nola justifiait les précautions prises. Et même si elles pouvaient paraître un peu exagérées, c'était mis sur le compte du FBI. Personne, à part nous, ne subodorait la présence des observateurs infiltrés.

La consigne, pour les nôtres, était de garder sur soi, en permanence, le talkie-walkie branché. Et tout le monde en uniforme, les territoriaux compris, moi *idem*. Pour ne pas me faire remarquer. Paradoxal, mais compréhensible. Rien ne ressort davantage dans une brochette de flics en uniforme qu'un flic en civil. Si je devais donner des ordres à des gars de la brigade territoriale que je voyais pour la première fois, mon costume afficherait ma fonction, et c'était l'objectif visé.

Les fédéraux ne négligeaient aucun détail. À la moindre alerte, tout message passerait par le standard et serait immédiatement relayé à l'ensemble du personnel en place. Une belle enveloppe scellée voisinait, au standard, avec le clavier de l'ordinateur. À n'ouvrir que si des personnes armées tentaient de parvenir jusqu'à Nola Stritch.

On était prêts.

## 26

Pour moi, le 2 août commença à 7 heures du matin, quand j'enfilai mon plus bel uniforme, mon unique paire de souliers vernis à lacets, et grimpai dans ma voiture banalisée, sous une pluie battante. Les éclairs se succédaient à dix secondes d'intervalle, et le tonnerre roulait pratiquement sans arrêt, dans un ciel de suie. J'étais désolé pour l'équipe spéciale. De surcroît, le jour n'était pas près de se lever et dans ces cas-là, les feux de circulation s'allument automatiquement. Les lumières de la ville ne fonctionnaient que par à-coups, toutes les voitures circulaient pleins phares et personne n'y voyait vraiment. Le bordel.

À mon arrivée au bureau, j'attendis quelques minutes que la pluie se calmât un peu pour foncer jusqu'à l'entrée. Je m'arrêtai au standard. Sandy Grueber était de service.

– Pas d'avis de tempête, Sandy ?

– Conseils de prudence jusqu'à 11 heures.

Désignant l'eau qui ruisselait de mon front sur les verres de mes lunettes, elle s'esclaffa :

– Un petit problème d'irrigation ?

Je ris de même, pour lui faire plaisir, et lui demandai si tout était prêt pour le transfert de Nola Stritch.

– Quoi ?

Premier pépin. Personne n'avait informé Sandy du retour de Nola. Je lui fis appeler le comté de Linn. Ils confirmèrent que Nola Stritch avait été remise entre les mains des *marshals* à 6 h 32. C'était tout ce qu'ils savaient, ou tout ce qu'ils avaient l'autorisation de dire, mais il n'en fallait pas plus.

Je passai dans le grand bureau où je demandai à nos deux secrétaires si le retour de Nola leur avait été notifié. Naturellement ! Pourquoi n'avaient-elles pas transmis la nouvelle au standard ? Ce n'était pas à elles de le faire, voilà pourquoi.

J'avais oublié. À cette heure matinale, Bud aurait transmis la consigne, mais Bud n'était plus là. On n'avait même pas de gardienne, à la prison, encore moins d'assistante agréée. Tant de gens au chômage, et manquer à ce point de personnel...

Je fis convoquer Sally. Il fallait une femme pour recevoir Nola. Et deux gardiennes pour assurer le week-end. J'étais écœuré. Je déteste les lourdeurs administratives.

* * *

À 7 h 30, les *marshals* téléphonèrent. Ils voulaient qu'on leur indique le chemin de la prison. Maitland est un bourg d'environ deux mille habitants. C'est dire à quel point les *marshals* des États-Unis viennent souvent traîner leurs bottes dans les petites villes.

La pluie, qui avait cessé, reprenait de plus belle. Deuxième pépin. À leur arrivée, Nola et son escorte durent attendre plusieurs minutes, comme je l'avais fait moi-même, qu'une accalmie leur permît de courir vers le bâtiment. L'occasion rêvée de leur tomber dessus. Je les observais, abrité sous le porche, en appréhendant une catastrophe. J'ai horreur de ce genre de tension. Je rêvais déjà d'une cigarette, et la journée ne faisait que commencer.

J'accueillis Nola comme une vieille amie. Elle portait toujours la tenue orange des taulards, avec la veste d'un des *marshals* jetée sur les épaules. Menottes aux poignets, chaîne aux chevilles, presque invisible, car elle était chaussée de bottes militaires sans lacets. Fournies par sa famille. Un sac de gym pendait à son poing, elle était mal coiffée, mal lunée, et une mèche grise que je n'avais pas remarquée auparavant barrait sa chevelure.

– Je ne sais pas pourquoi on me ramène ici. Je n'ai pas demandé à y revenir.

– À cause d'une audience, Nola.

– Devant un tribunal dont je réfute la juridiction !

– Vous avez rendez-vous avec votre avocat dans quelques minutes.

– Un avocat que je n'ai pas choisi. Je n'accepte de paraître que devant le tribunal du peuple.

Je lui offris mon plus beau sourire.

– J'en prends bonne note, Nola. Quand vous serez relâchée, dans une cinquantaine d'années, vous pourrez passer devant le tribunal du peuple, si ça vous chante.

– Le jour où on vous dépouillera de tous vos biens, on verra comment vous réagirez.

Je venais de l'introduire dans la salle d'interrogatoire quand le soleil l'envahit d'un coup, nous montrant, au-delà des vitres, l'avocat de Nola qui traversait d'un pas vif la surface inondée du parking.

– Vous voyez, Nola. Ces gens-là peuvent même marcher sur les eaux.

J'entendis son rire pour la première fois depuis que je la connaissais. Joli rire. Je les bouclai tous les deux, elle et l'avocat, dans la salle d'interrogatoire, et repassai dans la pièce voisine d'où je pouvais les observer, sur un écran de surveillance. Pas de son, et la caméra suffisamment éloignée pour interdire la lecture sur les lèvres. Bref, conforme au règlement.

Je signai la décharge que me présentaient les *marshals* et le plus grand des deux, celui qui avait prêté sa veste, me dit en rigolant :

– Soignez-la bien. Ou elle va vous citer à comparaître devant le tribunal du peuple.

Vingt minutes plus tard, à ma grande surprise, Nola et son « menteur » discutaient encore. Pas de mimiques énervées ni de gestes brusques. Le calme absolu. Pas de Nichols ni de Voloni à l'horizon, et c'étaient eux qui détenaient le pouvoir de communiquer avec les « éléments cachés ». Le moindre bruit me tordait les tripes. Le moindre craquement de la vieille bâtisse. De ça aussi, j'ai une sainte horreur.

* * *

Vers 10 h 45, l'avocat se retira, et je plaçai Nola dans une cellule du quartier des femmes. Elle paraissait plutôt satisfaite.

À l'arrivée de Sally, je lui dis que la comparution de Nola devant le tribunal était pour 11 h 30, et qu'elle l'accompagnerait en tant que gardienne.

À 11 h 05, Voloni fit son entrée, dans le même costume que la veille. Nichols le suivait à une encablure, en jean et chemise de sport. L'un précédant l'autre, ils me rejoignirent dans mon bureau.

Nichols soumit les dernières nouvelles.

– On a deux suspects au camping municipal. Deux types dans une caravane repérée hier soir. Avec une antenne parabolique sur le toit, nouveau modèle télé, d'après eux, mais mes gars m'ont dit que c'était un puissant appareil militaire de radio.

Je faillis lui demander comment « ses gars » savaient ça, mais jugeai plus intelligent de m'en abstenir.

– Les médias cernent déjà le bâtiment du tribunal, et on pense qu'ils s'y sont déjà introduits. Un homme et une femme, dans les trente ans, on va bientôt avoir les photos, cuisinent les journalistes. Le cordon de sécurité fait du zèle. Des territoriaux et des adjoints comme s'il en pleuvait.

– Est-ce qu'ils en font trop ?

– Non, dit Voloni. C'est un attrape-gogos, comme on l'a voulu. Un sacré contraste avec le calme d'ici, et c'est bien ce qu'on désirait.

J'interceptai son regard.

– Vous croyez qu'ils vont attaquer aujourd'hui ?

– Disons que c'est une forte probabilité.

***

Le transfert de Nola au tribunal se passa sans incident. À 11 h 21, elle était en sécurité dans la bâtisse bien gardée.

L'audience commença à 11 h 30. Je n'y étais pas, mais les assistants me dirent, par la suite, que Nola ne cessait de se retrancher derrière des points de jurisprudence. Elle alla même jusqu'à refuser de participer aux débats, car le drapeau des États-Unis tendu en travers du mur s'agrémentait d'une frange. Elle prétexta qu'il s'agissait là d'un drapeau de l'amirauté, et qu'elle ne tombait nullement sous la juridiction d'une cour de l'amirauté. Magnifique Nola !

Dans les locaux de la prison, j'attendais son retour. C'est à ce moment-là que tout se déclencherait, sans doute. Je me tenais sous le porche de devant, à l'écart de Voloni qui avait pris possession de mon bureau pour donner ses coups de téléphone. Du coin de l'œil, je m'efforçais de découvrir où étaient planqués les hommes de l'équipe spéciale. Ma seule arme visible était une boîte de soda. Avec la montée du soleil, Maitland et sa vallée s'habillaient de brume, sur les rives de la Sparrow, qui traverse la ville de part en part. C'était beau. Torride, étouffant, mais beau.

Je consultai ma montre. 11 h 57. L'audience devait être suspendue, à moins que le juge n'eût jugé possible de tout liquider pour midi et demi. Personnellement, je ne recommencerais à respirer que lorsque Nola aurait réintégré sa cellule, et tant pis pour nos espoirs de coincer Gabriel.

Comme dans beaucoup de villes du Midwest, les sirènes d'incendie hurlèrent à midi pile. Dans toute région où sévissent les tornades, on aime entendre fonctionner les dispositifs d'alerte.

Les hululements redescendaient une dernière fois dans le grave quand je perçus un son métallique évoquant la chute d'un objet non identifié. Pas à portée immédiate de mon oreille, mais à l'intérieur d'une bâtisse située au cœur d'une vallée, il est difficile de juger les distances. Rien à signaler du côté de mon portable. Je m'accordai une lampée de soda alors que les sirènes repartaient de plus belle. Montée, descente de dix secondes en dix secondes. Incendie quelque part.

Je rentrai dans le bâtiment.

– Vingt-cinq, Maitland !

La voix du standard appelant l'officier de service.

– À l'écoute !

Non sans une excitation naissante. L'annonce d'un incendie produit toujours cet effet.

– Petite explosion chez Ferme et Champ. Possibilité de dommage aux citernes et de fuites d'anhydride ammoniacal.

Bon sang, c'était à l'entrée de la ville, presque en dehors, mais la brise risquait de propager les vapeurs toxiques. Le gaz était plus lourd que l'air et tendrait à se déposer au sol, mais il y avait bien une dizaine ou une quinzaine de résidences, dans un rayon de cent mètres autour de l'usine. Évacuation inévitable, donc contrôle de la circulation. On ne manquait pas de flics sur place, mais lesquels déplacer ?

Deuxième explosion, nettement plus proche. En me rapprochant de la sortie, je découvris le geyser de poussière de brique qui s'élevait dans la direction de l'école.

Troisième explosion, à deux secondes d'écart et dans la direction opposée, près de l'autoroute. Suivie d'un énorme jaillissement de flamme orangée, entouré d'un épais nuage de fumée noire. Réservoirs de carburant. Il y en avait trois là-bas, un d'essence, un de carburant diesel, un de propane. C'était probablement celui d'essence qui venait de sauter.

La quatrième explosion évoqua plutôt un roulement de tambour, fort et prolongé. Je me retournai vers le tribunal.

De l'autre côté de la rue, tout au long du trottoir d'en face, les arbres s'abattaient. La plupart tombaient en travers de la chaussée, bloquant le passage dans les deux sens, entre prison et tribunal. J'avais déjà vu abattre des arbres à l'explosif et au cordeau Bickford. C'était ce qui se produisait actuellement sous mes yeux.

Je courus jusqu'au parking, sortis mon AR-15 de mon coffre, le posai près de moi en me glissant au volant, et démarrai sec. Vers le tribunal, phares et sirènes exigeaient futilement la priorité.

Futilement parce que les voitures circulaient en tous sens. À la radio, je pouvais attraper une dizaine de fréquences, et sur toutes, on réclamait de l'aide. Au standard, le 911 devait être saturé.

Il me vint à l'esprit que Gabriel n'avait pas eu besoin de prendre le risque d'occuper le centre de commandement. À quoi bon ? Mieux valait le rendre inopérant. C'est ce qu'il venait de faire.

Pas moyen de m'approcher davantage du tribunal. Phares et sirènes réclamant toujours le passage, une demi-douzaine de voitures chargées de flics territoriaux fonçaient vers les divers sites d'explosion. Ils y arriveraient sans avoir à se battre contre les arbres qui encombraient Hill Street, sur le chemin de la prison.

Des gens affolés sortaient des maisons, stoppés par les arbres couchés dans leurs cours et sur la chaussée. Les journalistes se précipitaient hors du tribunal, surexcités, avides d'en voir et d'en savoir davantage.

Mon fusil au poing, je m'engouffrai dans la bâtisse, à contresens du flot des médias et des quelques flics en uniforme pressés de gagner les postes qu'on leur avait assignés en cas d'imprévu. J'en stoppai deux et leur dis de rester sur place. Il s'avéra que leur sergent leur avait ordonné de courir à l'école. L'ascenseur était bondé. Je grimpai l'escalier quatre à quatre. Je faillis en crever. Je n'étais pas habitué aux lourdes bottes, au baudrier de cuir porteur d'accessoires, au gilet pare-balles sous ma chemise ni à l'exercice violent.

J'atteignis, à moitié mort, le haut de l'interminable escalier de pierre menant à la salle d'audience. Debout derrière une des fenêtres, un de nos officiers de réserve cherchait à interpréter la pagaïe extérieure. Je l'interpellai sans cesser de courir :

– Par ici, Mark ! Fais gaffe ! On n'a peut-être pas que des amis dans la place !

– D'accord.

Il n'avait visiblement aucune idée de ce qui se passait, mais il s'écarta de la fenêtre et dégaina son arme de service, l'œil et l'oreille aux aguets.

Une seule personne dans le bureau du greffe : la greffière elle-même. Les autres employés devaient être déjà dehors. J'allais demander à la greffière où était Nola quand le procureur du comté et l'avocat de la prévenue jaillirent ensemble de la salle d'audience. C'est à leur adresse que je vociférai, hors d'haleine :

– Où est Nola ?

Ils nous regardèrent, moi et mon fusil tenu à deux mains, comme si j'étais complètement dingue. Le proc se contenta d'indiquer, du pouce, la salle d'audience. Je plongeai littéralement vers la porte, en les frôlant un peu rudement, et vis que tout ce petit monde avait laissé Nola sous la seule garde de Sally, qui ne portait, pour toute arme, qu'une bombe lacrymo défensive. Elles me firent face, l'une et l'autre, alors que je m'approchais d'elles, au pas de course.

– Emmène-la dans la salle des jurés !

– Qu'est-ce que c'est que ce boucan ? hoqueta Sally.

– Je crois que ses amis viennent la chercher.

Nola se contenta de sourire.

– Tout ça pour elle, les explosions, les arbres et tout le bordel ?

Doucement, mais fermement, je les poussai vers le fond de la salle.

– J'ai bien peur qu'on en soit là.

– Eh ben, ma vieille, dit Sally à Nola, tu dois être un meilleur coup que tu n'en as l'air !

– Espèce de petite garce ! gronda Nola en faisant un pas vers Sally.

Je la stoppai au vol.

– Fais pas ça. M'oblige pas à te boucler dans un placard.

On allait passer dans la salle des jurés quand il se produisit un drôle de crépitement de l'autre côté du mur séparant la salle du grand hall. Puis il y eut une détonation. Étouffée. Mais qui ressemblait fort à un coup de revolver.

– Planquez-vous derrière le bureau du juge.

Je les y aidai d'une poussée. Depuis qu'un cinglé avait menacé, d'une arme à feu, le juge en cours d'audience, la greffière avait pris l'initiative d'accumuler de vieux livres de loi, aussi épais que solidement reliés, de l'autre côté du bureau, en guise de barrière protectrice, sur une hauteur de quatre-vingts à quatre-vingt-dix centimètres.

Pendant que les deux femmes se mettaient à l'abri, je chargeai une balle dans mon flingue et le braquai vers la grande porte. Une à deux secondes plus tard, apparut, dans l'entrebâillement, un visage recouvert d'une cagoule, avec un long objet noir à hauteur de ceinture. L'homme s'avisa de ma présence, et brandit sa mitraillette pourvue d'un silencieux. Il ouvrit le feu. Moi de même. L'impact me projeta en arrière. Je ne me redressai pas tout de suite. Il y avait un trou dans ma chemise, et une saillie en creux dans mon gilet pare-balles.

– Tu as été touché, gémit Sally.
– Au ventre. Mais ça n'est pas rentré.
Elle me tapotait l'épaule : le seul geste d'affection qu'elle se soit jamais permis.
– Embrasse-le, pendant que tu y es ! lui conseilla Nola.
Sally pivota d'un bloc pour l'empoigner au collet.
– Du calme !
Je saisis mon talkie-walkie. Impossible d'obtenir la moindre réponse, dans cette atmosphère cataclysmique. Je tendis mon 40 Smith & Wesson à Sally.
– Je crois qu'ils ont buté Mark, dans le hall.
Elle s'empara du pistolet. Elle avait suivi les cours de tir obligatoires. Indispensables, bien qu'elle eût horreur des armes, pour tenir le poste qu'elle occupait aujourd'hui.
– Il y a une balle dans le canon.
Trop tard, elle manœuvrait déjà la culasse, d'une main sûre, afin d'en introduire une. La balle éjectée rebondit sur la rambarde, devant la chaire du juge, alla heurter la lampe du bureau de la défense avant de rouler sur le plancher.
– Désolée.
– Jure-moi de ne pas flinguer Nola.
– Pas de problème.
Nola n'en paraissait pas aussi sûre.
– Surveille la petite porte de gauche. Je vais m'occuper de la grande porte.
La même mitraillette ou une autre se remit à tirer. Par l'entrebâillement de la grande porte. Toujours pas de vraies détonations. Rien que le son des impacts dans le bureau du juge et la barricade de bon vieux gros bouquins. Un bruit de chute avait précédé la fusillade muselée. Probablement quelqu'un qui s'était jeté à plat ventre pour éviter la rafale. Je le lui souhaitais.
On s'aplatit un peu plus à couvert. On se sentait légèrement moins seuls dans notre cul-de-sac. On avait des alliés à l'extérieur.
La situation se présentait ainsi : quiconque pousserait les grandes portes se trouverait en présence des bancs réservés au public, partagés en deux travées, comme des bancs d'église, mais beaucoup moins nombreux. À ma gauche, l'enclave du jury, séparée du reste de la salle par une longue barrière de chêne, haute d'un peu moins d'un mètre, qui traversait toute la largeur du local, avec une porte battante au milieu permettant les déplacements des témoins et des avocats. Ainsi, tout intrus pénétrant par les grandes portes

dans la salle d'audience n'aurait aucun mal à ramper jusqu'aux bancs des jurés, à moins de cinq mètres d'où j'étais, avant que je puisse l'apercevoir.

Sauf si je me mettais debout. Une option que je n'envisageais pas de gaieté de cœur.

Je réessayai le talkie-walkie. Et cette fois, reçus une réponse.

– Où êtes-vous ?

– Dans la salle d'audience avec Nola et Sally. On nous tire dessus.

– Vous voulez répéter ?

Je m'exécutai.

– Trois ? Je ne suis pas sûr de vous comprendre.

Une nouvelle fois.

Nola s'esclaffa. Sally la fusilla du regard.

– Bien reçu, Trois. Assistance en route.

C'était mon vœu le plus cher. Puis une voix puissante, dans le hall, nous fit entendre un autre son de cloche :

– Rendez-vous ! Sortez les mains en l'air !

Je m'efforçais de garder un œil côté jurés, un autre côté petite porte latérale, sans quitter de vue les grandes portes donnant sur le hall. Pas étonnant que j'éprouve une telle tension. Je sentais mon pouls s'accélérer, battre de plus en plus vite, de plus en plus fort au niveau de ma jugulaire, contre le col de ma chemise.

Un homme en cagoule surgit à ma droite, à l'intersection de la barrière et de l'enclave du jury. Je tirai, d'instinct, et la tête s'escamota. À demi redressé, d'un saut de carpe, je lâchai six ou sept balles de plus, au jugé, en souhaitant le toucher à travers la barrière. Le vacarme était assourdissant. Le silence qui suivit encore plus, d'une certaine manière. Il dura quelques secondes. Puis :

– Balance une grenade à fractionnement, Ted !

C'est Nola qui nous sauva la vie, en criant :

– Non, Gabe ! Je suis là.

– Pas de grenade, hurla Gabriel. Pas une seule grenade !

Nouveau silence.

Je regardai Nola. Des larmes coulaient sur ses joues. Le moment ou jamais de gagner du temps.

– Salut, Gabe ! Content de pouvoir te reparler ! Herman est-il toujours de ce monde ?

– C'est ce pourri de Houseman ?

– C'est bien moi.

– D'autres flics vont rappliquer ! brailla Nola.

– Sally, fais-lui fermer sa gueule.

Sincèrement, je pensais que Sally se contenterait de lui pousser mon flingue dans les côtes. Mais au lieu de ça, elle lui colla une giclée de sa bombe lacrymo dans les yeux. La pauvre Nola suffoqua, éternua, toussa, proféra des mots incompréhensibles. À l'exception d'un ou deux :

– Sale pute !

Sally et moi pleurions nous aussi. Mais c'était Nola, bien sûr, qui avait morflé le plus.

– Bon Dieu, Sally !

– Laisse-la sortir, Houseman, reprit la voix claironnante. Je n'ai aucune envie de te tuer.

Courte pause.

– Mais je le ferai si tu m'y obliges, et tu le sais très bien.

– Tu sais bien que je ne peux pas faire ça.

– Ne te prends pas pour un héros, Houseman.

Après une nouvelle pause :

– Hé, Gabe !

– Quoi ?

Je réservai ma réponse. La porte battante de la barrière s'ouvrait tout doucement, un centimètre à la fois. Quel que pût être l'assaillant, il était à plat ventre. Je ne le voyais pas, et n'avais aucun moyen de déterminer s'il était à gauche ou à droite du battant. Je pris tout le temps de viser avant de tirer dans l'entrebâillement. J'écornai la porte et la vis heurter le type embusqué. À ma gauche. Sally jura doucement :

– Nom de Dieu !

Pas de réaction, au-delà du battant immobile.

– Trois. Ici le standard.

Mon talkie-walkie. Je n'appréciais pas la diversion, mais j'étais heureux d'avoir des nouvelles.

– À l'écoute.

– Restez à couvert, dit la voix de quelqu'un qui n'était pas très sûr de s'adresser à la bonne personne.

– Message reçu. Faites vite !

Je n'avais pas fini de répondre que Sally, derrière moi, émit une exclamation étranglée. Et tira. Je sursautai violemment, tandis que Nola sanglotait en couvrant de ses deux mains son visage enflé.

– Qu'est-ce que...

– Quelqu'un à la petite porte, haleta Sally. Je crois que je l'ai tué.

En pleine poussée d'adrénaline. Je regardai la porte battante. Puis la petite porte latérale. La balle de Sally avait fait un trou dans le chambranle.

– Je ne pense pas que tu l'aies tué. Garde les yeux bien ouverts.

On s'était réallongés par terre quand retentirent les craquements, dans le hall. L'illumination me fit croire un instant qu'ils braquaient des projos, mais c'était différent. Il s'agissait de grenades éclairantes. Du matériel antiterroriste. Beaucoup de bruit et de lumière. Pas d'éclats. Relativement inoffensif, mais très efficace.

– Qu'est-ce que c'est que ça ? dit Sally.

– La cavalerie.

Bruits divers dans le hall. Comme si quelqu'un semait des pièces de monnaie sur le plancher. Beaucoup de petite monnaie.

– Et ça, qu'est-ce que c'est ?

– Des douilles, je pense. Ils ont des silencieux.

Après un temps de réflexion :

– Je crois.

Deux fracas presque simultanés nous indiquèrent l'effraction de deux des fenêtres du hall. C'était presque trop. Comme une onde de choc qui aurait perdu, en route, une bonne part de sa virulence.

Puis une fusillade, une vraie. Sans silencieux.

– Ça, c'est les nôtres.

Enfin, peu après, par la voix de mon talkie-walkie :

– Trois ? On va entrer dans la salle d'audience, par la grande porte et par la petite porte de côté. Ne tire pas. On va y aller mollo.

– Dix-quatre. Mais prudemment. Il se peut qu'on en ait encore un ou deux de planqués.

Le premier à montrer sa tête fut celui dont j'avais fait la connaissance, sous le nom de « chef d'équipe », lors de l'opération Wittman. Il m'adressa un grand signe de la main. Deux autres hommes en gris le suivirent. Le premier posément, en reniflant comme un chien de chasse. Le deuxième d'un bond, mitraillette pointée vers le sol.

– Mains sur la tête ! À genoux !

Ce n'était pas à moi que ça s'adressait, mais au type accroupi à gauche de la porte battante. Il se redressa, les doigts croisés derrière la nuque.

– Je crois qu'il s'appelle Ted. Il y en a un autre près des bancs du jury.

– Mort, constata paisiblement le chef d'équipe.

Alors qu'ils menottaient le nommé Ted, la grande porte s'ouvrit, et deux autres types en treillis de couleur grise entrèrent avec un prisonnier. En vert. Pas de cagoule.

– C'est celui qui était à la petite porte ?

– Oui.

Sally ne l'avait donc pas tué. Pas même égratigné. Juste dissuadé au bon moment.

Elle aida Nola à se relever.

– On va avoir besoin d'eau fraîche.

Je déchargeai mon fusil et repris possession de mon arme de service. Voloni, Hester et George entrèrent à leur tour, essoufflés.

– Seigneur Dieu ! dit George.

Voloni se borna à jeter un regard circulaire, puis redisparut dans le hall. Hester s'approcha de Sally.

– Comment ça va ?

Elle se trompait sur l'origine des larmes.

– Ça va, répondit Sally. Mais ça irait mieux avec un Kleenex ou deux. Le gaz lacrymo.

Hester puisa dans sa poche et tendit à Sally ce qu'elle lui demandait.

– On dirait que vous ne l'avez pas loupée.

– Il le fallait. Moi, ça va, mais Carl a pris une balle dans le ventre.

– Stoppée par mon gilet. Tout va bien.

On sortit dans le hall. Hester conseilla à Sally de ne pas regarder. Il y avait trois morts étendus côte à côte, sur le plancher. On leur avait ôté leurs cagoules. Nola réprima un sanglot.

Proc, avocat et rapporteur du tribunal gisaient non loin d'eux, ficelés sur place à l'aide de cordes plastique. Armé d'une paire de ciseaux, un homme des forces spéciales s'occupait de les libérer. Juge et greffier bavardaient, à l'écart, avec d'autres membres du groupe d'intervention. Ils avaient tué Mark, notre officier de réserve. J'évitai de regarder.

On escorta Nola hors du tribunal, en compagnie des forces spéciales et des fédéraux. Une voiture-patrouille manœuvrait sur la pelouse, entre les arbres abattus. Le ciel était noir de fumée, les trottoirs pleins d'éclats de verre.

– Il y a eu une explosion que je ne m'explique pas.

– Un des réservoirs de propane. L'incendie de la citerne d'essence a fait grimper la température.

Voloni arrivait derrière nous. Il regarda Nola monter à l'arrière de la voiture-patrouille. Suivie de Sally vers qui je me penchai, par la portière ouverte.

– Tu as été formidable. Sincèrement.

Elle souriait d'une oreille à l'autre.

– Je peux leur dire que tu m'as laissée me servir de ton flingue ?

Je lui rendis son sourire en claquant la portière.

Voloni me fit signe de les rejoindre, lui, Hester et George.

– Content que vous vous en soyez tiré à si bon compte, Houseman.

Il n'avait pas l'air de le penser vraiment.

– Moi aussi. Où étiez-vous tous, pendant ce temps-là ?

Hester et George haussèrent les épaules. Voloni ne daigna même pas réagir. Les deux autres m'expliquèrent, par la suite, que Voloni avait retenu tous les spécialistes à l'intérieur de la prison, persuadé que l'histoire du tribunal ne serait qu'une diversion, et que la véritable attaque aurait lieu ensuite, après le retour de Nola dans sa cellule. Sans minimiser le moins du monde l'assistance de Sally, ils m'avaient laissé pratiquement seul en face de Gabriel alors qu'il y avait sur place assez de personnel qualifié pour combattre une armée. Ces spécialistes pleins d'expérience et de belles théories sont quelquefois un peu trop sûrs d'eux.

En attendant, Voloni déclara :

– Vous vous rappelez ce que j'ai dit sur la qualité de soldat de Gabriel ?

– Ouais.

– Et qu'il fallait le considérer différemment d'un criminel ordinaire ?

– Aussi.

– Les militaires appellent ça « multiplication des forces ». Ils ont placé leurs bombes, probablement la nuit dernière, juste pour engendrer le chaos.

– Avec une pleine efficacité !

– Mais aucune victime, malgré toutes ces explosions. Rien que des locaux vides, aux heures choisies. Ou des lieux industriels isolés.

On le sentait presque admiratif !

– C'est gentil de leur part.

Je désignai les ambulanciers qui montaient les marches qu'on venait de descendre.

– Pas la même chose qu'ici.

– Non. Mais je crois qu'il n'a pas attaqué la prison parce qu'il n'a pas su déterminer si c'était ou non un piège.

– Une chose que je veux vous demander depuis longtemps : en vue de quelle mission se préparaient-ils, quand ils ont flingué Kellerman et Turd ?

– Encore une mauvaise nouvelle pour vous, Houseman. Je ne suis pas habilité à vous le révéler.

Je venais de m'asseoir sur un banc quand il me posa une question que je trouvai plutôt bizarre :

– Vous savez qui sont ces trois types ?

– Eh bien, Gabe a crié à l'un d'eux de balancer une grenade, en l'appelant Ted. Et puis Gabe lui-même, bien sûr.

– Vous l'avez donc entendu parler.

– Il s'est même adressé à moi, en direct. Il m'a appelé « pourri de Houseman ». Il avait la voix forte et l'accent du Sud. Il m'a aussi collé une balle dans le ventre.

– Vous avez l'air en pleine forme.

– Grâce à mon gilet. Bon matériel, finalement. Mais je commence à souffrir du choc.

Je regardai descendre les corps, dans les grands sacs blancs à fermeture Éclair.

– C'est lequel ?

– J'ai une autre mauvaise pour vous, Houseman.

– Quoi ? Vous n'êtes pas habilité à me le dire ?

– Ce n'est pas ça. Aucun de ceux qui ont été tués, aucun de ceux qu'on a arrêtés, n'est Gabe. Il n'est pas là. Ou il n'est plus là. S'il y a jamais été.

– Il était là. Je l'ai entendu.

– Vous avez entendu une voix, Houseman. Rien qu'une voix.

Son drôle de sourire s'accentua.

– Vous ne l'avez jamais vu.

Je ne baissai pas les yeux, mais je ne savais plus quoi dire. Et tout au fond de ma conscience, une autre voix : « Deux morts connus. »

# 27

On organisa des tas de réunions pour essayer de bâtir un dossier apte à satisfaire les procureurs. On y était tous, sauf Voloni. George était son porte-parole. Lors de notre deuxième rencontre, il nous fit comprendre clairement qu'il voulait nous voir, Hester et moi, seuls à seul. On se retrouva dans l'ancienne grange devenue garage et dépôt de matériel de la prison.

L'air y sentait le moisi, et Hester déclara en jetant autour d'elle un regard critique :

– J'espère que tu as vraiment quelque chose d'important à nous dire.

Il régnait à présent, entre nous trois, une véritable familiarité.

George emplit ses poumons d'air confiné.

– Vous vous rappelez celui qui s'est fait tuer dans la salle d'audience ?

– Oui.

– C'était un indic. Il travaillait pour Voloni.

– Certain ?

– C'était aussi l'un des tireurs du champ. Très forte probabilité.

Puis Hester posa la question cruciale :

– Depuis combien de temps Voloni l'avait-il en main ?

George hésita un instant.

– Avant la tuerie du champ. Bien avant.

Je relevai sobrement :

– Tu veux dire que Voloni était au courant de tout ?

– C'est bien ce que je veux dire.

– Et qu'il connaissait leurs identités ?

– Oui.

J'insistai avec la même objectivité tranquille :

– Donc, il savait probablement aussi que les Stritch étaient impliqués, avant que Lamar et Bud aillent là-bas ? C'est bien ça que tu veux dire ?

– J'en ai peur... Autant aller jusqu'au bout, maintenant.

– On t'écoute.

– Vous vous souvenez du message plutôt incohérent, dans l'ordinateur, celui qui disait : « Vous feriez mieux d'aller voir là-haut » ?

– Naturellement.

– J'en ai retracé l'origine jusqu'à un serveur situé dans un bled de Virginie. Pas d'adresse exacte, juste celle du serveur. Un serveur utilisé, en sous-main, par un unique agent.

Hester et moi ne le quittions pas de l'œil.

– Voloni, dit George.

– Tu veux dire qu'ils communiquaient avec lui, de leur putain de ferme ?

– Je regrette, Carl. Je ne le sais que depuis hier.

* * *

Merveilleux. Mais ce n'était pas tout à fait fini. Deux des cadavres de la salle d'audience n'avaient pu être identifiés. Leurs empreintes ne figuraient nulle part. Ils n'avaient donc jamais rempli aucune fonction fédérale, armée comprise. Jamais commis le moindre délit conduisant à la prise d'empreintes. Des Américains moyens. Sans histoires.

– J'ai parlé à... certaines personnes, reprit George. On pense qu'un des corps est peut-être celui de Gabriel.

– Vraiment ?

– Et que Voloni le sait. Mais qu'il est dans son intérêt de faire croire qu'il est toujours vivant.

– Gabriel a fait une carrière dans l'armée. Eux au moins disposeraient de ses empreintes.

– Qui s'est occupé des recherches ? Quels services conservent ces archives ?

Jamais le regard de George n'avait exprimé une telle tristesse. Je relançai une fois encore :

– Ce qui signifie qu'il ne fait pas partie des « morts connus ».

– Apparemment non. Aucune certitude.

Il m'observait avec une curiosité soudaine.

– Pourquoi ? Quelle importance ?

– Uniquement à mes yeux, je suppose.

# ÉPILOGUE

C'est ce qui s'est passé en réalité. L'histoire de la « petite ville du Midwest ébranlée de fond en comble par des explosions de gaz naturel » n'est tout simplement pas vraie. Pas plus que celle des « employés de tribunal en colère » qui auraient saccagé la salle d'audience, ce jour-là.

Herman, Bill et Nola Stritch ont été sévèrement condamnés par une cour fédérale et ne ressortiront pas avant un bon bout de temps. L'un des survivants arrêtés avoua qu'il avait fait partie de l'embuscade du champ, mais on découvrit, de façon bien commode, que les meurtres avaient été l'œuvre des deux terroristes tués entre les murs du tribunal. On les connaissait sous leurs noms de code de Norman et Hiram, et c'était tout ce qu'on savait d'eux.

Herman Stritch n'était pas le meurtrier de Rumsford. Ce crime-là fut attribué à un « agresseur inconnu », et qualifié de « peut-être accidentel ». Personnellement, je crois à la culpabilité de Wittman. Il était dans la maison.

On en a la certitude. Était-ce lui qui avait tiré sur le journaliste ? Ou Gabe ? Bonne question. Une autre, meilleure encore : comment la mort de Rumsford avait pu être « accidentelle » ? Accidentelle par deux fois, qui plus est. J'ignore ce que peut savoir Wittman, et pour qui il travaille, mais il n'est pas en prison, et ça, c'est un fait.

Reste Gabriel, également connu sous le nom de Jacob Nieuhauser.

Ce nom ne figure nulle part dans les rapports officiels, y compris les miens. Il y est qualifié de « suspect inconnu ». Ainsi l'enquête des fédéraux n'est-elle pas compromise. Ainsi Voloni ne s'est-il pas vu contraint d'admettre qu'il avait forcé son talent. Gabe est-il mort ? Dans ce cas, Voloni aurait-il truqué toute tentative d'identification par les empreintes ? *Idem* pour les deux autres corps ? Du gâteau pour ce type. Avec lui, comment savoir sur quel pied danser ? Même les confidences que George nous faisait, à Hester et à moi, ne lui étaient-elles pas habilement suggérées ? Je me posais la question.

Mais si Gabe est toujours en vie, j'aimerais beaucoup que le hasard, ou le destin, ou je ne sais trop quoi, nous ménage une nouvelle rencontre.

***

Lamar a repris son poste. Il sent bien que quelque chose ne colle pas, quelque part. Je vais lui exposer mes doutes.

Il a toujours été de bon conseil.

DANS LA COLLECTION « AILLEURS »
AU CHERCHE MIDI

**DANS LE DOMAINE ANGLO-SAXON**

ANTHONY BURGESS
*Le Docteur est malade*
traduit de l'anglais
par Jean-Luc Piningre
*Mister Raj*
traduit de l'anglais
par Jean-Luc Piningre

JIM FERGUS
*Mille femmes blanches*
traduit de l'anglais (États-Unis)
par Jean-Luc Piningre
Prix du Premier Roman étranger
*La Fille sauvage*
traduit de l'anglais (États-Unis)
par Jean-Luc Piningre

TIBOR FISCHER
*Ne lisez pas ce livre si vous êtes stupide*
traduit de l'anglais
par Marc Amfreville
*Voyage au bout de ma chambre*
traduit de l'anglais
par Marc Amfreville

DAVID HEWSON
*Une saison pour les morts*
traduit de l'anglais
par Diniz Galhas

GUY DE LA VALDÈNE
*Le Beau Revoir*
traduit de l'anglais (États-Unis)
par Marie-Christine Loiseau

THOMAS MCGUANE
*Intempéries*
nouvelles traduites de l'anglais
(États-Unis) par Nicolas Richard

HAROLD NEBENZAL
*Berlin Café*
traduit de l'anglais (États-Unis)
par Gilles Morris-Dumoulin

KATHERINE NEVILLE
*Le Huit*
traduit de l'anglais (États-Unis)
par Évelyne Jouve
*Le Cercle magique*
traduit de l'anglais (États-Unis)
par Gilles Morris-Dumoulin
*Un risque calculé*
traduit de l'anglais (États-Unis)
par Gilles Morris-Dumoulin

TOM ROBBINS
*Féroces infirmes*
*retour des pays chauds*
traduit de l'anglais (États-Unis)
par Jean-Luc Piningre

THÉODORE ROSZAK
*La Conspiration des Ténèbres*
traduit de l'anglais (États-Unis)
par Édith Ochs

TOMI UNGERER
*Acadie*
traduit de l'anglais par Édith Ochs

ROBERT JAMES WALLER
*Une saison au Texas*
traduit de l'anglais (États-Unis)
par Gilles Morris-Dumoulin

RICHARD ZIMLER
*Le Dernier Kabbaliste de Lisbonne*
traduit de l'anglais (États-Unis)
par Erika Abrams

**DANS LE DOMAINE RUSSE**

NIKOLAÏ KONONOV
*Funérailles d'une sauterelle*
traduit du russe
par Hélène Henry

NIKOLAÏ CHADRINE
*Le Temps des troubles*
traduit du russe
par Bernard Kreise

**DANS LE DOMAINE INDIEN**

INDERJIT BADHWAZR
*La Chambre des parfums*
traduit de l'anglais (Inde)
par Gilles Morris-Dumoulin
Prix du Premier Roman étranger

INDERJIT HAZRA
*Max le maudit*
traduit de l'anglais (Inde)
par Marc Amfreville

RAY RAO
*Boyfriend*
traduit de l'anglais (Inde)
par Gilles Morris-Dumoulin

**DANS LE DOMAINE ESPAGNOL**

ANTONIO BENÍTEZ ROJO
*Femme en costume de bataille*
traduit de l'espagnol (Cuba)
par Anne Proenza

DANS LA COLLECTION « LOT 49 »

NICHOLSON BAKER
*Contrecoup*
traduit de l'américain par Claro

BRIAN EVENSON
*Contagion*
traduit de l'américain par Claro

MARK LEYNER
*Mégalomachine*
traduit de l'américain par Claro

RICHARD POWERS
*Trois fermiers s'en vont au bal*
traduit de l'anglais (États-Unis)
par Jean-Yves Pellegrin

*Mis en pages par DV Arts Graphiques à Chartres,*
*cet ouvrage a été achevé d'imprimer en France*
*par Normandie Roto Impression s.a.s. (Lonrai) en juillet 2005*
Dépôt légal : juillet 2005
N° d'édition : 428 – N° d'impression : 051855
ISBN 2-74910-428-9